Martin Arz · Pechwinkel

Martin Arz

PECH WINKEL

HIRSCHKÄFER verlag

Martin Arz schrieb zunächst als freier Autor für zahlreiche Magazine. Dann arbeitete er mehrere Jahre als PR-Berater, bevor er sich ganz den Künsten widmete: der Malerei und dem Schreiben. Seine Gemälde waren bereits auf vielen Ausstellungen im In- und Ausland zu sehen.

»Pechwinkel« ist der vierte Max-Pfeffer-Krimi. »Das geschenkte Mädchen«, Pfeffers erster Fall, und »Reine Nervensache«, der zweite Pfeffer-Krimi, liegt ebenfalls im Hirschkäfer Verlag vor. 2009 erschien »Die Knochennäherin«, Pfeffers dritter Fall, im Berliner Quer Verlag. Kriminalrat Pfeffer ermittelte außerdem im Frühjahr 2010 in Deutschlands erstem Twitter-Krimi »Der Tote vom Glockenbach«, der über Twitter publiziert wurde. Vor Max Pfeffer schickte Arz seinen abgebrühten Hobbydetektiv Felix in vier Kriminalromanen auf Verbrecherjagd. Arz lebt und arbeitet in München.

Pfeffer-Krimis im Hirschkäfer-Verlag.

- Das geschenkte Mädchen – Ein Fall für Max Pfeffer (2011)
- Reine Nervensache – Max Pfeffer ermittelt wieder (2010)
- Pechwinkel – Max Pfeffers 4. Fall (2011)

Handlung und Personen sind frei erfunden. Jede Ähnlichkeit mit tatsächlichen Ereignissen oder Personen wäre rein zufällig.

1. Auflage, Juli 2011

Cover und grafische Gestaltung von Hirschkäfer Design
Druck: Druckservice Brucker, Mainburg

ISBN 978-3-940839-18-3

Besuchen Sie uns im weltweiten Netz:
www.hirschkaefer-verlag.de

01

Rudi war maulfaul. Er hatte keine Lust etwas zu sagen. Es gab auch nichts zu sagen. Und das Reden übernahm sowieso Mo. Mo hieß eigentlich Mohammed, aber so rief ihn höchstens noch sein Vater. Mo redete ohne Unterlass, was Rudi zunehmend auf die Nerven ging. Alles musste Mo kommentieren.

»Mann, Mann, Mann. Schon wieder ein altes Fahrrad«, sagte Mo und wuchtete das mit schleimigen Algen überwucherte Metallskelett über die Betonbrüstung auf den Rasen. »Mann, Mann, Mann, was die Leute alles in den Bach hauen.« Er studierte seine versifften Arbeitshandschuhe.

Was Rudi besonders nervte, war, dass Mo jeden Satz mit drei Mal »Mann« begann. »Mann, Mann, Mann, ist der Kaffee heiß.« »Mann, Mann, Mann, ist die Mieze heiß.« »Mann, Mann, Mann, regnets schon wieder.«

»Bei zwei Rädern insgesamt kann man nicht von schon wieder sprechen«, knurrte Rudi.

»Na, und der Einkaufswagen?«

»Das ist kein Rad.«

»Mann, Mann, Mann. Haste auch wieder recht.« Mo zündete sich eine Zigarette an. »Noch schnell eine rauchen, bevors unter die Stadt geht.«

Rudi verdrehte die Augen. Er hatte vor sieben Jahren das Rauchen aufgegeben, und die Argumente, warum man schnell noch eine rauchen musste, bevor man irgendwas anderes machte, nervten ihn ebenso wie das Gequassel. Er starrte auf seine orangefarbenen Gummistiefel und wartete.

Bachauskehr. Jeden April dasselbe. Die Schleusen am Kraftwerk an der Isartalstraße wurden geschlossen, das Wasser floss direkt in die Isar zurück, der Stadtbach lief langsam leer, und die Männer vom Baureferat machten sich auf, das Bachbett zu reinigen. Der Bach floss in einem Betonbett durch das Schlachthofviertel, dann unter der Kapuzinerstraße hindurch ins Glockenbachviertel, wo er an der Pestalozzistraße unter den Häusern verschwand. Selbst die meisten Münchner wussten nicht, dass der Bach unterirdisch einmal die ganze Altstadt umrundete, bevor er vor der Staatskanzlei am Hofgarten wieder an die Oberfläche kam und dann in den Englischen Garten floss.

Wenn man hier, wo Rudi und Mo standen, ein Quietscheentchen in den Bach setzen würde, käme es vor dem Arbeitszimmer des Ministerpräsidenten heraus. Die Idee mit dem Entchen hatte Rudi schon immer mal gereizt. Aber sie kam ihm immer nur, wenn er auf Bauchauskehr war. Wenn das Wasser wieder floss, hatte er es wieder vergessen.

»Ein Ratz«, sagte Rudi trocken und packte den Kadaver eine Ratte am Schwanz. Das Tier hatte sich in einem Einkaufsnetz verfangen, konnte sich dann wohl nicht befreien und war ersoffen. Rudi warf die Ratte in den blauen Müllsack, den sie für kleinere Fundstücke bei sich führten. Er lüpfte ein wenig die Kapuze seines knallorangen Arbeitsparkas und sah zum Himmel. Grau. Regen. Keine Wolkenlücke in Sicht.

Mo trat seine Zigarette aus. »Bereit für die Dunkelheit, Meister? Mann, Mann, Mann.« Sie stiegen aus dem Bachbett, weil ihnen die Rechenanlage den Weg versperrte. Die Rechenanlage sorgte dafür, dass keine größeren Gegenstände vom offenen Bachlauf unter die Häuser gelangen konnten. Große Äste oder ähnliches stießen gegen die Gitter, woraufhin sich ein automatischer Arm in Bewegung setzte, der die Gegenstände auf die Seite zog.

Die beiden Männer stiegen hinter dem Gitter wieder ins Bachbett und steuerten auf die Öffnung zu, die unter die Häuser an der Pestalozzistraße führte. Schweigend zückten sie ihre Stablampen und machten sie an. Rudi mochte die unterirdische Bachbegehung nicht. Seit Jahren machte er den Job, und er kannte die Strecke, gefunden hatte er nie mehr als tote Ratten und ausrangierte Gerätschaften, dennoch kroch jedes Mal dieses Gefühl von Unbehaglichkeit über seinen Nacken. So wie jetzt.

»Mann, Mann, Mann, …«

»Tu mir einen Gefallen, Mo.« Rudi blieb noch im Eingang stehen und schob die Kapuze vom Kopf. »Kein Mann, Mann, Mann mehr für den Rest des Tages.«

»Aber …«

»Habe ich mich klar ausgedrückt?«

»Okay.« Mo zuckte gleichgültig mit den Schultern und folgte dem Lichtkegel seiner Taschenlampe ins Dunkel des Bachtunnels. Den Müllsack hielt er mit der linken Hand und zog ihn über den Boden schleifend hinter sich her. »Mann, … äh … Scheißdunkel hier. Na, wenigstens schiffts hier nicht.«

Die beiden stapften langsam tiefer in den Kanal. Ihre Lichtkegel wanderten über den Boden, die Wände hinauf, die Decke entlang, wieder die Wände hinunter und über den Boden. Alles zumindest flüchtig inspizieren. Auch eine grobe Überprüfung der Bausubstanz gehörte zu ihrer Arbeit. Nicht, dass eine der Wohnungen über dem Bach dank maroder Böden und Wände plötzlich ins Wasser stürzte. Das war zwar erst einmal vorgekommen, und selbst der erfahrene Rudi kannte die Geschichte von dem Ehepaar, das sich abends schlafen legte und wenige Stunden später eine Etage tiefer im tosenden Bach aufgewacht war, umgeben von den Trümmern ihrer Schlafzimmereinrichtung, nur vom Hörensagen. Dennoch mussten sie auf Risse oder ähnliches achten.

»Fuck«, sagte Mo dann. Er hatte bisher seine Kapuze nicht vom Kopf genommen. Nun schob er sie langsam in den Nacken. »Da hat doch einer sauber seinen Müll entsorgt.« Er hielt seine Lampe auf den Boden vor ihnen gerichtet.

Rudi folgte dem Lichtschein und sah das Bündel. »Klasse«, grunzte er. Er drehte sich um. Ganz entfernt konnte er noch den Schimmer Tageslicht ausmachen, der von der Tunnelöffnung kam. »Ist nicht so weit. Können wir noch zum Eingang zurücktragen.«

»Lass uns erst aufmachen«, sagte Mo und beugte sich über das Bündel, das zu groß war, um in einen Plastikmüllsack gesteckt zu werden. »Sieht aus wie ein Duschvorhang. Ist ein Duschvorhang. Meine Tante hat genau so einen. Und schön mit Schnur verknotet.« Mo seufzte und wühlte in der Hosentasche nach seinem Taschenmesser. »Wir machens auf, vielleicht finden wir ja einen Hinweis, wer von den Spacken da oben«, er deutete auf die Tunneldecke über ihnen, »seinen Schrott einfach in den Bach schmeißt.«

02 Pfeffer bahnte sich den Weg durch die dürren Äste der Büsche den kleinen Abhang hinunter und stieg dann die wacklige Aluminiumleiter hinunter, die an der Betonmauer lehnte. Der pickelgesichtige uniformierte Kollege, der die Leiter unten hielt, begrüßte den Kriminalrat mit einem schiefen Lächeln.

»Einfach immer auf das Licht zu«, sagte er und deutete in das Dunkel der Kanalröhre. »Können Sie gar nicht verfehlen.«

»Danke.« Pfeffer ging vorsichtig auf die Öffnung zu, denn der Boden war rutschig von grünlichen Algen. Das dämmrige Dunkel des unterirdischen Bachbetts umfing ihn. Stimmen hallten durch den Tunnel. In nicht allzu weiter Ferne sah Pfeffer eine Gruppe Menschen in weißem Licht. Er hielt darauf zu. Vier Scheinwerfer hatten die Kollegen von der Spurensicherung aufgebaut. Das gleißende Licht tat in den Augen weh.

»Maxl«, begrüßte die Rechtsmedizinerin Dr. Gerda Pettenkofer den Kriminalrat und richtete sich stöhnend von dem Bündel auf, dem sie bislang ihre Aufmerksamkeit gewidmet hatte. Sie hatte ein gewaltiges Gewichtsproblem, das ihr nicht nur das Aufrichten schwer machte. Sie keuchte rasselnd und hustete, wie eine Kettenraucherin eben hustet. »Riskierst du mal wieder Ärger mit deiner Chefin?« Sie zog ihre Gummihandschuhe aus und ließ einen spielerisch in Richtung Pfeffer schnalzen.

Pfeffer verzog den Mundwinkel seiner alten Freundin Gerda zuliebe um Millimeter, für ein Lächeln reichte seine Laune nicht. Die Rechtsmedizinerin spielt darauf an, dass Max Pfeffers Vorgesetzte, Kriminaldirektorin Jutta Staubwasser, es gar nicht gerne sah, dass Pfeffer in seiner Position noch Recherchearbeit vor Ort machte. Als Kriminalrat sollte er sich auf Schreibtisch und Verwaltungsarbeit beschränken. Den Disput führten sie schon lange. Und ebenso lange schob Pfeffer den eklatanten Personalmangel vor, der ihn einfach auf die Straße zwingen würde. Alle wussten, dass das nur ein vorgeschobener Grund war. Pfeffer war einfach nicht für den Schreibtisch geboren.

Er warf einen Blick auf das Bündel. »Was muss ich wissen, Gerda?«

»Miese Laune?«

»Schlecht geschlafen.«

»Details?«

»Später. Sag mir jetzt bitte, was ich wissen muss.«

»Wie lange sie tot ist, kann ich dir noch nicht sagen.«

»Sie? Eine Frau?« Pfeffer sah genauer hin. Der Duschvorhang, in den die Leiche eingewickelt war, war nur ein wenig geöffnet. Mehr als den Kopf sah Pfeffer nicht. Dunkle Haarsträhnen klebten daran. Das Gesicht der Toten war aufgedunsen und beinahe weiß, schillerte ein wenig grün-gelb.

»Ja, eindeutig eine Frau.« Die Rechtsmedizinerin bückte sich und zog eine Ecke des Duschvorhangs komplett beiseite. Die Tote war nackt. »So um die sechzig oder siebzig.«

Max Pfeffer zog den Reißverschluss seiner Lederjacke hoch. Die feuchte Kälte kroch in die Glieder.

»Dem ersten Anschein nach wurde sie erwürgt. Allerdings ist da noch eine Kopfverletzung«, sagte die Rechtsmedizinerin. »Sie weist zusätzlich am Körper noch weitere Hämatome auf. Dazu mehr, wenn ich sie auf meinem Arbeitstisch hatte. Der Täter hat die Frau also womöglich geschlagen und dann erwürgt. Danach die Leiche in den Duschvorhang gewickelt und irgendwie in den Bach befördert.«

»Das Wasser hat sie dann bis hierher mitgerissen«, sagte Annabella Scholz. Die Hauptkommissarin war leise zu ihrem Chef und der Pathologin hinzugetreten. »Der Täter hat zwar ein paar Backsteine zum Beschweren der Leiche mit in das Bündel gewickelt, aber bei der starken Strömung ... Er wird die Leiche irgendwo da draußen in den Bach geworfen haben.« Sie deutete unbestimmt in Richtung Ausgang.

»Nein«, sagte Pfeffer leise.

»Wie nein?«

»Nein, er hat sie nicht da draußen in den Bach geworfen. Das geht nicht.«

»Klär mich auf, Chef. Weißt du was, was ich nicht weiß«, sagte Annabella Scholz mit pikiertem Unterton.

»Ich darf mal.« Max Pfeffer nahm einem Kollegen die Taschenlampe weg und trat aus dem gleißenden Licht der Spots. Er ließ den Lichtkegel der Lampe über die Wände an der rechten Seite wandern. Man konnte deutlich erkennen, wie hoch der durchschnittliche Wasserstand war. Bis über Hüfthöhe reichten die Algen. Darüber war der Beton trocken und blank. Pfeffer ließ das Licht ein wenig höher wandern. Annabella Scholz pfiff leise, und Dr. Gerda Pettenkofer gab ein undefinierbares Glucksen von sich.

»Verstehe«, sagte die Hauptkommissarin. Sie trat näher an die Wand und klopfte gegen die Eisentür über ihr an der Wand. Sie stellte sich auf die Zehenspitzen, um den Türgriff zu erreichen und rüttelte daran. Nichts tat sich.

»Und woher wusstest du das, Maxl?«, fragte die Rechtsmedizinerin.

»Bin hier aufgewachsen«, antwortete Pfeffer knapp. »Wenn jemand etwas so Großes in den offenen Bachlauf wirft, dann wird das von der automatischen Rechenanlage draußen gestoppt. Die soll nämlich genau so was verhindern. Dass Menschen in den unterirdischen Bachlauf geraten. Die kann nämlich keiner mehr retten. Einmal hatte sich eine Leiche darin verfangen. Ein Obdachloser, der vermutlich betrunken ins Wasser gefallen war. Lange her. Also muss jemand die Leiche nach der Rechenanlage reingeworfen haben. Das könnte er theoretisch noch auf dem schmalen Streifen zwischen Rechenanlage und Haus machen. Aber da ist das Gelände unwegsam, steil und besonders dicht bewachsen. Aus besagten Gründen. Also bleibt ein logischer Schluss: Jemand hat die Tote über den Kellerzugang in den Bach geworfen. Du hast vermutlich recht, Bella, dass das Bündel trotz des Gewichts von der Strömung ein wenig mitgerissen wurde, bis es auf den Boden sank. Also bleiben uns die Zugänge von hier bis vorne zum Tunnelbeginn.«

Hauptkommissarin Scholz machte ein paar Schritte Richtung Ausgang und kniff die Augen zusammen. »Vier oder fünf, würde ich sagen.«

»Vermutlich.« Pfeffer gab die Taschenlampe dem Kollegen zurück. »Wissen wir denn schon, wer die Tote ist?«

Annabella Scholz schüttelte den Kopf. »Sie ist nackt. Keine Papiere, keine auffälligen Merkmale.«

»Dann sollten wir uns mal mit den Lebenden oben beschäftigen. Vielleicht wird ja eine alte Dame vermisst. Wer hat eigentlich die Tote gefunden?«

Dr. Gerda Pettenkofer deutete mit dem Kopf in Richtung der zwei Männer in orangefarbener Arbeitskleidung.

»Bachauskehr«, sagte Pfeffer leise, »wie jeden April. Du hast ihre Aussagen, Bella?«

Die Hauptkommissarin nickte. »Mehr als die Tatsache, dass sie sie gefunden haben, konnten sie allerdings auch nicht beitragen.«

Max Pfeffer ging zu den beiden Arbeitern, die aufmerksam die Arbeit der Spurensicherung beobachteten.

»Seit wann ist Bachauskehr?«, fragte er den Älteren. Doch bevor Rudi seinen Mund öffnen konnte, sagte Mo: »Mann, Mann, Mann, das ist eine Scheiße, Alter.«

»So kann mans auch nennen. Trotzdem meine Frage, wann wurde das Wasser abgestellt?«

»Vorigen Mittwoch«, sagte Rudi.

»Gerda?«

»Bin hinter dir, Max.«

Pfeffer drehte sich um und runzelte die Stirn, als wäre ihm eben etwas eingefallen. »War die Leiche eigentlich nass? Lag sie eindeutig im Wasser?«

»Eindeutiger geht es nicht. Ich würde sogar sagen, dass sie längere Zeit im Wasser lag. Das Wasser ist so verdammt kalt, dass sich jedweder Verwesungsprozess stark verlangsamen muss. Selbst wenn das Wasser jetzt schon eine Woche nicht mehr kühlt, hier drunten ist es immer noch saukalt«

»Gut, dann fällt meine Theorie, dass der Täter die Bachauskehr genutzt hat, und trockenen Fußes reingekommen ist, um die Tote hier hinzulegen, flach.«

»Darf ich eine rauchen?«, fragte Mo und trat ungeduldig von einem Fuß auf den anderen.

»Gute Idee«, sagte Dr. Gerda Pettenkofer. Sie zückte ihre Zigaretten und einen kleinen Taschenaschenbecher. »Auch eine, Max?«

»Ja, aber lass uns rausgehen, wenn wir hier fertig sind. Brauchen wir die Zeugen noch, Bella? Nein. Okay. Dann können Sie gehen. Wir melden uns bei Ihnen, wenn wir noch Fragen haben. Danke.«

»Süß, der Migrationshintergründler«, sagte die Rechtsmedizinerin, als sie aus dem Kanal ins Freie traten und gab Pfeffer Feuer.

»Süßer Migrationshintergründler? Wusste gar nicht, dass du auf öläugige Bubis stehst.«

Annabella Scholz lachte.

»Ich guck ja nur. Er ist ganz putzig, wenn man den hardcore-südländischen Typ mag.« Die Rechtsmedizinerin nahm einen tiefen Zug. »Tu nicht so, Maxl. Ich weiß, dass bei dir auch der exotische Typ Paarungsbereitschaft evoziert.«

»Was bei mir Paarungsbereitschaft auslöst, steht nicht zur Debatte und deine Hormonbooster interessieren mich, ganz im Vertrauen, werte Gerda, nicht die Bohne.«

Der Regen hatte aufgehört, stattdessen zog leichter Nebel auf. Die Abenddämmerung setzte ein.

Gerda Pettenkofer erklomm schwer schnaufend die Aluminiumleiter und stapfte durch das Gebüsch hinauf zur Pestalozzistraße. Zwei Altbauten in der Straße waren eingerüstet. Riesige Transparente kündeten von den »Wohnträumen begehrter Lage«, die hier entstünden. Begehrte Lage. Pfeffer musste lachen. Die Gegend war früher mal ein echtes Glasscherbenviertel gewesen. Pfeffer kannte sich aus. Hier war er aufgewachsen. Zugegeben, nicht direkt hier im Glockenbachviertel, sondern ein paar Straßen weiter südlich im Schlachthofviertel. Aber das gesamte Areal der Isarvorstadt gehörte damals zu seinem Kiez, er kannte alle Gassen und Winkel. Damals beherrschten gewaltbereite Jugendbanden die Gegend und Pfeffer hatte gelernt, sich zu prügeln. Er war nie davongelaufen. Er hatte seine blauen Augen und Blessuren mit Stolz getragen. Er erinnerte sich an den Baiersbrunner Schorschi, der besonders skrupellos die Jüngeren schikanierte und mit sadistischer Perfektion quälte. So wie damals, als Schorschi zwei seiner devoten Lakaien den jungen Pfeffer festhalten ließ, damit er ihm »die blöde Schlachthof-Fresse zur Schlachtplatte hauen« konnte, wie es der Schorschi ausdrückte. Damals hatte Pfeffer das erste Mal festgestellt, wie empfindlich Jungs im Genitalbereich sein können. Und da Max Pfeffer schnell und wendig war, bekamen nicht nur die beiden Lakaien seine Stiefel zu spüren, sondern auch der Schorschi. Dem Schorschi brach er dann noch die Nase. Danach ließen sie ihn in Ruhe. Der Schorschi versuchte sogar sein Freund zu werden. Doch Max Pfeffer konnte sich beherrschen.

Damals gab es auch noch die billigsten Striplokale der Stadt im Viertel und den Straßenstrich an der Müllerstraße. Die Mieten waren ein Witz verglichen mit den begehrten Wohnlagen in Schwabing oder Haidhausen. Also kamen bald die Künstler, die Kreativen und mit ihnen die Schwulen. Das Schmuddelkind Isarvorstadt wurde langsam cool und hip. Lange Jahre stimmte der Mix aus Alt und Neu, aus schwul und hetero, aus Szene und Gerontologie. Den Begriff Glockenbachviertel kannten nur die Eingeborenen und es war ein Bäh-Wort, dort wollte niemand zuhause sein. Also sagte man entweder, man wohne im Gärtnerplatzviertel (schon erheblich besser) oder gleich in Thalkirchen (noch viel besser). Dann änderte sich alles. Die Kreativen zogen die Schi-Schis nach, die schwule Partyszene zog das hetero Ballermannpack nach sich, die Immobilienpreise explodierten, die Mieten stiegen ins obszöne, die erwachsen gewordenen Schlägertypen konnten sich ihren Kiez nicht mehr leisten und mussten an den Stadtrand ziehen. Statt verrosteter Toyotas oder Corsas eroberten SUVs und Mini Cooper die schmalen Straßen. Plötzlich gab es nur noch Glockenbachviertel, vom Viktualienmarkt bis mitten hinein nach Sendling. Und die Schlachthofviertler reckten ihre Nasen noch etwas höher und beschlossen, dass sie von nun an im Dreimühlenviertel wohnten, weils schicker klingt. Gentrifikation nannte sich das alles in Neudeutsch. Pfeffer hatte auf einem alten Volvo einen Aufkleber gesehen, den er sich unbedingt besorgen wollte: »Willkommen im Viertel, ihr Arschlöcher!« Dann musste er sich aber eingestehen, dass er mittlerweile selbst dank seiner Einkommensklasse den Lebensstil der Arschlöcher pflegte. ›Aber immerhin‹, so sagte er sich, ›habe ich eine andere Einstellung.‹ Er fuhr keinen SUV, mied Bio-Läden – hauptsächlich, weil Tim fürs Einkaufen zuständig war – und hatte keinen kreativen Job. Obwohl er sich seinen Job durchaus kreativ gestaltete.

»Wie sehen uns morgen im Büro, Bella«, sagte Max Pfeffer zu seiner Kollegin. »Dann machen wir uns auf die Suche nach vermissten alten Frauen und ihren Mördern.«

»Geht klar, Chef.« Die Hauptkommissarin verabschiedete sich und ging mit schnellen Schritten die Straße hinunter.

»Ihre erste Woche als Hauptkommissarin«, sagte Pfeffer und sah seiner Kollegin hinterher.

»Was?« Doktor Pettenkofer gab dem Kriminaler einen Schubs. »Sie ist befördert worden? Warum sagt mir keiner was? Ich hätte ihr gratuliert!«

»Ich muss da lang«, sagte Max Pfeffer.

»Und ich da.« Die Rechtsmedizinerin deutete in die entgegengesetzte Richtung. »Begleitest du mich zum Auto?«

»Hast du Angst alleine zu gehen?« Pfeffer schmunzelte. »Allein in München. Grusel. Noch dazu im Glockenbachviertel. Shiver!«

»Blödmann.« Die Rechtsmedizinerin zündete sich eine neue Zigarette an. »Dachte immer, du bist ein Kavalier. Dann begleite ich dich eben zu deinem Auto, Maxl, schließlich sind wir im Glockenbachviertel, und schon mein Vater selig hat immer gesagt, dass man da als Mann mit dem Arsch zur Wand durch die Straßen laufen muss, damit man nicht ganz die Unschuld verliert.«

»Weiser Mann, dein Vater.« Pfeffer lachte.

»Ein Depp war er!«

»Oder so.«

»Wenigstens hast du jetzt bessere Laune. Sag, wo steht dein Wagen, Maxl. Ich begleite dich wirklich.«

»Mein Wagen steht nirgends. Ich bin gelaufen.«

»Echt?« Doktor Gerda Pettenkofer blieb abrupt stehen. »Von Obermenzing bis hierher?« Sie pfiff durch die Zähne.

»Nicht von Obermenzing. Ich wohne zurzeit hier ums Eck. Zurück in der alten Hood. Und ich bin ein Kavalier, die Dame. Ich begleite dich doch selbstverständlich.« Sie bummelten weiter die Pestalozzistraße hinunter, kamen an der Heilsarmee vorbei und steuerten auf den alten Suzuki-Geländewagen der Rechtsmedizinerin zu, der unter einer Laterne vor einem Tagescafé parkte.

»Oh, rausgeschmissen worden? Erzähl! Ich brauche mehr Details.« Die Rechtsmedizinerin sah den Kriminalrat sensationslüstern an.

»Es ist denkbar banal, Gerda-Hase. Wir haben beschlossen, die Bäder neu machen zu lassen. Na, eigentlich nur das obere Bad. Da die aber empfohlen haben, gleich das ganze Rohrsystem zu erneuern, haben wir uns dazu entschlossen, alle Bäder und Toiletten im Haus neu machen zu lassen. Ach ja, und die Küche. Da wurde seit der Erbauung nichts mehr gemacht. Alles original 20er Jahre. Lauter Schrott. Kostet eine Stange und das ganze Haus ist eine Baustelle. Und wir sind alle ausgezogen. Na, eigentlich nur ich.«

»Ich sagte doch: mehr Details!« Sie waren längst neben dem alten, japanischen Geländewagen der Rechtsmedizinerin angekommen, und Gerda Pettenkofer lehnte sich gegen die »Friseusenschleuder«, wie sie ihr Auto selbstironisch nannte.

»Cosmo hat Osterferien und ist auf Ibiza, angeblich fürs Abi lernen. Flo ist in England, und Tim hat ein dreiwöchiges Seminar bei einem Pharmariesen in Hamburg. Nur ich bin hiergeblieben. Einer muss ja die Bauarbeiten beaufsichtigen. Ich habe per Zufall hier um die Ecke eine Wohnung als Zwischenmieter bekommen. Kostet mich nur die Nebenkosten.«

»Echt? Wer ist so großzügig?«

»Severin Hemberger. Der Ex von meiner Ex. Na, streng genommen ist er nicht der Ex meiner Ex, sondern so was wie der Witwer meiner Ex. Sie waren nicht verheiratet, als sie starb. Aber zusammen, du verstehst?«

»Der Ex von deiner Exfrau bietet dir ein Dach über dem Kopf? Hat er jetzt das Ufer gewechselt?«

»Nö.« Pfeffer schlug den Jackenkragen hoch. Es war kalt, viel zu kalt für einen normalen Aprilabend. Aber was war in den letzten Jahren schon normales Wetter. Seit das Thema Klimaerwärmung in aller Munde war, hatte sich Pfeffer auf lange, heiße Sommer und milde Winter gefreut. Er war wetterabhängig, was seine Stimmung anging. Er brauchte Sonne und Wärme. Doch statt Sonne und Wärme waren die letzten Sommer desaströs verlaufen. Und auch ein richtiger Frühling ließ sich nicht mehr blicken. Meist klebte ein dichter grauer Deckel über der Stadt oder es regnete, und die Winterdepression wollte nicht aus Pfeffers Seele weichen. Kalter Nebel stand mittlerweile zwischen den Häusern.

»Der Ex von meiner Ex ist eigentlich ein ganz netter«, sagte Max Pfeffer. »Er hat meine Ex wirklich geliebt. So richtig mit allem drum und dran. Wie man es sich wohl nur wünschen kann, geliebt zu werden. Als sie dann gestorben ist, hat ihn das völlig aus der Bahn geworfen. Ebenfalls so richtig mit allem drum und dran. Klapsmühle, Psychopharmaka und so. Er musste seinen Weinladen aufgeben, Offenbarungseid, totale Pleite, und alles, was du dir an Drama vorstellen kannst. Er hartzt nun und fristet ein Hungerleiderdasein als freischaffender Künstler.«

»Und er vermietet also unter, um Geld zu verdienen?«

»Nein. Er hat eine Zweizimmerwohnung vorne in der Arndtstraße, die hat ihm sein Vater verschafft, der im selben Haus wohnt. Nun ist sein Vater wegen Schlaganfall für mehrere Wochen in der Reha, und dessen Wohnung steht leer. Neulich habe ich per Zufall mit Severin telefoniert, er erkundigt sich alle Jubeljahre mal nach den Kindern, weil er die Jungs echt mag, und da sind wir auf das Thema Badumbau gekommen etcetera, und er hat mir die Wohnung seines Vaters angeboten. Nun wohne ich vorübergehend mitten in einer Wohnung, die nach altem Mann müffelt und die in den schockierendsten Möbeln der Nachkriegszeit eingerichtet ist, die du dir vorstellen kannst.«

»Das möchte ich sehen.« Die Rechtsmedizinerin klatschte begeistert in die Hände. »Wann lädst du mich auf einen Kaffee ein?«

»Definitiv nicht jetzt. Machs gut, fahr vorsichtig und dann süße Träume.«

»Dir auch ne gute Nacht, Maxl.«

03 Pfeffer ging den Weg zurück. Der Leichenwagen fuhr eben weg. Pfeffer bog von der Pestalozzistraße auf den kleinen Weg, der neben dem Bach durch die Grünanlage führt. Der Kriminalrat vergrub die Hände in den Taschen seiner Lederjacke, als er über den kleinen Steg ging, der über den Bach führt. Totensteg heißt der im Volksmund, weil er vom Glockenbachviertel zum Seiteneingang des alten Südfriedhofs führt. Die feuchte Kälte drang durch die Kleidung. Novembernebel im April. Zum Kotzen.

Zu der späten Stunde begegneten ihm nur wenige Menschen. Sie tauchten schemenhaft auf und verschwanden in der Suppe. Die meisten hatten es ziemlich eilig. Einer wankte bedenklich, eine Alkoholfahne wehte ihm noch lange nach, als er längst wieder im Nebel abgetaucht war. Eine Frau führte ihren Hund spazieren. Besser gesagt, sie wartete am anderen Ende der Leine darauf, dass ihr Köter seine Notdurft mitten auf den Gehsteig entrichtete.

Max Pfeffer verkniff sich einen Kommentar. Sein jüngster Sohn Florian hatte sich einmal einen Hund gewünscht. Der Bub hatte partout nicht verstehen wollen, warum sein Vater das so strikt ablehnte. Max Pfeffer mochte keine Hunde, weil er devote Wesen verabscheute. Und er fand schon immer die Situation ziemlich absurd, dass sich Menschen an ein Vieh leinen, darauf warten, bis es abkotet, und zuletzt, sofern sie auf ihre Mitbürger Rücksicht nahmen, auch noch die Scheiße in kleinen Plastikbeutelchen einsammelten.

Es war aber auch ziemlich absurd, dass alte Frauen zum Bündel verschnürt in einen Bach geworfen wurden.

Als Pfeffer an den Altglascontainern neben dem Jugendhaus der Caritas vorbeikam, hörte er ein Keuchen und ein Würgen. Er blieb unschlüssig stehen, sein Gastbett rief. Endlich schlafen, und niemanden mehr sehen. Pfeffer beobachtete den Mann, der sich vornübergebeugt am Grünglascontainer festhielt und sich übergab.

»Kann ich Ihnen helfen?« Verdammtes Pflichtbewusstsein und ein immer noch nicht ganz überwundenes Helfersyndrom.

»Danke, geht schon«, murmelte der Mann am Container und richtete sich langsam auf. »Schon wieder okay.« Er wischte sich mit einem Taschentuch den Mund ab und drehte sich leicht wankend um. Die Blicke trafen sich.

»Max?«

»Severin? Was machst du denn für Sachen?«

»Sorry, Pfeffer.« Severin Hemberger richtete sich vollends auf und lächelte matt. »Manchmal finde ich mich eben selbst zum Kotzen.«

»Du solltest weniger trinken …«

»Ich trinke nicht genug! Spar dir deine Predigten für deine Kinder auf, Maximilian Pfeffer.« Es klang zu aggressiv, und Severin schickte schnell leise hinterher: »Tut mir leid. Du hast keine Ahnung von meinem Leben.«

»Okay. Aber ich glaube, ich bringe dich jetzt besser mal nach Hause.« Pfeffer streckte seine Hand aus, um Severin am Arm zu packen. »Wie praktisch, dass wir beide im selben Haus wohnen.«

Severin Hemberger, der seit dem tragischen Krebstod seiner Lebensgefährtin versuchte, sein Leben als durchaus talentierter, aber ebenso verkannter Künstler auf die Reihe zu bekommen, zog seinen Arm zurück. »Geht schon, Max. Ich bin nicht besoffen.«

»Was dann? Magen verdorben?«

»Du … Irgendwann erzähle ich dir mal ein wenig über mich, dann wirst du verstehen, warum mir von mir selbst schlecht wird«, sagte Severin Hemberger so betont geheimnisvoll, dass Pfeffer jegliches Interesse an der Geschichte verlor. »Komm, lass uns im Rumpler noch einen Absacker trinken. Ich brauch das jetzt. Und ich brauche … naja … Gesellschaft. Bitte.«

»Okay«, seufzte Pfeffer wenig begeistert. Scheiß Helfersyndrom. Er mochte Severin irgendwie, aber es reichte nicht, als dass man es eine Freundschaft nennen könnte. Sie hatten mal dieselbe Frau geliebt, mehr nicht. Max Pfeffer und Severin Hemberger waren beide virile, sehr maskuline Typen, aber sonst verband sie optisch nichts. Severin war ein großer Kerl, muskulös, breit. Pfeffer eher kleiner und drahtig. Severin war ein paar Jahre jünger als Pfeffer, sogar ein paar Jahre jünger als Pfeffers Exfrau. Seinem beginnenden Haarausfall begegnete er, indem er sich den Kopf rasierte. Trotz seines maskulinen Äußeren hatte er diesen scheuen Dackelblick, der überhaupt nicht zu ihm passen schien. Sie liefen schweigend die Straße hinunter auf die Wirtschaft am Eck zu, die schon seit gut und gerne einhundert Jahren existierte und damals wie heute Rumpler hieß. Vor der Eingangstür standen zwei Gestalten und rauchten. Als sie die Gaststube betraten, drehten sich die Köpfe der wenigen Gäste erwartungsvoll um. Weil jedoch niemand Aufregendes kam, widmete sich wieder jeder seinem Tisch- oder Tresennachbarn.

»Was treibt dich eigentlich zu so später Stunde in die Kälte einer Frühlingsnacht?«, fragte Severin, als sie am Tresen saßen und jeder ein schäumendes Bier vor sich hatte. »Amouren? Mal wieder ne kleine Tour durch Ochsengarten, Bau und Edelheiß? Marktwert checken?«

»Klar, hab nichts Besseres zu tun. Nein, Arbeit«, brummelte Pfeffer.

»Und?«, hakte Severin ungeduldig nach.

»Wie und?«

»Du hast Bereitschaft, du bist draußen, also musst du einen neuen Fall haben, oder?«

»Richtig.« Der Kriminalrat trank einen großen Schluck. »Es geht dich zwar nichts an, aber du wirst es eh morgen oder eher Montag in der Zeitung lesen. Nichts Großartiges … Eine alte Frau. Sie wurde heute bei der Bachauskehr tot im Kanalbett gefunden.«

»Ertrunken?«

»Mehr darf ich dir beim derzeitigen Stand der Ermittlungen nicht sagen.«

»Derzeitiger Stand der Ermittlungen.« Severin Hemberger zog die Augenbrauen spöttisch hoch und trank sein Bierglas in einem Zug leer. Weil die Bedienung vorbeikam, hob er sein leeres Glas und deutete wortlos darauf.

»Ich halte dich auf dem Laufenden. Jetzt erzähl mir lieber die wahnsinnig spannende Geschichte, warum du dich manchmal selbst zum Kotzen findest.«

»Ein andermal. So genau willst du es gar nicht wissen. Erzähl du mir lieber, was du für Unterhosen hast.«

»Gehts noch?« Pfeffer verschluckte sich fast an seinem Bier.

»Hast du so peinliche Liebestöter, ausgeleierter Feinripp mit Eingriff? Das wäre ideal.«

»Wofür? Stehst du auf Fetischspielchen?«

»Ich mache eine neue Portraitserie. Alle Bilder im gleichen Format. Lauter Männer in Unterhosen. Und ich möchte, dass du mir Modell sitzt. Dazu wäre es schön, wenn du eine weiße Feinripphose mit Eingriff trägst, denn die haben bisher alle Modelle gehabt. Viele Männer, eine Hose. Alle sitzen auf meinem roten Sofa.«

»Wahnsinnskonzept«, sagte Pfeffer sarkastisch. »Ich fühle mich zwar geehrt, wenn du mich malen willst, aber Feinripp mit Eingriff trage ich nicht mehr, seit ich mir selbst meine Unterhosen kaufe.«

»Okay, dann leihe ich dir eine.«

»Ich glaube nicht, dass ich deine Feinrippunterhosen mit Eingriff tragen möchte.«

»Die Alternative wäre ganz nackt, und ich lege die Hose neben dich auf das Sofa. Überlegs dir. Ich würde mich freuen. Wirklich. Ernsthaft. Komm doch morgen nach Dienstschluss.«

»Schaugn ma amoi.«

»Dann seng ma scho«, ergänzte Severin.

04 Erster Espresso und erste Zigarette. Dann Joggen an der Isar mit Ella Fitzgerald im MP3-Player. Eine ungewohnte Strecke für Max Pfeffer, doch er fühlte sich an seine Jugend erinnert. Er wählte die für ihn kürzere Strecke. Am Rodenstockgelände vorbei, am Stadtbach entlang zum Flaucher, dann über den Flauchersteg auf die andere Isarseite und in den Isarauen zurück zur Reichenbachbrücke. Unterwegs ein paar Liegestützen und Sit-ups auf dem asphaltierten Radweg. Die Sonne war herausgekommen, der Asphalt war leidlich warm. Zurück in der Gastwohnung erst rasieren, dann duschen. Kein Rasierwasser, das vertrug seine empfindliche Haut nicht. Und die üblichen Après-Balms rochen ihm zu üblich. Er nahm seinen Flakon Blenheim Bouquet, ein Spritzer links an den Hals, einen rechts, einen ans Brustbein. Das reichte. Dann die zweite Zigarette mit dem zweiten Espresso. Kurz mit Tim in Hamburg telefonieren, und ihm einen schönen Tag wünschen. Mit einem Handtuch um die Hüften wählte Max Pfeffer die Kleidung für den Tag. Ihm war nach Grau. Loriot kam ihm in den Sinn. ›Ein frisches Steingrau‹, dachte er sich und wählte den schmal geschnittenen, mittelgrauen Anzug. Dazu ein schwarz-weiß kariertes Hemd, dessen Karos zu groß waren für den langweiligen Businesslook der ganzen Bürohengste und zu klein für derbe Holzfälleroptik. Max Pfeffer legte stets Wert darauf, gut und passend gekleidet zu sein. Meist eher sportlich, aber oft mit einem Hang zu maskuliner Eleganz. So wie es eben zu einem durchtrainierten Mann Anfang vierzig passte. Pfeffer wusste, was ihm stand und wie er seinen athletischen Körperbau vorteilhaft in Szene setzen konnte. Er war zu selbstkritisch, um sich sonderlich attraktiv zu finden. Aber er wusste um die Wirkung seiner kuscheligen braunen Teddyaugen, besonders bei Frauen.

»Der Beschreibung nach könnte es sich bei unserer Toten um Erna Kubelik handeln«, sagte Annabella Scholz und legte einen dünnen Aktendeckel auf Pfeffers Schreibtisch. »Rentnerin, dreiundsiebzig Jahre alt. Wohnte in dem Haus Ecke Pestalozzistraße und Holzplatz und wurde kurz nach Neujahr als vermisst gemeldet.«

»Verwandtschaft?« Pfeffer polierte seine chromblitzende Espressomaschine, die er sich vor einiger Zeit auf eigene Kosten fürs Büro angeschafft hatte. Als echter Koffeinjunkie konnte er einfach die langweilige Plörre, die aus der alten, normalen Kaffeemaschine tröpfelte, nicht mehr trinken. Ein italienisches Luxusgerät für Gastronomieansprüche mit perfekter Crema. Sie war sein Heiligtum, das er liebevoll pflegte und jeden Tag polierte. Niemand außer ihm und Kollegin Annabella Scholz durfte es benutzen. Da die Maschine in seinem Büro stand und er als Kriminalrat über ein Einzelbüro verfügte, war sie sowieso nicht öffentlich zugänglich.

»Keine. Sie war alleinstehend, keine Kinder. Sie wurde von einer Sozialbetreuerin vermisst gemeldet. Eine gewisse Verena Klein. Die betreut ehrenamtlich alte Leute im Viertel. Einkäufe. Behördengänge etcetera. Das ist so ein soziales Projekt von der Kirche. Das interessante daran ist, dass die Erna Kubelik noch ein weiteres Mal als vermisst gemeldet wurde, von einem gewissen Bertram Xylander. Cooler Name. Egal. Er hat sie bereits nach Weihnachten als vermisst gemeldet. Es gab also mehrere Menschen, denen sie abging.«

Max Pfeffer setzte sich in den Schreibtischstuhl und wippte ein wenig. »Weißt du, was mir durch den Kopf geht, Bella?« Er wartete keine Antwort ab. »Helene Schneider und Gisela Schlüter. Wir haben in den letzten Monaten schon zwei ermordete alte Damen. Die Kubelik wäre unsere Nummer drei. Und bei keiner einzigen gibt es eine vernünftige Spur auf den oder die Täter. Gut, bei der Kubelik wissen wir es noch nicht.«

»Du glaubst, da besteht ein Zusammenhang?« Hauptkommissarin Scholz setzte sich auf die Schreibtischkante. »Räumlich sehe ich da keinen. Helene Schneider lebte in Giesing und … okay … Gisela Schlüter wohnte auch in der Isarvorstadt, Baaderstraße.«

»Ist nur so eine Idee«, sagte Pfeffer nachdenklich. »Die drei wurden der Spurenlage nach in ihren Wohnungen überfallen, ermordet und ausgeraubt. Zumindest fehlten Portemonaies und Bargeld. Es gab in keinem einzigen Fall Einbruchspuren, also müssen die den Täter freiwillig in die Wohnung gelassen haben.« Er stand auf und holte die Unterlagen zu den beiden anderen Fällen. Er flog über die Protokolle und Zeugenaussagen. Max Pfeffer schlug die Aktendeckel zu. »Kein Nerv. Das mach ich später. Wohnungen nicht durchwühlt. Okay. Der Täter hat nur den Inhalt der Handtaschen geschnappt und ist sofort abgehauen. Keine vernünftigen Zeugenaussagen.

Wenn ich mich recht erinnere, will bei der Schneider eine Nachbarin einen unbekannten jungen Mann gesehen haben, den sie aber nicht näher beschreiben kann. Südländischer Typ. Natürlich, was sonst. Und die Tochter von Helene Schneider hat ausgesagt, dass auch wertvoller Schmuck fehlt. Die anderen haben keine Verwandten, die etwas über fehlenden Schmuck oder andere Wertgegenstände sagen können. Allerdings haben wir bei der Schlüter ein wenig Schmuck gefunden. Und der war nicht mal gut versteckt. Der Täter hätte ihn leicht finden können. Seltsam. Wir haben also keine Ahnung, ob wirklich etwas fehlt und wenn ja, was. Wann haben wir zuletzt bei den üblichen Verdächtigen nachgehakt, ob Schmuck aus unbekannter Quelle angeboten wurde?«

»Letzte Woche. Kein Ergebnis.«

»Dann hat es der Täter offenbar nicht eilig, den Schmuck von Helene Schneider sofort zu Geld zu machen. Er wartet ab. Oder er hat einen Abnehmer, den wir nicht kennen.«

»Oder er hat die Sachen schon längst irgendwo im Ausland vertickt.«

Pfeffer nickte. »Alles dürftig. Gut, vielleicht täusche ich mich auch, und es besteht keinerlei Zusammenhang zwischen den Taten. Widmen wir uns also der Erna Kubelik.«

»Verena?« Der junge Mann studierte immer noch interessiert die Ausweise, die Pfeffer und seine Kollegin hochhielten. Dann gab er den Weg in die Wohnung frei. »Nein, meine Freundin ist nicht da.« Mit einer Handbewegung forderte er die Kriminaler auf, ihm zu folgen. Sie betraten ein Wohn-/Arbeitszimmer mit riesigem Flachbildschirmfernseher, moderner Sitzecke und einem großen Arbeitstisch, auf dem sich Papiere stapelten sowie der größte Computerbildschirm stand, den Pfeffer je gesehen hatte. An den Wänden hingen gerahmte Poster, Werbung aus den Zwanziger Jahren.

»Herr …«

»Degenhardt, Alexander Degenhardt.«

»Herr Degenhardt …«

»Ich bin Grafiker«, fing der junge Mann unaufgefordert an zu erzählen und deutete auf den Schreibtisch. Seine Hände zitterten. »Freischaffend. Mein Büro. Und unser Wohnzimmer.« Er zuckte entschuldigend mit den Schultern. »Ein richtiges Büro kann ich mir momentan nicht leisten. Die Auftragslage ist nicht gerade rosig. Und wir brauchen jeden Cent. Sie kennen ja die Mieten in München. Na, wird sich hoffentlich mal ändern, wenn Verena ihren Doktor hat.« Er hörte so unvermittelt auf zu reden, wie er begonnen hatte. »Ich weiß, ich labere zu viel. Entschuldigung. Meine Freundin ist in der Uni. Sie macht gerade ihre Dissertation und hat viel um die Ohren. Worum geht es denn?«

»Sagt Ihnen der Name Erna Kubelik etwas?«, fragte Pfeffer.

»Die alte Säuferin?« Alexander Degenhardt schmunzelte. »Klar sagt die mir was. Eine von Verenas Härtefällen. Hat ihre ganze Rente in Schnaps und Bier umgesetzt. Die konnte man im Sommer jeden Abend um die Häuser torkeln sehen. Und dann ihre Bude! Verena hat mich mal mitgenommen, weil ich ihr nicht glauben wollte, wie es bei der aussah. Also meiner Meinung nach am Rande des Messietums. Und gemüffelt hat es in der Wohnung. Entschuldigung. Ich rede zu viel … Sagt Verena auch immer. Was ist mit der Alten? Soweit ich mich erinnere, war Verena schon lange nicht mehr bei ihr. Sie wird, glaube ich, vermisst. Verena hat vor einigen Monaten mal so was gesagt. Verena war einigermaßen besorgt, dachte, sie sei in der Wohnung gestürzt oder so. Verena hatte den Schlüssel, und wir sind zusammen hingegangen. Verena hatte Angst, alleine hinzugehen und dann am Ende über eine Leiche zu stolpern. Aber die Wohnung war leer. Also nicht leer im Sinne von leer. Das ganze Gerümpel stand noch herum. Es war halt niemand da.«

»Und?«

»Nichts und. Wir sind dann noch ein paar Mal hin. Das war nach Neujahr. Halt, wenn ich mich nicht täusche, war es das erste Mal sogar an Silvester. Und nachdem wir drei Mal niemand angetroffen hatten, hat Verena bei der Polizei eine Vermisstenanzeige aufgegeben. *That's it.* Mehr hat sich nicht getan. Verena hat die ehrenamtliche Betreuung sowieso momentan auf Eis gelegt. Keine Zeit mehr. Die Dissertation geht vor. Und Sie suchen nun immer noch nach der Kubelik?«

»Nein, suchen wir nicht.«

»Oh, ich dachte, Sie sind von der Vermisstenstelle.«

»Nein.« Max Pfeffer schmunzelte. »Kripo. Ist das hier Erna Kubelik?« Pfeffer hielt dem jungen Mann das Foto hin, das er von der Pathologie bekommen hatte.

Alexander Degenhardt zog beide Augenbrauen nach oben, dann runzelte er die Stirn und sah von Annabella Scholz zu Max Pfeffer und zurück. »Verstehe.« Er nickte und schluckte. »Nehmen Sie das bitte weg. Ja, das ist sie. Sie ist also tot. Ermordet? Klar. Logisch. Sonst wären Sie nicht hier.«

Das Telefon klingelte und Alexander Degenhardt schnappte sich schon beim zweiten Läuten den Hörer. »Degenhardt? … Ja … Nein … Nein … Das war doch gestern Ihr Wunsch. Ja, das hatten wir … Ich habe noch die E-Mail … Sie haben gestern ausdrücklich … Nein … Sicher. Aber ich denke mir doch so was nicht einfach aus … Okay, natürlich … gut. Die Farben sind aus dem CI-Guide. Das sieht nur auf dem Bildschirm anders aus … Nein, das ist nur ein niedrigaufgelöstes PDF zur Bildschirmansicht. Daher … Ich kann Ihnen auch ein druckfähiges PDF schicken, wenn Ihr E-Mail-Postfach das mitmacht … 24 Megabyte … Doch, so viel … Dann war das wohl ein Kommunikationsfehler. Entschuldigen Sie … Ja, in einer Stunde … Sicher. Entschuldigen Sie nochmals.« Er drückte wütend auf die Taste mit dem roten Hörer. »Arschgesichter«, fluchte er. »Scheißdreckspack. Entschuldigung. Kunden. Gestern hü, heute hott. Und natürlich bin ich schuld, weil ich genau das umgesetzt habe, was sie gestern noch wollten. Heute ist genau das Gegenteil angesagt. Hätte ich riechen müssen. Sieht sowieso schon scheiße genug aus, weil da wieder Menschen in Marketingabteilungen sitzen, die keine Ahnung von irgendwas haben. Wissen Sie, warum die deutsche Werbung oft so beschissen ist? An uns Kreativen liegts jedenfalls definitiv nicht. Debiles Gesindel. Entschuldigen Sie.«

»Freiberufler«, sagte Annabella Scholz mitfühlend.

»Sie sagen es. Ja, die alte Kubelik. Also ermordet. Mein Gott. Haben Sie schon den Täter? Ach, was rede ich, sonst wären Sie ja nicht hier.« Er riss die Augen auf. »Denken Sie etwa, die Verena hätte … Absurd!«

»Warum?«, fragte Max Pfeffer.

»Weil sie … Also, sie hätte doch keinen Grund gehabt. Sie hat der Alten ab und an geholfen. Hat für sie eingekauft und versucht, das Chaos in der Wohnung zu bewältigen. Deshalb bringt man niemand um. Für meine Verena lege ich die Hand ins Feuer. Die könnte keiner Fliege was zuleide tun. Sie studiert Kunstgeschichte und nicht … äh … da fällt mir jetzt kein passender Vergleich ein. Fragen Sie doch lieber mal die ganzen Penner, mit denen die Alte immer gesoffen hat. Gleich gegenüber. Am Holzplatz. Sie wissen schon, direkt vor dem alten Pissoir stehen die Bänke, auf denen sich immer die Penner, 'tschuldigung, die Obdachlosen sammeln.«

»Sie entschuldigen sich oft, Herr Degenhardt«, sagte Pfeffer.

»Ich weiß, 'tschuldigung.« Er lachte trocken. »Berufskrankheit. Als freier Grafiker muss man sich schnellstmöglich das Rückgrat rausoperieren lassen.«

»Sie haben noch den Schlüssel zu Erna Kubeliks Wohnung?«, fragte Pfeffer. Degenhardt nickte. »Gut, den geben Sie uns bitte mit. Und sagen Sie Ihrer Freundin, sie soll sich bei uns melden.«

05 Alexander Degenhardt hatte übertrieben. Nicht sehr viel, aber dennoch übertrieben. Die Wohnung der Toten machte einen völlig verwahrlosten Eindruck am Rande des Messietums. Aber es stapelte sich kein Müll in den Räumen, durch den nur Trampelpfade hindurchführten. Keine vergammelten Essenreste, kein Ungeziefer. Pfeffer kannte echte Messiewohnungen. Diese hier war noch harmlos. Vorsichtig schritten er und seine Kollegin durch die Zimmer. Wohnzimmer, Schlafzimmer, Küche, Bad. Im Türrahmen der Küche blieb Pfeffer stehen und holte sein Mobiltelefon hervor. »Bella«, rief er über die Schulter. »Ich denke, wir haben den Tatort gefunden.«

Die Hauptkommissarin kam hinzu und sah, was Pfeffer meinte. Unten an der altmodischen Anrichte sah man einige Blutspritzer. Der Boden davor hingegen war sauber. Zu sauber für den Rest der Küche.

»Das haben Verena Klein und ihr Freund wohl übersehen«, sagte sie.

»Wenn sie die Täter waren und den Boden gereinigt haben?«

»Oder wenn sie sich tatsächlich in der Wohnung nur umgesehen haben, ob die Alte irgendwo liegt.«

»Ich rufe die Kollegen von der Spurensicherung.«

Anschließend ging Pfeffer zurück ins Wohnzimmer und sah sich um. Die Tür der Kommode stand offen. Ein Schubfach an der Schrankwand stand halb geöffnet heraus. Überall standen Sachen herum, Bücher, Zeitschriften, leere Bierflaschen. An den Wänden klebten vergilbte, kräftig gemusterte Tapeten. Es hingen auch ein paar Fotos herum. Pfeffer erkannte auf einigen eine noch jüngere Erna Kubelik. Ihm fiel eine uralte Fotografie in Sepiatönung auf, darauf räkelte sich eine nackte Dame neckisch auf einem Diwan. Das Foto war eindeutig zu alt, um die junge Erna Kubelik zu zeigen. Dann gab es noch das kitschige Gemälde einer Landschaft und Katzenbilder. An mehreren Stellen zeugten helle Rechtecke und leere Nägel davon, dass da einmal weitere Bilder gehangen haben müssten. Pfeffer nahm sich ein Foto von der Wand, das eine fröhliche Erna Kubelik mit zwei lachenden Männern in einem ordentlichen, aufgeräumten Wohnzimmer zeigte. Anhand der Tapete konnte Pfeffer den Raum als das Zimmer identifizieren, in dem er stand.

Annabella Scholz kam herein. »Ich kenne das Haus hier«, sagte Max Pfeffer. »Hier hat der Bichler Toni gewohnt. Oben im dritten Stock.«

»Jugendfreund?«, fragte die Hauptkommissarin.

»Kann man so sagen. Kein Freund, eher ein Kumpel.« Pfeffer steckte das Foto in seine Manteltasche. »Das Himmelhaus. So haben wir es damals als Kinder genannt. Himmelhaus.«

»Warum das denn?«

»Keine Ahnung. Vermutlich, weil es damals schon so himmelblau angestrichen war. Ich glaube, es ist das einzige blaue Haus hier im Viertel gewesen.« Er ging hinaus in den Flur. »Weißt du was, Bella, der Bichler Toni war eigentlich ein Arsch. Was der wohl heute macht? Egal. Wir sind nur hergekommen, weil wir dann unten im Keller spielen konnten. Komm mal mit.«

Neben der Eingangstür befand sich ein Schlüsselbrettchen, an dem mehrere Schlüsselbunde und einzelne Schlüssel hingen. Pfeffer studierte die Schlüssel und nahm dann einen Bund mit. Die Hauptkommissarin folgte ihrem Chef zum Keller. Nach zwei Versuchen fand Pfeffer den richtigen Schlüssel zur Tür. Dann gingen sie die Stufen hinab. Es roch nach feuchtem Moder.

»Trockene Keller findest du hier nirgends«, sagte Pfeffer. »Der Bach. Wir hatten uns einmal eine Mutprobe ausgedacht. Nicht hier. Vorne an der Kapuzinerstraße, wo der Bach unter der Straße durchfließt. Da war früher ein Schrottplatz neben der Tankstelle, der hat dem Vater vom Gruber Basti gehört. Von da sind wir in den Bach gesprungen und haben uns unter der Straße hindurch auf die andere Seite treiben lassen. Es war saukalt und echt unheimlich.«

»Und saugefährlich«, ergänzte die Hauptkommissarin.

»Was ja der Sinn der Sache.«

Annabella Scholz ging hinter Pfeffer her, der zielsicher zwischen den Abteilen aus einfachen Holzlatten verschwand. In einer Ecke blieb er stehen und klopfte gegen die Metalltür vor ihm.

»Wir haben Schiffchen gebaut und hier in den Bach gelassen, wenn der Toni den Schlüssel organisieren konnte. Dann haben wir uns vorgestellt, wie sie durch den Kanal schwimmen und in die Isar und dann in die Donau und dann ins Meer.« Pfeffer lachte. »Später haben wir auch Flaschenpost losgeschickt.«

»Und?«, fragte Hauptkommissarin Scholz.

»Nie eine Antwort bekommen.« Max Pfeffer probierte die großen Schlüssel am Bund. Der vierte passte. Er öffnete die schwere Metalltür und blickte in die Öffnung. In der Dunkelheit konnte man nur schemenhaft die Wand gegenüber und das Bachbett unten erkennen.

»Der Täter wird sie hier hineingeworfen haben. Das sollen sich die Kollegen dann auch mal ansehen.« Max Pfeffer betrachtete die Backsteinwand und erinnerte sich dunkel an etwas. Er bückte sich und suchte das untere Mauerstück ab. »Da.« Er deutete auf einen verblassten schwarzen Schriftzug. »Himel«, hatte da jemand hingekritzelt. »Jetzt weiß ichs wieder. Darum haben wir es das Himmelhaus genannt.«

»Himmel mit einem M? Legastheniker«, sagte Annabella Scholz trocken.

Pfeffer merkte, wie er melancholisch wurde. Sie hatten sich damals auch darüber amüsiert und immer wieder versucht, den Schriftzug wegzuwischen, was ihnen nie gelungen war. Sie hatten auf einen Edding getippt. Edding gewinnt immer. Alter Graffiti-Spruch. Er musste raus aus dem Keller.

»Wartest du auf die Kollegen?« Es war weniger eine Frage als eine Anweisung, die Max Pfeffer Annabella Scholz gab, als sie wieder oben in der Wohnung waren.

»Mach ich, Chef. Und du?«

»Ich widme mich den Pennern draußen.« Er deutete aus dem Fenster auf die andere Straßenseite.

Das achteckige, gusseiserne Pissoir aus der Jahrhundertwende am Holzplatz war außen mit Graffiti beschmiert. Seit Jahren verschlossen und außer Betrieb stand es nur noch als stummer Zeuge vergangener Jahrzehnte denkmalgeschützt ohne Funktion da. Pfeffer kannte es noch in Betrieb. Davor hatten sich auf den beiden Parkbänken vier Männer versammelt. Drei ältere und ein junger. Sie tranken Bier aus Flaschen und rauchten Selbstgedrehte.

»Servus, die Herren«, sagte Max Pfeffer, als er zu den Männern trat. Misstrauische Blicke musterten ihn.

»Wir dürfen hier sitzen«, sagte einer trotzig. Ihm fehlten oben die Schneidezähne. »Wir tun niemand was, und hier ist kein Anwohner gestört.«

»Darum geht es nicht.« Pfeffer stellte sich vor den Mann, der geredet hatte. Der Gestank von lange ungewaschenen Körpern, Alkohol und Zigaretten drang in seine Nase. Er machte einen kleinen Schritt zurück. »Sind Sie öfter hier?« Schweigen, dann leichtes Nicken.

»Sie wohnen drüben bei der Heilsarmee?« Er deutete mit dem Kopf auf die gegenüberliegende Straßenseite, wo sich in einem gelbgestrichenen Altbau das Männerwohnheim der Heilsarmee befand. Der ohne Schneidezähne nickte.

»Adolf-Mathes-Haus«, murmelte einer, dessen Stirn tief eingedellt war. Das linke Auge blickte starr. Ein Glasauge. Max Pfeffer nickte. Er kannte die Adresse. Ein Männerwohnheim gleich um die Ecke neben dem Alten-Service-Center der Caritas in der Hans-Sachs-Straße.

Der Dritte, ein Blondschopf mit faltigem Gesicht, lächelte freundlich und nickte. Der Vierte und Jüngste in der Gruppe verzog keine Miene und starrte Pfeffer abschätzig an. Dem Kriminalrat fiel auf, dass der höchstens Mitte zwanzig sein konnte und im Vergleich zu den anderen glatt rasiert und sehr gepflegt gekleidet war. »Und Sie?«, sprach er den Jungen an.

»Warum wollen Sie das wissen?«, kam es aggressiv zurück.

»Interesse.«

Der junge Mann lachte. »Als ob sich irgendjemand für mich interessieren würde.«

»Ja, ich. Also?«

Der junge Mann zuckte mit den Schultern und wandte den Blick von Pfeffer. »Ich habe ein Dach überm Kopf. Ich lebe nicht auf der Straße, falls Sie das wissen wollen.«

»Schön für Sie. Sehen Sie, war doch gar nicht so schwer. Und warum sind Sie dann hier?«

»Kumpels besuchen auf ein Bierchen.« Der junge Kerl zuckte mit den Schultern und pulte am Etikett seiner Bierflasche herum.

»Was willst du, Meister?«, fragte der Zahnlose.

Max Pfeffer holte das Foto der toten Erna Kubelik hervor. »Kennt jemand von Ihnen die Frau?« Er zeigte es im Kreis herum. Alle nickten.

»Die Paloma«, sagte der Zahnlose.

»Paloma«, echoten die anderen.

»Lange nimmer gesehen, die Paloma«, sagte Mann mit dem Glasauge.

»Stimmt«, bestätigte der Zahnlose. »Was ist mit ihr?«

»Paloma?«, fragte Pfeffer. »Das ist Erna Kubelik …«

»Weiß schon«, unterbrach der mit der Stirndelle und dem kaputten Auge. »Die Erna. Für uns ist sie die Paloma. Gell?« Er rempelte seinen Nebenmann an, der faltige Blondschopf mit dichtem struppigem Haar begann zu grinsen. Pfeffer hatte den Eindruck, dass der Mann ein wenig zurückgeblieben war. »Die war eine Nette«. Alle nickten. »Eine ganz feine Person. Was zu essen gabs bei ihr manchmal. Die konnte kochen! Fleischpflanzerl mit Kartoffelsalat …« Zustimmendes Brummen.

»War?«, fragte Pfeffer.

»Hör mal, Meister«, sagte der Zahnlose und sein Blick wurde finster. »Veräppeln können wir uns selber. Jeder, der zwei Augen im Kopf hat, oder selbst unser einäugiger Zyklop hier, sieht auf dem Foto, dass die Frau tot ist. Ich vermute mal, dass es die Leiche war, die man gestern im Bach unter uns gefunden hat.« Er deutete auf die Erde. Die anderen sahen ihn überrascht an. »Stand doch heute in der Zeitung. Lest ihr keine Zeitung?«

»Richtig. Aber es scheint keinen von Ihnen wirklich betroffen zu machen.«

»Wieso auch«, sagte der Zahnlose. »Wenn sie tot ist, hat sies jetzt besser. Wir kannten sie halt. Mehr auch nicht. Sie war eine Nette, hat da drüben gewohnt.« Er deutete hinter sich auf das Haus am Eck. Pfeffer folgte der Handbewegung und sah Annabella Scholz am Fenster von Erna Kubeliks Wohnung stehen, die Arme verschränkt und grinsend. Er zwinkerte ihr zu. »Sie hat sich manchmal um uns gekümmert. Nicht immer. Sie konnte verdammt launisch sein. Dann hat man sie tagelang nicht gesehen. Wochenlang. Manchmal hat sie aber was zu trinken gebracht, manchmal was zu essen …«

»Und manchmal durfte man mit zu ihr«, ergänzte der Einäugige mit der Stirndelle und rempelte prustend seinen Nebenmann an.

»Halt doch deine Klappe, Idiot«, sagte der Zahnlose.

»Mit zu ihr?«, fragte Pfeffer. »Durften Sie bei ihr übernachten, oder wie?«

»Naja, baden durfte man bei ihr, wenn sie in der Laune war «, sagte der Einäugige. »Ich durfte das. Und unser Jerzy hier auch.« Er rempelte wieder seinen Nebenmann an, der verschämt grinste und Rotz die Nase hochzog. »Der Sepp ist nur neidisch, weil sie ihn nicht mitgenommen hat, weil er ihr zu hässlich war. So ohne Zähne.«

»Ihr habt doch keine Ahnung, ihr asoziales Pack«, rief der zahnlose Sepp. »Und ob ich bei ihr baden durfte!«

»Habe ich das eben richtig verstanden«, sagte Max Pfeffer. »Sie alle waren also schon mindestens einmal bei Erna Kubelik in der Wohnung …« Er machte eine Kunstpause.

»Ich nicht«, sagte der junge Mann. »Ich kann mich beherrschen, bei einer alten Assel zu baden.«

»Klar, unser Mirko, der lässt sich ja beim Duschen zuschauen, wenn ...«, sagte der zahnlose Sepp und Blondschopf Jerzy grinste.

»Halts Maul, Sepp«, antwortete der junge Mann, der Mirko hieß, und trank einen Schluck aus seiner Augustinerflasche.

»Frage an Sie alle, außer natürlich an Sie, junger Mann«, sagte Max Pfeffer. »Ist Ihnen in der Wohnung von Frau Kubelik irgendetwas aufgefallen? Hatte sie Wertgegenstände? Schmuck? Irgendetwas Wertvolles?«

Alle lachten. Pfeffer fiel auf, dass der blonde Jerzy immer erst dann lachte oder grinste, wenn die anderen es taten. Der Einäugige wurde zuerst wieder ernst. »Was denken Sie, Herr Kriminalmeister. Sie hatte ihre Rente und ein Dach über dem Kopf. Das ist schon verdammt wertvoll.«

»Und wie oft waren Sie bei ihr?«

»Selten, viel zu selten.«

»Wann zuletzt?«

»Keine Ahnung. Im Oktober oder so. Du, Jerzy?« Er rempelte seinen Nebenmann erneut an. Blondschopf zuckte mit den Schultern und lachte.

»Sie verstehen gar nicht was ich sage, oder?«, fragte Pfeffer den Blondschopf direkt.

Der sah ihn erschrocken an. »Nix deutsch«, sagte er dann.

»Dachte ich mir schon«, murmelte Pfeffer. Jerzy setzte wieder ein breites Grinsen auf.

Der zahnlose Sepp lachte. »Schlau kombiniert, Meister. Na, dann hatte ich ja wohl als letzter das Vergnügen. Ich war Anfang Dezember bei ihr. Fichtenschaumbad. Herrlich. Und sie hatte eine Flasche echten Glühwein vom Nürnberger Christkindlmarkt.« Er sah versonnen in die Ferne.

»Eine Frage noch, die Herren«, sagte Max Pfeffer. »Warum nennen Sie sie denn Paloma?«

»Na, wegen dem Auto«, sagte der Einäugige.

»Blödsinn! Ihr Lieblingslied. *La Paloma, ade, auf Matrosen, ohé!*«, fing der Zahnlose an zu singen und der Einäugige stimmte sofort erstaunlich textsicher in den Hans Albers-Klassiker mit ein. »*Ein Wind weht von Süd und zieht mich hinaus auf See, mein Kind, sei nicht traurig, tut auch der Abschied weh. Mein Herz geht an Bord und fort muss die Reise gehn, dein Schmerz wird vergehn und schön wird das Wiedersehn ...*«

Jerzy sang »lalala« mit. Mirko schüttelte amüsiert den Kopf und tippte sich an die Stirn.

06 »Ich weiß nix«, sagte der alte Mann und schüttelte energisch den Kopf. Er nippte an seinem Bier sah Max Pfeffer mit wässrigblauen Augen misstrauisch an. Ein Mix aus lange abgestandenem Zigarettenqualm und altem Bratfett machte die Räume stickig. Bei dem mit einer grauen Plane eingerüsteten Haus in der Pestalozzistraße hatte Max Pfeffer vorhin bei Xylander lange Sturm geklingelt und hatte schon gehen wollen, weil niemand aufgemacht hatte. Da war eine Frau aus dem Haus gekommen und hatte auf Pfeffers Frage nach Bertram Xylander gesagt: »Den finden Sie vorne in der Stehkneipe in der Westermühlstraße, wenn er nicht da ist.«

Die Stehkneipe hatte Pfeffer schnell gefunden. Countrymusik dudelte aus den Lautsprechern. Pfeffer stellten sich die Nackenhaare auf. Die dicke Wirtin hatte wortlos mit einer Kopfbewegung auf den alten Mann gewiesen, der alleine auf einem Barhocker an einem der Stehtische saß. Neben ihm stand eine große Plastiktüte eines Elektromarkts. Außer ihm befand sich noch ein weiterer alter Mann im Raum, der aus dem Fenster starrte und dabei unablässig mit dem Unterkiefer mahlte.

»Wollen Sie sich setzen?« Xylander deutete auf einen abgewetzten Barhocker.

Pfeffer setzte sich. »Herr Xylander, Sie haben Frau Kubelik als vermisst gemeldet.«

»Naja, ich hab sie halt gekannt, die Erna.« Er zuckte mit seinen gebeugten Schultern. Bertram Xylander rieb sich mit schwieligen Händen über das faltige Gesicht. Seine Haltung und seine Hände verrieten, dass er sein Leben lang körperlich schwer gearbeitet haben musste. »Sie war früher ein lebenslustiger Mensch. Wir haben oft mal was unternommen. Der Alkohol. Ja, dann kam der Alkohol, und sie wurde immer launischer in all den Jahren.« Er warf die Hände in die Luft.

»Wie lange kannten Sie sich denn?«

»Ewig. Ewig und drei Tage. Schon als Kinder kannten wir uns. Wir sind im selben Haus aufgewachsen. Vorne in dem Haus, in dem sie immer noch gewohnt hat. Sie ist dort aufgewachsen und gestorben. Ich bin als junger Mann ausgezogen. In meine Wohnung. Gleich ums Eck. Und jetzt soll ich raus. Wird luxussaniert. Wie alles hier.« Er deutete zu den Fenstern. »Pressluft-hammer und so Zeugs. Bumm, bumm, bumm. Seit letzten Oktober geht das schon so. Fast alle Wohnungen sind mittlerweile fertig. Sie haben mir eine Wohnung im Hasenbergl angeboten! Im Hasenbergl! Was soll ich da? Dann noch eine in Laim. Da will ich auch nicht hin. Ich bleibe hier. Ich wohne hier seit fünfzig Jahren. Ich habe vorne bei Hurth gearbeitet, Sie wissen schon, und als die dicht gemacht haben dann bei Zettler.«

Pfeffer nickte. Er kannte die alten Firmen, die hier im Viertel einst große Produktionsstätten unterhalten hatten. Hurth stellte bis in die 1980er an der Holzstraße Zahnräder und Getriebe her, seitdem stand hier eine riesige Wohnanlage. Zettler produzierte bis 1999 elektrische Anlagen aller Art auf einem großen Areal zwischen Jahn- und Klenzestraße, wo sich nun eine Seniorenluxusresidenz befand. Bald würde auch der Brillenfabrikant Rodenstock, der letzte große Betrieb in der Isarvorstadt, seine Produktion in die Peripherie verlagern, dann wäre es endgültig vorbei mit dem alten Industrieviertel.

»Die müssen mich schon mit den Füßen voraus hier raustragen«, fuhr Xylander fort. »Ich bleibe, bis es gar nicht mehr geht. Und vor den Scheißpolacken hab ich schon gleich gar keine Angst!«

»Polen?«

»Na, die Schwarzamseln, die sie eingemietet haben.« Er deutete nach oben, als sei die Bar seine Wohnung, und die Bauarbeiter direkt über ihnen. »Die den Innenausbau machen. Lauter Verbrecher. Allen voran der Gorilla mit seinem debilen Bruder. Hausen da oben in einer Wohnung und machen nur Lärm und Dreck, statt zu arbeiten.« Er machte verächtlich »Pfffhhh« und winkte mit beiden Händen ab.

»Sie sagten, Sie kennen Erna Kubelik schon seit Kindesbeinen«, sagte Pfeffer, um wieder aufs Thema zurückzukommen.

Bertram Xylander sah ihn müde an. »Jetzt ist sie tot.«

»Sie haben sie offensichtlich vermisst und sind dann zur Polizei gegangen.«

»Wir hatten losen Kontakt. Man traf sich oft beim Einkaufen, vorne im Tengelmann. Dann haben wir über alte Zeiten geratscht. Nix besonderes. Wie man es halt so macht. Im Sommer hab ich sie oft vorne am Pissoir bei den Grattlern sitzen sehen. Sie ist in schlechte Gesellschaft gekommen, die Erna.«

»Nur weil sie bei den Obdachlosen saß?«

»Ist das eine gute Gesellschaft? Ich denke nicht.« Zum ersten Mal lachte er ein wenig. »Sie hatte ihre Rente, und diese asozialen Schmarotzer haben sich bei ihr durchgefuttert. Na, was soll ich sagen … Ich habe sie mein Lebtag ein bis zweimal die Woche gesehen und dann plötzlich eben nicht mehr. Da bin ich dann zu ihr, habe geklingelt, aber es hat niemand aufgemacht. Drei Tage lang. Dann bin ich kurz vor Silvester zur Polizei. Sie hat ja sonst niemand.«

»Waren Sie jemals bei ihr in der Wohnung?«

»Gelegentlich. Früher öfter. Warum?«

»Würden Sie in der Wohnung feststellen können, ob etwas fehlt und wenn ja, was?«

Bertram Xylander starrte den Kriminaler an, dann lachte er lauthals los. »In der Bruchbude? Von Ordnung hat die Erna noch nie viel gehalten. Aber das ist in den letzten Jahren immer schlimmer geworden. Ich kanns ja mal probieren. Aber versprechen Sie sich nicht allzu viel davon, Herr Rat.«

Max Pfeffer ließ seinen Blick durch den Raum wandern, auch auf die Tüte neben Xylander. Die Tüte stand offen. Pfeffer entdeckte darin eine moderne Spielkonsole.

Bertram Xylander war Pfeffers Blick gefolgt und beeilte sich zu sagen: »Das Zeug da ist für meinen Neffen. Er besucht mich öfter, und dann langweilt er sich schnell. Er hat sich das Ding gewünscht. Ich bin zu blöd für diese modernen Sachen. Das geht alles so schnell und bumm, bumm, zack, zack … Aber mein Neffe kann den ganzen Tag davor verbringen. Die Jugend halt.«

Max Pfeffer lächelte verbindlich. »Kenn ich von meinen Jungs.«

»Sie haben Söhne?«

»Zwei.«

»Wie schön. Dann haben Sie viel Remmidemmi im Haus.«

»Es geht.« Pfeffer lächelte. »Der Ältere macht dieses Jahr Abitur, und der Jüngere geht auf ein Internat in England.«

»Wie schön.« Bertram Xylander bekam glänzende Augen. »Kinder. Das blieb mir leider versagt. Wir waren fünf Kinder zuhause. Erst zwei. Mein Vater ist im Krieg geblieben. Meine Mutter hat später neu geheiratet. Dann waren wir fünf Kinder. Alle tot, bis auf mich. Vier blieben unverheiratet. Nur eine Halbschwester, Gott hab sie selig, hatte Nachwuchs. Ich bin nur ein alter Mann. Ich werde bestimmt so einsam sterben wie Erna.«

»Was ist mit Ihrem Neffen?«

»Ach der!« Xylander winkte ab. Er schwieg.

Pfeffer fragte nach einer Weile: »Sagt Ihnen der Name Verena Klein etwas?«

»Verena? Klar. Die besucht mich ab und zu. Sie hat mich zumindest früher oft besucht. Jetzt hat sie keine Zeit mehr, sie macht ihren Doktor. Ein liebes Kind. Oh, jetzt versteh ich.« Er lächelte verschmitzt. »Nein, Herr Rat. Die Verena hat sicher nichts mit dem Tod von Erna zu tun. Die hat sich rührend um die Erna gekümmert. Hat zweimal die Woche versucht, diese Müllhalde, die Erna eine Wohnung nannte, wenigstens ein bisschen in Ordnung zu bringen. Vergebene Liebesmüh.«

»Und Sie, Herr Xylander, hätten Sie einen Grund gehabt, Erna Kubelik zu ermorden?« Zwei neue Gäste, wohlbeleibte Männer, die ihre besten Jahre schon hinter sich hatten, betraten den Raum und orderten lautstark Fleischpflanzerl und zwei Halbe.

»Ich, Herr Rat?« Xylander keuchte ungläubig und schüttelte den Kopf. »Bestimmt nicht.«

»Könnte ja sein. Vielleicht waren Sie früher mal ein Liebespaar und ...«

Der alte Mann lachte dröhnend. »Bestimmt nicht.«

»Eine Frage noch, Herr Xylander, dann sind Sie mich los: Fällt Ihnen ein Grund ein, warum man Erna Kubelik hätte ermorden können? Oder fällt ihnen jemand ein, der einen Grund gehabt hätte?«

»Nein.« Der Alte schüttelte den Kopf.

07 »Die Mutter Teresa der Obdachlosen?« Annabella Scholz zog die linke Augenbraue hoch. »Bei der sah es doch so aus, als hätte sie selbst eine Mutter Teresa nötig.«

Pfeffer und seine Kollegin saßen vor dem Aroma-Café in der Pestalozzistraße in der Frühlingssonne. Die niedrigen Holzstühlchen stammten aus einer Grundschule und waren für Erwachsene absolut unbequem, aber hip. Fast alle anderen Plätze waren von Müttern mit Kleinstkindern oder von Schwangeren besetzt. Eine Armada von wild abgestellten Kinderwagen verstellte den Passanten den Weg. Pfeffer fragte sich, wie ausgerechnet aus einem Schwulenviertel ein Schwangerenviertel werden konnte. Wo noch vor zehn Jahren Schwule händchenhaltend das Straßenbild prägten, trugen heute Schwangere ihre Bäuche zur Schau. Schick gekleidete Mütter mit schicken Kinderwägen pilgerten tagsüber von einer der unzähligen neuen Latte-Macchiato-Tankstellen zur nächsten. Hatten früher in jedem frei werdenden Laden Friseure neu aufgemacht, so gab es seit einiger Zeit den Trend zum Tagescafé für Latte-Macchiato-Mütter, gerne mit angeschlossener Baby-Designermode-Boutique. Und in den restlichen Läden, in die keine Tagescafés zogen, nisteten sich ausnahmslos Architekturbüros ein, in denen dann die Männer der Latte-Macchiato-Mütter arbeiteten.

Die Hauptkommissarin schüttete in ihren Latte Macchiato etwas Zucker nach und rührte um. Max Pfeffer zündete sich eine Zigarette an.

»Was sagen die Kollegen?«, fragte er dann.

»Küche ist wirklich Tatort. Deine Freundin Gerda hat nun sicher festgestellt, dass die alte Frau erwürgt wurde. Also muss sie beim Umfallen gegen die Anrichte gestoßen sein, daher das Blut. Der Täter hat mit einem Schwammtuch, das wir noch im Müll gefunden haben, den Boden notdürftig gereinigt. Unprofessionell. Vermutlich in Panik schnell mal drübergewischt. Alle weiteren Laborergebnisse bekommen wir dann beizeiten. Ebenso von dem Keller. Der Spurenlage nach hast du recht, sie haben Fasern vom Seil, mit dem die Leiche verzurrt war, an der Tür zum Bach gefunden.«

Pfeffer nickte und löffelte Milchschaum von seinem Cappuccino. »Und die Nachbarn?«

»Gibt nur noch wenige«, fasste Annabella Scholz ihre Recherchen zusammen. »Das Haus wurde letzten Herbst verkauft und wird gerade entmietet …«

Pfeffer stöhnte.

»Mei, Chef, ist so, hier in der Gegend.« Sie sah wehmütig die Straße hinunter. Sie hatte vor nicht allzu langer Zeit selbst hier gewohnt, genau in dieser Straße. Sie konnte das Haus sehen. Dann war die Sache mit Levent ernster geworden, und schließlich hatten sie sich gemeinsam eine Wohnung gesucht. Manchmal bereute sie diesen Schritt. Annabella Scholz war seit einigen Jahren mit dem türkischstämmigen Schauspieler Levent Demir liiert. Sie hatten sich über einen ehemaligen Kollegen aus Pfeffers Team, der Levents Schwester Aische geheiratet hatte, kennengelernt. Demir hatte es zu gewissen Ruhm als taffer Held einer billigen Krimi-Action-Serie gebracht und war dann zum ersten »Tatort«-Kommissar mit Migrationshintergrund aufgestiegen. Seitdem bekam er immer öfter größere Rollen in TV-Produktionen, nicht selten als rassiger Liebhaber. Mit steigender Popularität ging die stetig steigende Zahl weiblicher Fans einher und damit die stetig steigende Zahl von Annabellas Eifersuchtsanfällen. Ausgerechnet jetzt, wo sie … Sie verscheuchte den aufkeimenden Wutanfall mit einem Kopfschütteln. Aber er hatte ihre Beförderung zur Hauptkommissarin am Telefon neulich nur mit einem »Glückwunsch, Maus« abgetan und dann sofort wieder von den Dreharbeiten erzählt. ›Schauspieler sind Egomanen, nicht hineinsteigern‹, sagte sie zu sich selbst, und dann sagte sie zu Pfeffer: »Die alte Eigentümerin ist gestorben, und die Erben haben das Haus verkauft. Es leben noch drei Parteien drin, die lassen sich den Auszug mit viel Geld versüßen. Nächste Woche soll das Gerüst aufgestellt werden und der Umbau beginnen. Alle haben mir gesagt, dass sie mit der alten Kubelik wenig bis gar nichts zu tun haben, nichts zu tun haben wollten, weil sie sie … nun ja … eben asozial fanden. Sie haben sich gegenseitig ignoriert. Eine Nachbarin sagte mir, dass sie lange gegrüßt hat und es dann irgendwann aufgegeben hat, weil die Alte nie zurückgegrüßt hat. Sie hat immer weggeschaut, wenn sie jemand aus dem Haus traf. Und mit dem Begriff Himmelhaus konnte übrigens keiner was anfangen.«

»Entmietung brutal?«, fragte Pfeffer unvermittelt. Seine Kollegin brauchte einen Moment, um das zu verstehen.

»Kann sein. Du meinst, die Kubelik hat sich geweigert auszuziehen, und die neuen Eigentümer wollten sie schnellstmöglich loswerden? Klar, Chef, das ist eine Idee.«

»Nur eine Idee.« Pfeffer trank einen Schluck und zog danach an der Zigarette. Die Latte-Macchiato-Mutter neben ihm setzte ihre laktosefreie Latte ab, lüpfte etwas die riesige Sonnenbrille, die ihr die Optik einer Stubenfliege gab, und fächelte demonstrativ den Rauch weg. Pfeffer lächelte ihr verbindlich zu. »Schwachsinn. Blöde Idee«, wandte er sich wieder an Annabella Scholz. »Passt gar nicht. Die Alte wurde um Weihnachten herum ermordet. Wenn die neuen Eigentümer den verbliebenen Mietern jetzt noch Geld anbieten, dann laufen die Verhandlungen also noch. Warum hätten sie dann schon vor vier Monaten die Kubelik töten sollen? Ergibt keinen Sinn.«

»Ich hake trotzdem mal nach.«

»Tu das. Weißt du, wenn an meiner Theorie was dran sein sollte, dass die ermordeten alten Damen irgendwie in einem Zusammenhang stehen, dann wäre ja unsere Erna Kubelik die erste. Wir haben sie zwar als letzte gefunden, aber sie wäre das erste Opfer.«

Annabella Scholz kannte ihren Chef lange genug. Sie mochte ihn, arbeitete gerne mit ihm zusammen, und sie liebte es besonders, wenn er anfing herumzuspinnen. Oft kam er auf die abstrusesten Ideen, fand Zusammenhänge, auf die sonst keiner gekommen wäre. Manchmal gelangte er damit zwar schnurstracks in den Wald und verhedderte sich im Dickicht seiner Gedankenspiele. Jedoch war er Manns genug, Kritik von anderen anzunehmen. Und er konnte auch selbstkritisch sein. Häufig genug hatte er höchst erfolgreich quer gedacht und mit seinen Theorien letztlich ins Schwarze getroffen. In diesem Fall aber merkte sie, dass er sich nur warmlief und noch längst nicht in Hochform war.

»Warum erwürgt jemand alte Damen?«, sinnierte Pfeffer weiter.

»Um sie auszurauben«, antwortete Annabella.

»Warum durchsucht er dann nicht die Wohnungen nach weiteren Wertsachen, mal abgesehen von Helene Schneider. Warum so viele so kurz hintereinander?«

»Weil sie arme Frauen waren und der Täter viel Geld braucht.«

»Möglich. Ach«, Pfeffer winkte ab, »konzentrieren wir uns auf Erna Kubelik. Hast du irgendwas in ihrer Wohnung gefunden, das auf entwendete Wertgegenstände hinweisen könnte?«

Die Hauptkommissarin schüttelte den Kopf.

Ein junger Kerl schlenderte vorbei. Die Schultern so breit, dass das eng geschnittene Hemd ein wenig spannte. Der Hintern knackig und fest wie ein frischer Apfel. Er schenkte Pfeffer ein kurzes Lächeln. Pfeffer lächelte zurück. Der junge Mann ging weiter, drehte den Kopf ein wenig und zwinkerte noch einmal im Gehen.

»Wird Zeit, dass der Sommer kommt«, seufzte Pfeffer lächelnd. Sein Handy klingelte.

08 Therese Obermeier stützte sich schwer auf ihren Gehstock, den sie in der gichtigen Linken hielt. Das Gehen fiel ihr jeden Tag noch ein bisschen schwerer. Trotzdem machte sie sich täglich auf, die vier Stockwerke hinunter zu steigen und ihre kleinen Einkäufer zu erledigen. Am Sonntag ging sie einfach nur die Treppen hinunter und dann wieder hinauf. In Bewegung bleiben. Wer rastet, rostet – und landet schließlich im Pflegeheim. Davor hatte sie am meisten Angst. So lange sie es noch konnte, würde sie die vier Stockwerke packen. Therese Obermeier machte eine kleine Verschnaufpause und stellte ihr Einkaufsnetz mit dem Liter Milch, dem halben Brot, den drei Tomaten und der Cervelatwurst ab. Ein Rollator, nein, den würde sie auch weiterhin ablehnen. Auch wenn ihr den ihr Sohn bei jedem Telefonat aufs Neue ans Herz legte. Was wusste schon ihr Sohn … Der lebte fern in Berlin und besuchte sie sowieso nur ein- bis zweimal im Jahr. Öfter konnte er es sich nicht leisten, seit er seinen Job verloren hatte und nun auf die Verrentung wartete, weil niemand einem Neunundfünzigjährigen eine neue Stelle anbot. Noch dazu in Berlin, wo es sowieso keine Arbeit gab. Und die Enkel hatte sie das letzte Mal vor zwei Jahren gesehen. Therese Obermeier seufzte und zupfte ihren Wintermantel aus dunkelblauen Plüsch, der an manchen Stellen zu abgewetzt war, um noch kuschelig zu sein, zurecht. Ihre Perücke juckte. Sie nahm ihr Einkaufsnetz hoch. Noch um die Ecke von der Augusten- in die Rottmannstraße, dann war sie da.

Die alte Frau stieg bedächtig die knarzenden Stiegen hinauf. Einen Fuß auf die nächsthöhere Stufe, dann den anderen daneben. Mit der rechten Hand zog sie sich am Treppengeländer hoch. Ihr begegnete niemand. Wie auch. Sie war die letzte alte Mieterin im Haus. Außer ihr wohnten nur noch junge Leute hier, die gute Jobs hatten, weshalb sie von denen praktisch nie jemand tagsüber zu Gesicht bekam. Eigentlich schade, denn sie ratschte gerne ein bisschen, vor allem mit den beiden netten jungen Frauen, die sich die Wohnung im zweiten Stock teilten. Eine von denen kam ab und an abends bei ihr vorbei auf einen Plausch und um nach dem Rechten zu sehen. Und die Frau vom ambulanten Pflegedienst, die jeden Abend ihr offenes Bein versorgte, war immer zu sehr in Eile für einen Schwatz. Schwer atmend erreichte Therese Obermeier den vierten Stock und wühlte in der Manteltasche nach dem Schlüssel. Sie öffnete das Türschloss und das Sicherheitsschloss, nahm ihre Einkäufe hoch und wollte eben den ersten Fuß in die Wohnung setzen, als sie von hinten ein Stoß traf. Therese Obermeier taumelte vorwärts, ließ das Netz fallen und versuchte sich irgendwie abzufangen. Noch bevor sie auf dem Boden aufschlug, fingen kräftige Hände sie auf. Es war das letzte, was Therese Obermeier spürte.

Max Pfeffer schlenderte die Backsteinmauer entlang durch den Schlachthof. Kindheitserinnerungen wurden wach. Er schob sie beiseite. Weiter vorne in der Zenettistraße hatten seine Eltern ihre Reinigung betrieben. Das Letzte, an das er denken wollte, waren seine Eltern. Er bog beim Wirtshaus links in den Teil, der längst nicht mehr als Schlachthof genutzt wurde, sondern an verschiedene Gewerbe vermietet war, meist an Lebensmittelgroßhändler. Aber auch die Kunstgroßhandlung Menzl. Verena Klein hatte ihm vorhin am Telefon den Weg beschrieben. Pfeffer fand das Gebäude sofort. Verena Klein erwartete ihn vor dem Eingang.

»Tut mir leid, dass ich Sie hierher bemühen musste«, sagte sie zur Begrüßung.

»Kein Problem«, antwortete Pfeffer. Die junge Frau fror augenscheinlich. Sie verschränkte sofort nach dem Händeschütteln die Arme und begrub die Hände unter den Achseln. Sie war Ende zwanzig, hübsch und zierlich, aber sie strahlte Durchsetzungskraft aus. Sie sah tief in Pfeffers kuschelbraune Augen, und ein feines Lächeln umspielte ihren Mund. Sie versuchte ein wenig zu flirten. Pfeffer ging darauf ein, ließ sie augenkuscheln und lächelte. Aber er ließ sich nicht täuschen. In ihren Augen lag etwas Hartes, Berechnendes. Die beiden betraten die Kunsthandlung, die Tür führte direkt ins elegant und sehr reduziert gestaltete Büro. Verena Klein führte den Kriminalrat zu einem Schreibtisch.

»Kaffee?«, fragte sie.

»Nein danke.« Pfeffer ließ den Blick schweifen. »Einen Kunstgroßhandel habe ich mit etwas anders vorgestellt.«

Die Studentin lachte. »Die Kunst ist hinten im Lager.« Sie deutete auf eine schwere Metalltür, die mit einem Zahlencodeschloss gesichert war. »Hier ist nur Büro. Glauben Sie mir, wir haben eine Menge, eine wirkliche Menge

Kunst.« Ein Telefon klingelte. »Entschuldigung, da muss ich kurz rangehen.« Sie hob ab und drehte beim Telefonat dem Kriminaler den Rücken zu. Pfeffer ließ unterdessen seinen Blick über die Titel der Auktionskataloge schweifen, die auf dem Schreibtisch lagen. »Münchner Malerei des späten 19. Jh.« und »Meisterwerke des Blauen Reiters« und »Meister der Moderne« und ähnliches. Offenbar wollte jemand den Chef sprechen, und Verena Klein beendete das Gespräch schnell.

»Stress, hmm?«, fragte Pfeffer.

Die Studentin seufzte. »Das können Sie laut sagen. Heute hat die Sekretärin einen freien Tag. Vormittags Uni, dann zwei Tage die Woche der Job hier … Ich brauche das Geld. Und natürlich meine Dissertation.«

»Ihr Lebensgefährte hat uns erzählt, dass Sie promovieren.«

»Alex«, sagte sie nüchtern. »Der kommt auch zu kurz.« Es klang wie eine einstudierte Antwort, nicht wie der bedauernde Satz einer Liebenden. Sie fuhr sich durch die kastanienbraunen Haare und lächelte Pfeffer gewinnend an. »Sie wollten mich sicher wegen Erna Kubelik sprechen. Ich kann Ihnen nicht viel zu ihr sagen. Sie haben ihre Wohnung gesehen. Sie verwahrloste zunehmend. Sie hatte keinen Antrieb mehr. Wenn das so weiter gegangen wäre, wäre sie noch in ihrem Dreck erstickt. Schlimm.« Verena Klein schüttelte den Kopf. »Und dieser seltsamen Freunde, die sie hatte.« Bei Freunde machte sie mit den Fingern Anführungszeichen in die Luft. »Diese Penner, mit denen sie sich eingelassen hat. Nun ja, immerhin Gesellschaft, nicht wahr?«

»Sie sind sehr direkt, Frau Klein.«

»Ich weiß. Aber ich verurteile niemand. Die armen Kerle haben es schwer genug. Die soziale Organisation, für die ich mich engagiere, beziehungsweise engagiert habe, als ich noch etwas mehr Zeit hatte, macht auch Obdachlosenarbeit.« Sie kniff die Augen zusammen und rieb mit der linken Hand darüber. »Ich rede zu viel. In meinem Kopf fährt gerade alles Karussell.«

»Ich möchte nur ein paar Sachen zu Erna Kubelik wissen.«

»Ich war Mittwoch vor Weihnachten, also ein paar Tage vor Weihnachten, das letzte Mal bei ihr. Da war sie noch quicklebendig. Als ich dann zum nächsten vereinbarten Termin erschienen bin, hat niemand aufgemacht. Ich habe mir zunächst nichts gedacht und bin immer wieder mal bei ihr vorbeigegangen. Nach zwei Tagen, an denen ich zu allen möglichen Uhrzeiten bei ihr geklingelt habe, habe ich dann den Schlüssel genommen und bin mit Alex in die Wohnung. Aber da war niemand.«

»Waren Sie in allen Räumen?«

»Ja.«

»Küche? Bad? Schlafzimmer?«

»Ja, sicher doch. Alex hat sogar unter dem Bett nachgesehen.«

»Und es ist Ihnen nichts aufgefallen?«

»Nein. Hätte uns etwas auffallen sollen?«

»Zum Beispiel Blut.«

»Wo?«

»Das würde ich gerne von Ihnen wissen.«

»Nein. Nichts. Wir haben allerdings auch nicht gezielt nach Blut oder so gesucht.«

»Hatten Sie den Eindruck, dass etwas aus der Wohnung fehlt?«

Verena Klein zuckte mit den Achseln. »Wie sollte man bei der Wohnung einen Überblick haben, was fehlen könnte.«

»Hatte sie irgendwelche Wertgegenstände? Etwas, von dem sie vielleicht dachte, es sei wertvoll?«

»Keine Ahnung.«

Ein Bulle von einem Mann mit teurem italienischen, aber schlecht sitzenden Anzug stürmte durch die Eingangstür und rief noch im Gehen: »Klein, was macht die Sache mit ...« Er stockte, denn er hatte Pfeffer gesehen. Sein Ton wurde umgehend geschäftsmäßig freundlich. »Oh, entschuldigen Sie. Menzl.« Er schüttelte Pfeffer die Hand. »Hat Ihnen Frau Klein nichts zu trinken angeboten? Was kann ich für Sie tun? Sind Sie an etwas bestimmten interessiert?« Er lächelte verbindlich. Seine Haare waren für sein Alter viel zu dunkel gefärbt und schimmerten rötlich.

»Das ist kein Kunde«, sagte Verena Klein. »Kriminalrat Max Pfeffer von der Kriminalpolizei.«

»Haben Sie etwas verbrochen, Frau Klein?« Der Kunsthändler zog die Stirn kraus.

»Ich hatte nur ein paar Fragen an Ihre Mitarbeiterin«, sagte Pfeffer. »Bin auch schon fertig. Hat mich gefreut, Sie kennenzulernen.« Der Kriminalrat verabschiedete sich.

»Was wollte er?«, fragte Hans-Albert Menzl, nachdem Pfeffer das Büro verlassen hatte. Sein Anzug spannte, als er sich mit beiden Fäusten und durchgestreckten Armen auf dem Schreibtisch aufstützte.

»Er kam wegen der Kubelik.« Verena Klein sah nicht zu ihm auf, sondern schaltete den Computer an.

Menzl atmete scharf ein. Seine Augen wurden zu Schlitzen. »Und?«, fragte er scharf.

»Nichts. Ich habe sie betreut, und dazu hat er mich befragt. Das war alles.«

»Sicher?« Er beugte sich drohend vor. Verena Klein sah zu ihm auf und wich nur ein wenig zurück.

»Ich lüge nicht«, sagte sie bestimmt.

»Gut, das will ich dir auch nicht geraten haben. Wir haben eine Vereinbarung.« Er tippte den Code in die Tastatur und öffnete die Tür zum Kunstlager.

09

Die Sonne kitzelte Annabella Scholz in der Nase, als sie durch die große Glasfront hinunter auf die gusseisernen Bögen der Hackerbrücke und die Eisanbahngleise sah. Wie klein die Autos und Menschen von hier aus aussahen. Die Wartenden an der S-Bahn-Station wirkten wie Figuren in einer Miniaturwelt. Dazu passten die geräuschlos vorbeifahrenden Züge. Vom obersten Stock des modernen Bürogebäudes wirkte alles so fern, sauber und putzig. Unwirklich. Wie ein gestrandetes Ufo lag auf der anderen Straßenseite gegenüber das Oval des neugebauten Busbahnhofs. Wenn Annabella den Blick hob, konnte sie hinter der Hackerbrücke den Hauptbahnhof sehen und dahinter die Türme der Frauenkirche.

»Gefällt es Ihnen?« Michael Kreutzpaintner betrat den Raum, in dem Annabella Scholz auf Weisung der sehr bescheiden freundlichen Empfangsdame gewartet hatte. Die Firma MuK-Bau hatte ihre Büros im obersten Stock eines modernen Neubaus im Arnulfpark direkt an der Hackerbrücke. Kreutzpaintner trug eine runde Hornbrille, die ihm etwas Eulenartiges gab und zurückgegelte Haare, die sich auf dem Kragen seines Clubjackets wellten. Er durchmaß mit großen Schritten das elegant im Stil einer Kaffeelounge eingerichtete Zimmer, schüttelte der Hauptkommissarin ein wenig zu kräftig die Hand und stellte sich neben sie, um den Ausblick zu genießen. »Ein Traumblick, nicht wahr?«

»Ja, sehr schön«, sagte Annabella Scholz. »Macht Fernweh.«

»Finde ich auch.« Kreutzpaintner lächelte ölig. »Darum haben wir auch sofort zugeschlagen, als wir dieses Objekt angeboten bekommen haben.«

»Ihnen gehört das ganze Haus?«

»Nein, nur die Räume hier. Gemietet. Wir bauen nicht neu. Das ist nicht unsere Philosophie. Wir kaufen heruntergekommene Juwelen und verleihen ihnen wieder den Glanz, den sie verdienen.«

»Ach, texten Sie auch Ihre Werbebroschüren.«

Der Immobilienvermarkter lachte affektiert. »Witzig. Sie sind witzig. Hübsch und witzig.«

Die Hauptkommissarin lächelte gequält und dachte ›Schleimscheißer‹.

»Hat Ihnen meine Sekretärin nichts angeboten? Kaffee? Wasser?«

»Nein danke.« Sie wandte sich vom Fenster ab und nahm auf einem der sandfarbenen Sitzwürfel Platz.

»Ach ja, unser Arnulfpark.« Michael Kreutzpaintner breitete die Arme aus und wippte auf den Zehenspitzen. Dann kam er zu ihr und setzte sich ihr gegenüber. »Vorgestern noch ein heruntergekommenes Brachgelände, ein Schmuddelkind im Herzen Münchens, und heute eine traumhafte Wohnoase!«

»Wenn man es sich leisten kann.«

»Das können Sie so nicht sagen, Frau Scholz. Wir können Ihnen gerne mal einen unverbindlichen Finanzierungsplan erarbeiten. Sie werden sehen, der Traum vom Eigenheim muss kein Traum bleiben! Wir haben sehr schöne Objekte in der Au, in Untergiesing und in Sendling …«

»Und im Glockenbachviertel, in der Pestalozzistraße.«

»Richtig.« Kreutzpaintner fuhr mit der Handfläche über das zurückgegelte Haar. »Da haben wir sogar zwei Objekte. Aber ich muss Sie leider enttäuschen. Da ist bereits alles verkauft.«

»Ich bin untröstlich. Genau dort wollte ich nämlich kaufen«, sagte Annabella Scholz sarkastisch.

»Sie sind mir eine.« Michael Kreutzpaintner grinste blöde.

»Gut, Herr Kreutzpaintner, dann hätten wir das geklärt. Nun zum Thema. Danke, dass Sie überhaupt so kurzfristig Zeit für mich gefunden haben. Sind Sie der Inhaber von MuK-Bau?«

»Nein, der Geschäftsführer. MuK-Bau ist eine GmbH.«

»Wie Sie sich denken können, geht es um den Todesfall in Ihrem Objekt Pestalozzistraße Ecke Holzplatz.«

»Davon habe ich gelesen. Traurige Sache, sicher. Aber was hat das mit uns zu tun?«, fragte der Immobilienverwerter zurück.

»Vermietete Wohnungen lassen sich schwerer verkaufen als freie.«

»Ja und?« Michael Kreutzpaintner sah die Hauptkommissarin nachdenklich an, dann zog er die Stirn kraus. »Verstehe ich das richtig? Sie unterstellen uns, dass wir etwas mit dem Tod der alten Frau zu tun haben?«

»Ich unterstelle gar nichts, Herr Kreutzpaintner. Ich habe nur eine allgemein bekannte Tatsache geäußert.«

»Natürlich. Wussten Sie, dass nach einer aktuellen Erhebung München in Sachen Immobilien Platz zwei der begehrtesten europäischen Metropolen einnimmt? Nach Istanbul, und noch vor London und Paris? Sicher, es ist auf dem Immobilienmarkt, der in München so angespannt ist, wie sonst nirgendwo in Deutschland, schwieriger, eine vermietete Wohnung zu veräußern.« Der Geschäftsführer sprang erregt von seinem Sitzkubus. »Doch wir haben gewiss andere Möglichkeiten, als liebenswerte Seniorinnen, die ihren beschaulichen Lebensabend genießen möchten, ins Jenseits zu befördern, damit wir einen möglichst hohen Gewinn erzielen können! Das ist eine bodenlose Unterstellung.«

»Ich habe nichts unterstellt.«

»Wir bieten allen Mietern eine großzügige finanzielle Gegenleistung für ihren rechtzeitigen Auszug an. Das machen wir immer so, das ist üblich. Geld und nicht Mord. Geld ist meist erfolgreicher als Gewalt.« Michael Kreutzpaintner drehte sich ungehalten zum Fenster und verschränkte die Hände auf dem Rücken.

»Und wenn Geld doch nichts bringt, kann man immer noch zu Gewalt greifen.«

»Sie haben ein schlechtes Menschenbild, Frau Scholz.« Er drehte sich zur Hauptkommissarin um. Die Augen hinter der runden Eulenbrille funkelten finster.

»Berufskrankheit. Gut, dann die direkte Frage, ob Sie mit Frau Kubelik schwerwiegende Probleme hatten. Wollte Frau Kubelik nicht ausziehen?«

»Wir betreuen momentan mehrere Objekte, da kann ich Ihnen nicht über jeden einzelnen Mieter sofort Auskunft geben. Ich werde meine Sekretärin anweisen, die Unterlagen zu dem Haus herauszusuchen.« Er durchmaß mit großen Schritten den Raum Richtung Tür und verschwand im Vorraum. Nach einigen Minuten kehrte er zurück. Er legte einen Stapel Unterlagen auf den niedrigen Tisch neben Annabella Scholz.

»Wollen wir mal sehen …« Er ging in die Hocke und blätterte sich durch die Unterlagen. »Da haben wirs. Die Wohnung 01, Wohnung Kubelik.« Er las ein wenig, dann nahm er seine Eulenbrille ab und schmunzelte. »Das, werte Frau Hauptkommissarin, dürfte Sie überraschen.«

10

Ein Hauch von grünem Tee überdeckte langsam den Altmännergeruch im Zimmer. Pfeffer schnupperte und nickte selbstzufrieden. Er hatte sich auf dem Nachhauseweg kurzentschlossen einen Raumduft gekauft. Kein billiges Spray, sondern eine Flasche mit Essenz, in die man dünne Röhrchen steckte, die sich vollsaugten und dann den Duft abgaben. Unverschämt teuer, aber gut, wie Pfeffer feststellte. Er setzte sich vor den Fernseher und machte sich über das Sushi her, das er sich mitgebracht hatte. Während er sich gelangweilt durch die Kanäle zappte, merkte er zu spät, dass er das Sushi viel zu hastig heruntergeschlungen hatte. Die aktuelle Aussicht auf einen weiteren öden Abend vor der Glotze ließ Pfeffer schaudern. Er sah auf die Uhr. Erst acht. Pfeffer fiel der Termin mit Severin ein. Er raffte sich auf und klingelte bei seinem malenden Nachbarn.

»Das nenne ich Pflichtbewusstsein, Max Pfeffer«, begrüßte ihn Severin. Er war barfuß und trug einen einstmals weißen Kittel voller Farbflecken. »Rein in die gute Stube. Ich habe extra für dich voll eingeheizt. Gelobt seien die Gaseinzelöfen. Schicker Anzug.«

»Danke.«

»Und du riechst gut.«

»Danke, aber das, lieber Severin, sagen Männer nicht zueinander. Außer sie wollen sich mal so richtig näher kennenlernen.«

Severin lächelte verlegen und wurde tatsächlich rot. Er verfügte wie sein Vater über zwei Zimmer, Küche, Bad und einen kleinen Balkon zum Hinterhof. Was er großspurig sein Studio nannte, war in Wahrheit das Wohn- und Arbeitszimmer, das Zentrum seines Lebens. Hier standen seine Staffelei, sein umfunktionierter Teewagen, auf dem sich Farbtuben und Pinselbecher stapelten, sein Arbeitstisch, Fernseher und eine große Bücherwand. An freien Wänden hingen nicht nur seine Arbeiten, sondern auch die von Freunden und Kollegen. Französische Chansons liefen leise im Hintergrund.

Pfeffer folgte Severin ins Studio. Neugierig studierte er die bereits fertigen Gemälde von Männern in Feinrippunterhosen, die an eine Wand gelehnt waren. Meist handelte es sich um ältere Männer mit schweren Walrosskörpern. Severin Hemberger hatte zweifelsohne Talent, da war sich Pfeffer mit seinem laienhaften Kunstverstand sicher.

»Alles Verwandtschaft«, erklärte Severin. »Mein Vater, zwei Onkels, zwei Cousins und ein Schwager.«

»Hübsche Freakshow.«

»Danke. Man kann sich die Verwandtschaft nicht aussuchen.«

»Das war ein Scherz«, sagte Pfeffer. »Sieht gut aus. Die Serie. Nicht die Verwandtschaft.«

»Danke. Ist es dir peinlich?«, fragte Severin. »Ich meine, das Ausziehen? Also, ich würds total verstehen, ich dusch mich auch ungern im Fitnessstudio, wenn mehrere da sind. Ich bin mehr der Gschamige …«

»Und ich der Nichtgschamige«, antwortete Pfeffer, der in jungen Jahren zu den Nacktsonnenbadern im Englischen Garten oder am Flaucher gezählt hatte, und zog sich in Windeseile komplett aus. Nackt stand er unbefangen neben Severin, der verlegen wegschaute. »Wie willst du das alles malen, wenn du nicht hinschaust? Ich genier mich nicht. Hab ich nie und werde ich nie. Wohin?«

»Auf das Sofa.« Severin deutete auf sein altes rotes Plüschsofa, das er vor seine riesige, mit einem weißen Laken abgehängte Bücherwand geschoben hatte. Das Möbel kannte Pfeffer. Es stammte von der Oma seiner Ex. Er hatte es Severin gegeben, nachdem der ihr Witwer geworden war.

Max Pfeffer setzte sich. »Wie?«

»Was?«

»Wie soll ich mich hinsetzen? Freie Sicht auf alles oder gschamig oder wie?«

»So ist gut. Noch breitbeiniger! Fläz dich relaxt hin. Du wirst der einzige Akt in der Serie sein, und der muss es krachen lassen.« Severin nahm eine alte weiße Feinrippunterhose vom Tisch und arrangierte sie neben Pfeffer. Mehrfach korrigierte er die Hose. »Bist du echt sicher, dass du sie nicht anziehen willst? Frisch gewaschen.«

»Nein! Mir scheint eher, dir wäre es lieber, wenn ich sie anziehe, Severin.«

Der Maler schwieg und fummelte weiter an der Unterhose herum.

»Okay«, sagte Pfeffer. »Ist es generell, weil ich ein Mann bin, oder ist es, weil ich der Ex deiner großen Liebe bin?«

»Eher letzteres«, sagte Severin leise.

»Gut, dann schlag ich zum Entkrampfen der Situation mal vor, dass du dich auch freimachst, okay?«

»Spinnst du?« Severin sah Pfeffer empört an.

»Von mir aus kannst du die Unterhose anbehalten …«

»Darum gehts nicht! Ich meine, du bist … also du bist doch …«

Pfeffer begriff. »Du hast Angst, dass ich deinen Alabasterleib so scharf finde, dass ich dich deiner letzten Jungfräulichkeiten beraube? Mein Gott, Severin, was bist du für ein homophober Spießer! Aber den Künstler markieren. Kein Wunder, dass du dich manchmal selbst zum Kotzen findest!«

»Klar. Und du bist die typische schwanzgesteuerte Schwulette, die denkt, sie könne jeden Hetero umdrehen.«

»Dann hätten wir das geklärt.« Pfeffer grinste breit.

Verkniffen entschlossen und ohne ein weiteres Wort knöpfte Severin Hemberger seinen Kittel auf, ließ ihn zu Boden gleiten, schlüpfte aus der Jeans und entledigte sich seines T-Shirts. Er war muskulös bis an die Grenze zum Bodybuilding. Max Pfeffer, der im Prinzip nie etwas gegen den Anblick von gutgebauten Männerkörpern hatte, zog abschätzig die Augenbrauen nach oben. Severin bot seinem Geschmack nach schon zu viel Muskelmasse, um noch ästhetisch zu sein. Obwohl Severin sich bemühte, unverkrampft zu wirken, stand er ein wenig verlegen in seinem ausgeleierten grauen Slip da.

Pfeffer musste lachen. »Das war ein Scherz, Severin. Zieh dich wieder an, bitte.«

»Da musst du jetzt durch.« Severin schüttelte den Kopf. »Okay«, sagte er dann, fuhr sich mit der Rechten über seinen Stoppelkopf und klatschte schließlich in die Hände. »Dann wollen wir mal!«

»Gut. Für den Anfang.« Pfeffer schmunzelte. »Mal mich.«

»Langsam, Max. Ich mache heute nur ein paar Skizzen und dann ein paar Fotos, nach denen ich dann male. Du musst mir dann noch öfter Modell stehen, wenn ich das Bild fast fertig habe.«

Sie schwiegen. Pfeffer entspannte sich. Severin saß auf seinem Holzstuhl und zeichnete konzentriert auf seinem Skizzenblock. Gelegentlich riss er ein Blatt ab und ließ es vorsichtig zu Boden gleiten, dann zeichnete er auf dem neuen Blatt weiter.

»Und, was macht die Tote aus dem Glockenbach?«, fragte Severin nach einer Weile ohne aufzusehen.

»Tot sein.«

»Witzig. Ich meine, seid ihr weitergekommen?«

»Nicht sehr. Und wenn, dann ginge es dich am Wenigsten an.«

»Schade, ich liebe Krimis.«

»Das ist kein Krimi, Severin. Das ist wirkliches Leben mit echten Toten.«

»Sorry. Ich dachte nur, ich könnte dir vielleicht helfen bei den Recherchen.«

Pfeffer lachte lauthals los. »Du? Mir helfen?«

»Warum nicht? Hintergrundrecherchen. Ich weiß viel über das Viertel und so.« Severin deutete auf das Bücherregal. »Ich hab ne Menge Literatur über München. Alte Karten und so.«

»Bist du unter die Heimatkundler gegangen?«

»Nö. Interesse. Ich will mal ein Buch über die Isarvorstadt schreiben. Habe ich mir zumindest vorgenommen. Ich wette, ich habe Material zu den Bächen und so hier im Regal. Ich schau morgen mal nach. Außerdem, ganz am Rande und nur falls es dich interessiert, habe ich mal Geschichte studiert.«

»Aha.« Pfeffer zuckte gleichgültig mit den Schultern. »Deshalb bist du dann Weinhändler geworden.«

Severin schmunzelte und arbeitete eine Weile schweigend weiter.

»Wo kriegt man in deinem Alter noch so perfekt definierte Muskeln und vor allem so ein Sixpack her?«, fragte er dann.

»Disziplin«, antwortete Pfeffer. »Sport bis zum Umfallen, Essen statt Fressen sowie Alkohol nur in Gesellschaft. Und du bist im Übrigen nur zwei Jahre jünger als ich. In meinem Alter!«

»Hmm.« Severin Hemberger zeichnete weiter. »Ich trainiere mir einen Wolf und kriege kein Waschbrett.«

»Das ist genetisch.«

»Arsch.«

»Nein«, sagte Pfeffer. »Kein Scherz, das ist wie mit dem Zungerollen. Das kennst du noch aus der Schule, als die Sache mit den Mendelschen Gesetzen dran war.« Severin nickte. »Es ist genetisch bedingt, ob du Roller bist. Ebenso ist es mit dem Waschbrett. Du hast einen flachen, straffen Bauch, was beschwerst du dich. Wenns nicht bei dir angelegt ist, wirst du mit keinem Training der Welt einen Waschbrettbauch bekommen.«

»Echt? Scheiße.«

Nach einer langen Periode des konzentrierten Arbeitens wurden Severins Bewegungen langsamer, und schließlich hörte er ganz auf zu zeichnen. Pfeffer fühlte sich plötzlich zu nackt, legte eine Hand in den Schoß und sagte: »Inspiriere ich dich nicht mehr?«

»Nein.« Severin zeichnete ein wenig weiter. »Nimm die Hand weg. Ich war nur ein wenig in Gedanken bei ihr.«

»Bei ihr?«

»Bei ihr. Und den Streit, den wir mal hatten. Da hat sie mir an den Kopf geworfen, dass du …« Er schwieg und zeichnete weiter.

»Jetzt machs nicht so spannend. Dass ich was?«

»Nichts.«

»Es hat also etwas mit meinem Körper zu tun.«

Severin seufzte. »Dass du es besser … naja … es besser gebracht hättest. Also für sie besser.«

»Logisch.« Max Pfeffer zuckte mit den Schultern. »Und?«

»Arsch!« Severin warf den Bleistift wütend nach Pfeffer. Der Stift prallte von der Wand nur wenige Zentimeter von Max Pfeffer entfernt und zerbrach. Severin beruhigte sich umgehend, holte einen neuen Stift und zeichnete weiter. »Bei mir … anders gesagt, bei dir hätte sie mal einen Orgasmus gehabt, hat sie gesagt.«

»Einen?« Pfeffer zog die Augenbrauen nach oben und prustete. »Einen?!«

»Einen.«

»Immerhin!« Pfeffer schlug sich selbst anerkennend auf die Schulter.

»Ja. Glückwunsch. Depp. Sei nicht so selbstgefällig. Ich frage mich seitdem immer, wie du bei einer Frau im Bett gut sein konntest. Ich meine, ich weiß nicht viel über dich, ob du noch mehr Frauen hattest … Hast du dabei an Kerle gedacht …«

»Sorry, Severin, das geht dich alles nichts an. Aber zu deiner Information, sie war beileibe nicht die einzige Frau für mich – bevor wir verheiratet waren, wohlgemerkt – und ich habe das erste Mal mit einem Mann geschlafen, als ich bereits zweifacher Vater war. Okay?«

Severin Hemberger nickte langsam. »Wie und wann, wenn ich fragen darf?«

»Du darfst nicht«, sagte Pfeffer gereizt. »Aber du gibt sowieso keine Ruhe. Es war bei einer mehrtägigen Fortbildung in Berchtesgaden. Er hieß … er war ein Kollege, ehemaliger Zehnkämpfer, Körper wie ein griechischer Gott, verheiratet, drei Kinder. Wir teilten uns ein Zimmer. Und aus einer kleinen, lustigen, harmlosen Rangelei kurz vorm Schlafengehen wegen seiner abgrundtief hässlichen Spiderman-Unterhose wurde was anderes. Mehr musst du dazu nicht wissen.«

»Warst du verliebt?«
»In wen?«
»Na, ihn!«
Pfeffer lachte trocken. »Nein.«
»Bist du immer so ein harter Hund?
»Ja.«
»Idiot.«
»Frag nicht, wenn du keine ehrliche Antwort willst!«, sagte Pfeffer genervt.
»Du hast sie damit wahnsinnig verletzt.«
»Ich weiß. Mein Gott, tu nicht so, als hätte ich das nicht gewusst. Glaubst du, ich habe das absichtlich gemacht? Glaubst du, mir war das alles egal? Ich habe sie auch mal geliebt, verdammt noch mal. Aber wir waren sowieso am Ende. Florian hat die Ehe nicht gerettet.«
»Oh, Flo war das berühmte Wir-kitten-unsere-Ehe-Kind?«
»Ja. Klappt nie, und trotzdem probieren es alle. Irgendwann musste ich zu ihr ehrlich sein. Sei froh, dass wir uns getrennt haben, sonst hättest du sie nie kennengelernt. Du liebst sie immer noch, oder?«, fragte Pfeffer.
Severin nickte traurig.
»Sie ist jetzt wie viele Jahre tot? Du kommst schon drüber hinweg.« Blöde Floskel. »Verlieb dich neu.« Noch blödere Floskel. Hatte der Kerl denn keine Freunde, bei denen er sich ausheulen konnte? ›Andererseits, wieso sollte ausgerechnet Severin Freunde haben‹, dachte Pfeffer, ›wo ich auch praktisch keine habe.‹
»Ach, das ist es nicht. Frauen!«, schnaubte Severin verächtlich.
»Dito«, antwortete Pfeffer.
Severin zeichnete ein wenig weiter. »Ich habe keinen sexuellen Notstand, so ist es nicht. Ich bin ja schon irgendwo eine Schnitte. Aber wenns um mehr geht … keine Frau will mit einem Psycherl, das völlig pleite ist, das einen Offenbarungseid geleistet hat, zusammen sein.« Er legte Block und Bleistift weg und stand auf. »Du hast keine Ahnung von meinem Leben, Max. Ein Glas Rotwein? Ich hab nen tollen da!«
»Kunststück bei einem ehemaligen Weinhändler«, antwortete Pfeffer.
Severin lief in die Küche und kam kurz darauf mit einer Flasche südafrikanischen Rotweins und zwei Burgundergläsern wieder. Er schenkte ein und setzte sich neben Pfeffer aufs Sofa. Nachdem sie schweigend angestoßen

hatten, sagte Severin trocken und in sein Glas starrend: »Frauen ticken so total anders.«

»Okay.« Pfeffer seufzte, genau das hatte er befürchtet. Aber er fühlte, dass es keinen Sinn hatte, das Gespräch zu blockieren. Also würde er den Hobbypsychologen für eine verwundete Männerseele spielen. Letztlich hätte Pfeffer das Gespräch in einer Formel zusammenfassen können: Völlig vereinsamter Großstadtsingle mit völlig durcheinander geratenem Rollenverständnis und zerschundener Seele auf der ewigen Suche nach dem großen Glück. Der Klassiker. Okay, bei Severin kam dazu, dass er Psychopharmaka gegen seine Depressionen schlucken musste, aber sonst der Klassiker.

»Die brauchen einen Ernährer, einen, der die ganze Bagage durchbringt. Darum bin ich für Frauen nicht sexy. Ich könnte aussehen und fett sein wie Arsch Friedrich, wenn ich erfolgreich wäre, bekäme ich jede. Geld ist sexy. Das ist das ganze Geheimnis meines Solodaseins.«

»Und was ist mit denen mit Helfersyndrom?«

»Verzichte dankend. Die will ich nicht.«

Max Pfeffer merkte, wie er bereits jetzt nur noch mit halbem Ohr zuhörte. Er war es von Berufs wegen gewöhnt, immer zuzuhören und genau hinzuhören. Da hatte er in der Regel keine Lust auf genaues Hinhören im Privatleben, vor allem, wenn es um Themen ging, die ihn nicht interessierten. Wie Severins Frauengeschichte, beziehungsweise seine nicht vorhandenen Frauengeschichten. »Und die Künstlergroupies?«, fragte er dennoch.

»Zu anstrengend!«

»Okay, du stehst auf geldgeile Schlampen, die interessieren sich aber nicht für dich, und du interessierst dich nicht für den Mutter-Teresa-Typ oder Groupies. Sehr differenziertes Frauenbild. Glaub mir, es gibt noch ein bisschen was dazwischen.« Pfeffer sah Severin die ganze Zeit aufmerksam an. Alter Trick. Es vermittelte dem Gegenüber das Gefühl, man würde ihm zuhören.

»Sagt die Tunte!«, knurrte Severin.

»Einer von uns kennt sich offenbar besser mit Frauen aus. Und, um einen der Anwesenden zu zitieren, bringt es derjenige auch besser bei Frauen.«

»Du bist echt ein Scheißkerl, ich hätte es dir nicht erzählen sollen.« Severin schien eher traurig, als wütend. Er redete weiter, erst stockend, dann wie ein Wasserfall. Und Max Pfeffer schaute ihn aufmerksam an, nickte gelegentlich, sagte manchmal so was wie »Ach.« oder »Wieso?« oder »Echt? Scheiße.« und hatte schon längst abgeschaltet. Dass er nicht zuhörte, und vor allem dass er immer noch nackt war und Severin nur seine graue, labbrige Unterhose trug, wurde Pfeffer urplötzlich wieder bewusst, als Severin wie aus dem Nichts das heulende Elend bekam und sich Max plötzlich trostsuchend an den Hals warf. Wie hieß die Frau, von der er zuletzt gesprochen hatte? Oder besser: Wovon hatte Severin überhaupt zuletzt gesprochen?

»Ähm, Severin«, sagte Pfeffer betreten, »das ist echt schlimm. Aber …«

»Sorry.« Severin lehnte sich zurück und rieb die Augen. »Saupeinlich.«

»Nix passiert«, winkte Pfeffer ab. »*My lips are sealed.*«

»Ist mir aber echt sausaupeinlich.«

»Geh jetzt besser ins Bett«, sagte Pfeffer und stand auf. »Wir arbeiten heute sowieso nicht mehr weiter, oder? Morgen wieder.«

»Okay.« Severin grinste schief. »Danke, dass du mir zugehört hast. Du bist echt ein Freund. Danke.« Er stand auf und umarmte Pfeffer erneut kurz.

»Äh … Nun ja, findest du?« Pfeffer sah sich nach wie vor nicht als Severins Freund.

»Das bleibt alles unter uns, oder?«, fragte Severin plötzlich besorgt.

»Wem sollte ich es erzählen?«, fragte Pfeffer zurück und dachte: ›WAS soll ich denn erzählen?‹ Pfeffer packte sein Kleidungsbündel, das er sorgfältig zusammengelegt auf dem Tisch deponiert hatte, klemmte das Bündel unter den Arm und verließ schnell die Wohnung. Im Treppenhaus stieß er mit der alten Hausmeisterin zusammen, die vom Trockenboden kam und einen Wäschekorb unter dem Arm trug.

»'n Abend«, grüßte Pfeffer die verdutzte Frau, die mit offenem Mund dabei zusah, wie der nackte Mann sein Bündel Kleidung vor die Tür legte, sich bückte und den Wohnungsschlüssel hervorkramte, um die Tür aufzuschließen.

»Schönen Abend noch, Frau Profalla«, sagte Pfeffer, als er die Tür hinter sich zuzog. Als er es längst nicht mehr hören konnte, fand die Hausmeisterin endlich ihre Sprache wieder und sagte halblaut: »Ihnen auch, der Herr.«

11

»Das Baureferat«, sagte Annabella Scholz und legte den Hörer auf. »Sie wollen wissen, wie lange wir noch brauchen.«

»Hmm?« Max Pfeffer sah noch ganz in Gedanken von den Unterlagen auf.

»Sie wollen wissen, wann sie die Schleuse wieder öffnen können. Der Bach soll am Wochenende wieder fließen.«

»Keine Ahnung. Frag die Staatsanwaltschaft. Von mir aus können sie den Hahn aufdrehen. Wir müssen ja nicht mehr rein ins Bachbett, oder?«

»Okay. Ich kümmere mich drum. Oh, hast du gesehen? Ich habe dir etwas hingelegt, was die Kollegen gestern aufgenommen haben. Die Sache Therese Obermeier. Eine Frau vom ambulanten Pflegedienst hat sie gestern Abend gefunden.«

»Nummer vier.« Max Pfeffer nickte. »Habe ich eben gelesen. Auch erwürgt. Wenn ich die Analysen meiner Freundin Gerda Pettenkofer richtig deute, dann wurden alle Frauen mit einem Stück Stoff erdrosselt. Jedes Mal ein anderes, da die Fasern nicht identisch sind. Einmal Wolle, einmal Synthetik, einmal Baumwolle. Schals? Halstücher? Liegt im Frühjahr nahe. Da hat der Täter sein Mordwerkzeug immer bei sich und es fällt niemandem auf. Gut, es gibt noch ein paar andere Faserspuren, die bisher nicht zugeordnet werden konnten. Die erste Opfer war Erna Kubelik, irgendwann kurz nach Weihnachten, dann Helene Schneider am 24. Januar, dann Gisela Schlüter am 11. März und nun diese Therese Obermeier. Ergibt sich daraus ein Profil?«

»Für einen psychopathischen Monatsmörder fehlt der Februar.«

»Oder doch die Theorie, dass der Täter jeden Monat Geld braucht. Der Februar ist kurz, vielleicht hat da die Januarbeute ausgereicht. Wie viel Geld er erbeutet hat, wissen wir nicht.« Max Pfeffer las noch einmal die Protokolle der Spurensicherung und der Zeugen. Dann pfiff er leise durch die Zähne. »Mitte März. War ich im Urlaub, oder? Den Fall Schlüter aus der Baaderstraße, wer hat den bearbeitet? Egal. Hätte mir selbst früher auffallen können. Rate mal, wer die Schlüter gelegentlich betreut hat?«

»Verena Klein?«

»Exakt. Bei der Schneider und der Obermeier taucht sie zwar nicht auf, aber das muss noch nichts heißen.«

»Dass sie bei zwei von vier auftaucht, will aber auch nicht unbedingt was heißen«, gab Annabella Scholz zu bedenken.

»Hmm.« Pfeffer griff sich die Tatortfotos aus allen Akten und studierte sie eingehend. »Es gibt einen Zusammenhang. Keine Ahnung, welchen, aber es gibt ihn. Da bin ich sicher. Ist nur seltsam, dass einzig und allein bei Helene Schneider nachgewiesenermaßen wertvoller Schmuck entwendet wurde«, murmelte er. »Hier, auch bei Therese Obermeier wurde Schmuck gefunden. Nicht viel, nicht wahnsinnig wertvoll, aber immerhin. Gibt es noch mehr Fotos? Aus den Wohnungen?«

»Wenn nichts in den Akten ist, vermutlich nicht«, antwortete Hauptkommissarin Scholz und ging zur Kaffeemaschine, um sich und ihrem Chef einen Espresso Macchiato zu machen.

»Die Wohnungen sind alle, bis auf die von Kubelik und Obermeier, wieder freigegeben und sicher längst geräumt.«

»Du sagst es, Chef.« Sie stellte Pfeffer den Espresso hin und er nahm vorsichtig einen Schluck. Sie schüttelte es immer wieder, wenn sie sah, dass er keinen Zucker nahm. Nun schmunzelte sie ihn vielsagend an.

»Was ist?«, fragte Pfeffer verwundert.

»Ich habe ein Zuckerl für dich. Also, ich hatte ein interessantes Gespräch mit dem Geschäftsführer der Immobilienverwertungsgesellschaft, die das Himmelhaus gekauft hat. Ein gewisser Michael Kreutzpaintner. Er hat mir einen Blick in die Unterlagen gestattet, gnädig, wie er war. Alle Mieter bekamen das übliche Vorkaufrecht, und es gab nur eine einzige Partei im Haus, die ihre Wohnung tatsächlich kaufen wollte. Diese Person, die sofort eine Option auf das Vorkaufsrecht unterschrieben hat, ist …?« Sie sah ihren Chef erwartungsvoll an.

Max Pfeffer verschluckte sich fast an seinem Espresso. »Nein!« Er hustete.

»Doch!«

»Wie denn?«

»Nach allem, was wir wissen, krebste sie am Existenzminimum. Ihr Girokonto war zum Todeszeitpunkt fast am Dispolimit. Jetzt ist es halbwegs gefüllt, denn die Rentenzahlungen für die letzten vier Monate sind eingegangen. Kein Schließfach, keine Auslandskonten, kein Depot, keine Fonds. Nichts.«

»Aber wie kann sie dann die Wohnung kaufen wollen?«

»Gute Frage, Chef. Die Reservierungsgebühr von fünfhundert Euro hat sie wohl irgendwie zusammengekratzt oder geliehen, die hat sie nämlich bar bezahlt. Auf ihrem Konto gibt es keine entsprechende Bewegung.«

»Also muss es etwas gegeben haben, höchstwahrscheinlich in ihrer Wohnung, das sehr wertvoll war. Oder von dem sie zumindest angenommen hat, dass es genug Geld bringt, um … keine Ahnung … wie viel? Zweihunderttausend? Zweihundertfuffzigtausend? … Um eine Menge zusammenzukratzen. Was kann so viel wert sein?«

»Wir werden es herausfinden.«

»Gut. Bleibt auch die Frage, wer ihr das Geld geliehen haben könnte. Warum haben die Immobilienfritzen die Kubelik fast vier Monate lang nicht vermisst? Die hätten doch den Verkauf abwickeln müssen, oder?«

»Der Termin für die Kaufoption war kurz vor Weihnachten. Kubelik hat unterschrieben. Der Notartermin und die Wohnungsübergabe sollten erst stattfinden, wenn alle Wohnungen verkauft sind. Die Kubelik sollte bis dahin einfach weiter Miete zahlen. Dauerauftrag. Sie hatten es nicht eilig. Geplanter Termin zur Wohnungsübergabe war Anfang Mai. Und erst dann hätte die Kubelik den Kaufbetrag zahlen müssen.«

»Ich brauche alle Asservate, die wir bei den Damen sichergestellt haben«, sagte Pfeffer. »Und dann muss ich mit der Tochter von Helene Schneider und dem Sohn von Therese Obermeier sprechen. Haben wir die Adressen?«

»Sicher. Die Tochter lebt aber in Dortmund und der Sohn in Berlin.«

»Ach, Bella, dann eben die Telefonnummern«, sagte Max Pfeffer ungeduldig.

»Schon gut. Ich such sie dir raus.«

Max Pfeffer griff zum Telefon. »Gerda-Hase«, sagte er dann, »kannst du mir bitte einen kurzen Überblick über den aktuellen DNS-Stand bei unseren erwürgten Damen geben?«

»Gehe ich recht in der Annahme, dass du nur zu faul bist, die Berichte genau zu lesen?«, antwortete die Rechtsmedizinerin Doktor Gerda Pettenkofer am anderen Ende der Leitung.

»Einhundert Punkte.«

Die Pathologin seufzte gespielt. »Wir haben nur bei zwei der Toten eine vernünftige DNS-Spur. Haare, bei … Schneider. Dann noch eine gute Spur bei … Ko… Kubelik. Identische DNS-Spur von einem Mann. Der Herr ist uns allerdings unbekannt. Es gibt bisher keinerlei Vergleichsdaten in den Archiven. Vielleicht werden wir aber noch fündig. Man weiß nie. Bei den beiden anderen Opfern reichen die Spuren nicht aus für eine vernünftige Analyse. Der Täter hat so wenig wie möglich berührt, hat mit Sicherheit Handschuhe und vermutlich eine Mütze oder so getragen, damit möglichst wenig Haare rumfliegen.«

Pfeffer schnaufte. »Das weiß ich alles längst, Gerda.«

»Wozu telefonieren wir dann überhaupt?«

»Weil wir uns vermissen? Ernst beiseite. Ich habe alle Protokolle heute noch einmal gelesen und stehe auf dem Schlauch. Ich wollte nur von dir noch einmal bestätigt hören, dass mir in dem Punkt nichts entgangen ist.«

»Wir vergleichen und suchen, Maxl, keine Sorge. Wenn unser Unbekannter irgendwann mal in einer DNS-Datei erfasst wurde, finden wir ihn. Es gibt übrigens im Fall von unserer Bachforelle …«

»Gerda!« Pfeffer klang empört, verkniff sich aber ein Lachen.

»Du hast ja wohl gar keinen Humor mehr! Wird Zeit, dass dein Hase von den Preißn zurückkommt. Zurück zu unserer Bachforelle«, sie betonte jede Silbe extra, »die hat nämlich noch eine Überraschung für mich bereitgehalten. Die Gute war dreiundsiebzig, oder? Wir haben bei ihr nicht nur ein Haar von unserem Unbekannten gefunden, sondern eine Menge Haare und eine ganze Menge weiterer DNS, na, besser eine Ladung. Und ich sollte mich korrigieren, denn es war nicht BEI ihr.«

»IN ihr? Sperma? Vergewaltigung?«

»Ja und nein. Sperma in ihr und eindeutig keine Vergewaltigung. Fest steht aber, dass sie relativ kurz vor ihrem Tod ungeschützten Geschlechtsverkehr mit unserem Unbekannten hatte.«

»Täter-DNS?«

»Richtig«, antwortete Gerda Pettenkofer. »Ich hätte dich nachher sowieso angerufen. Dass überhaupt alles so gut erhalten ist, verdanken wir nur dem Umstand, dass die Frau die ganze Zeit im eiskalten Wasser lag.«

»Tu mir einen Gefallen, und vergleich bitte die Täter-DNS mit Spuren von anderen Fällen aus dem letzten Jahr, danke.« Pfeffer legte auf.

»Wir haben also ein gutes Motiv, warum der Täter sein erstes Opfer im Bach verschwinden lassen wollte«, sagte er zu seiner Kollegin. »Er hat wohl noch geübt und zu viele Spuren hinterlassen.«

12

Pfeffers Euphorie erhielt einen Dämpfer. Die Telefonate mit den Hinterbliebenen der beiden Ermordeten blieben ohne Ergebnis. Sie wussten nichts davon, ob ihre Mütter mit einer Erna Kubelik bekannt waren, und sie wussten auch nichts davon, dass ihre Mütter womöglich geheime Schätze in ihren Wohnungen hüteten. Die Tochter von Helene Schneider lamentierte wieder über den wertvollen Familienschmuck der gestohlen wurde. Pfeffer sah sich noch einmal die Fotos durch, die die Tochter zur Verfügung gestellt hatte und versicherte, dass die Bilder den Dienststellen vorlägen und im Computer abrufbar seien. Man werde sein Bestes tun.

Max Pfeffer verließ sein Büro. Er brauchte frische Luft. Die Wohnungen der beiden letzten Toten besuchen und auf eine Eingebung hoffen? Oder pflichtgemäß den täglichen Kontrollbesuch bei den Umbauarbeiten in seinem Haus in Obermenzing absolvieren. Er entschied sich für letzteres.

Der Geruch von feuchtem Mörtel oder Fugenkitt hing in der Luft, als er die Eingangstür hinter sich zuzog. Es fühlte sich seltsam und fremd an, ganz allein in das leere Haus zu kommen. Die Möbel im Wohnzimmer waren mit Folien abgedeckt, die Türen zu den Zimmern, in denen die Handwerker nichts zu suchen hatten, abgeschlossen. Kein Radau, den seine Jungs sonst tagein, tagaus veranstalteten. Er würde sich ohnehin bald daran gewöhnen müssen, dass es immer still war, wenn er ins Haus kam. Sein ältester Sohn, Cosmas, den alle nur Cosmo nannten, sollte ursprünglich nach dem Abitur seinen Zivildienst antreten. Da der nun abgeschafft worden war, hatte Cosmo sich für ein soziales Jahr beworben und wollte als Streetworker nach Madagaskar gehen. Florian, Pfeffers jüngerer Sohn, war bereits aus dem Haus. Er hatte an ein englisches College gewechselt. Und Tim war oft beruflich unterwegs. Max Pfeffer würde bald viele Abende ganz allein in dem großen Haus verbringen. Genau genommen handelte es sich nicht wirklich um sein Haus. Die durchaus repräsentative Stadtvilla hatten die Großeltern seiner Exfrau einst gebaut und ihr weitervererbt. Nach der Scheidung war Max Pfeffer ausgezogen, irgendwann hatte seine Frau dann Severin Hemberger kennengelernt, und in dem Haus in Obermenzing hatte kurzfristig wieder eine komplette Familie gelebt. Dann, nach dem überraschenden Krebstod seiner Exfrau, hatte Severin seine Sachen packen müssen und Max Pfeffer war als alleiniger Erziehungsberechtigter seiner Söhne wieder eingezogen – gemeinsam mit Tim. Das Haus hatten Cosmo und Florian geerbt. Für den laufenden Unterhalt und die Renovierungsarbeiten aber durfte Max Pfeffer sorgen. Was passieren würde, wenn Florian volljährig wurde und damit die beiden Pfeffer-Buben alleine über das Haus verfügen konnten, war noch offen. Cosmo, der den Hitzkopf seines Vaters geerbt hatte, hatte sich im Streit schon mal zu der Drohung hinreißen lassen, er würde seinen Vater dann aus dem Haus werfen. Aber da hatte Cosmo mitten in der schlimmsten Pubertätsphase gesteckt, mittlerweile war er reifer geworden. Pfeffer dachte dennoch immer wieder daran. Dass er seinen Söhnen später Miete zahlen würde, stand für ihn außer Frage. Und wenn es dennoch Streit geben würde, würden er und Tim sich im Zweifelsfall eine Wohnung kaufen.

Pfeffer schloss das Schlafzimmer auf, holte sich frische Wäsche und eine kleine Auswahl an Wechselkleidung. Unten wurde die Tür aufgeschlossen. Die Installateure kamen lärmend von ihrer Mittagspause zurück ins Haus. Pfeffer kontrollierte die Baustellen, ging die aufgestemmten Wände entlang, in denen schon die neuen Wasser- und Abwasserrohre schimmerten.

»Servus, Chef«, grüßte einer der Handwerker erheblich zu lässig. Der andere Handwerker lächelte entschuldigend und sagte: »Grüß Gott, Herr Pfeffer.« Beide kamen ins obere Bad und stellten ihre Brotzeittaschen ab.

»Grüß Gott, die Herren.« Pfeffer stand schlecht gelaunt da, die Hände in den Hosentaschen. Das obere Bad war fast fertig. Die Wände waren mit großen rechteckigen weißen Kacheln gefliest, der Boden mit Schiffsbodenparkett belegt. Das Waschbecken hing schon an der Wand. Pfeffer hatte sich vorhin noch darauf gefreut, das erste Mal hier alles zu genießen. Seine Freude war verflogen, als er vor dem Waschbecken stand, das ihm bis zur Mitte der Oberschenkel reichte. Er drehte sich zu den Handwerkern um. »Ich glaube, wir haben das bereits bei der Vorbesprechung festgehalten, dass wir keinesfalls Standardhöhe möchten!«, sagte er scharf. »Mindestens ein Mitglied dieses Haushalts ist über einsneunzig, wie Sie wissen, und das bin nicht ich. Aber selbst ich kann in dieses Waschbecken im Stehen …« Er überlegte kurz, dann entschied er sich für einen Wortschatz, der sonst nicht seiner war: »… reinpissen!«

»Das …«, begann der ältere der beiden Handwerker.

»Das ist morgen auf der Höhe, die ich mit Ihrem Chef besprochen habe.«
»Aber die Anschlüsse …«
»Die werden Sie selbstverständlich entsprechend ändern.« Pfeffer lächelte verbindlich. »Und achten Sie bitte im unteren Bad, in der Toilette und in der Küche dann von selbst darauf, dass die Höhen stimmen. Danke.«
»Natürlich.«
»Gut, schönen Tag noch, die Herren.«
»Schwuchtel«, fluchte der jüngere der beiden Handwerker, als er Pfeffer außer Hörweite glaubte.
»Halt die Klappe!«, wies ihn der andere zurecht. »Du hast den Scheiß verbockt.«
»Sollen wir ihm eine tote Ratte hinter die Duschwand einmauern? So wie wir das bei der Zicke gemacht haben, die sich immer …«
»Was hast du?!«
»Na, da weißt du doch.«
»Nichts weiß ich! Halt einfach dein Maul. Maul halten, und das tun, was ich dir anschaffe!«
»Gut Idee«, sagte Pfeffer, der sehr wohl die Beleidigung gehört und kehrt gemacht hatte.
»Herr Pfeffer, entschuldigen Sie …«, stotterte der ältere Installateur.
»Ich entschuldige gar nichts.« Pfeffer packte den jüngeren Handwerker mit eiserner Faust am Schlafittchen und schleppte den Mann aus dem Bad, den Flur entlang und zuletzt polternd die Treppe hinunter. Der Mann brauchte eine Weile, den Schreck zu überwinden und zu versuchen, Boden unter den Füßen zu gewinnen oder sich irgendwo festzuhalten. Er klammerte sich an Pfeffers rechtes Bein. Unten kamen gerade zwei Fliesenleger herein, die Pfeffer bereitwillig Platz machten.
»Guten Tag, die Herren.« Pfeffer packte sein Opfer nun mit der anderen Hand am Hosenbund und warf den Handwerker aus dem Haus. Pfeffer blieb auf der Türschwelle stehen und sah ihm dabei zu, wie der sich aufrappelte und dabei »Was solln der Scheiß« fluchte.
»Sollten Sie noch einmal einen Fuß in mein Haus setzen, wird Ihnen das sehr leid tun«, sagte Pfeffer ruhig.
»Das war doch nur ein Scherz.«
»Sehen Sie mich lachen?«
»Hey, Chef, aber meine Sachen …«

»Die wird Ihnen Ihr Kollege sicher nach Feierabend vorbeibringen.«

Der Mann wollte sich an Pfeffer vorbeidrängen. »Haben Sie mir nicht zugehört?«, fragte Pfeffer gefährlich leise. Er trug einen seiner Lieblingsanzüge, der zu teuer gewesen war, um ihn der Ehre halber zu ruinieren, aber er hätte sich in diesem Moment auch liebend gerne geprügelt. Er ballte die Fäuste. Das Krischperl hätte sowieso keine Chance gegen ihn.

Der junge Installateur murrte noch ein wenig herum, zog dann aber den Schwanz ein und fing zu jammern an, was er denn nun machen sollte.

»Mein Grundstück verlassen«, antwortete Pfeffer. »Sofort.« Er deutete Richtung Straße. Dann ging er zurück ins Haus, besprach mit den anderen Handwerkern, was es zu besprechen gab. Alle gaben sich ausnehmend freundlich. Er packte die Tasche mit ein paar frischen Hemden, seinem dunkelblauen Lieblings-Sommeranzug sowie ein paar CDs, die er zusammengesucht hatte und verabschiedete sich. Im Garten goss er die Pflanzen in den Kübeln auf der Terrasse. Er zückte sein Handy und wählte seine Lieblingsnummer.

»Maxl, du Mittagsterrorist«, meldete sich Tim schon nach dem zweiten Klingeln.

»Moinmoin nach Hamburch!«

»Pfiadi nach Minga.« Pfeffer konnte Tim im fernen Hamburg förmlich von Ohr zu Ohr grinsen sehen, wie seine dunklen Mandelaugen zu schrägen Schlitzen wurden und die dunklen Sommersprossen auf seinem Kupferteint tanzten. »Was tut sich in der unterschätztesten Metropole Deutschlands, Maxl?«

Pfeffer berichtete seinem Lebensgefährten über seine Erlebnisse und den Ärger mit den Handwerkern. »Der eine hat mich Schwuchtel genannt, als er dachte, ich sei außer Hörweite.«

»Und? Was hast du ihm gebrochen?«

»Nichts.«

»Nichts? Warum nicht? Bist du krank?«

»Hab ihn wie eine kleine Töle am Kragen gepackt und aus dem Haus geworfen.«

»Braver Pfeffer. Apropos Fresse polieren. Heute hat doch glatt einer Neger zu mir gesagt! Hast du Töne? Neger! Und das mir.«

»Wo und wie?« Pfeffer war alarmiert.

»Vorhin auf dem Rückweg von Sankt Peter-Ording …«

»Sankt Peter-Ording?«

»Kleiner Strandspaziergang in der Früh. Das Seminar geht heute erst um eins los. Und dann nur drei Stunden. Es ist ja Wochenende. Also, ich wollte mir an einem Kiosk was zu Trinken kaufen und wusste nicht, ob ich Ingwer-Orange, Cranberry-Quitte oder Granatapfel-Hühnerpisse nehmen soll – war es nicht früher einfacher, als es nur Orange oder Zitrone gab? … egal, da sagte also dieses postpubertierende Etwas in der Schlange hinter mir ›Ey, Neger, mach hinne!‹.« Pfeffers Lebensgefährte Tim de Fries war zwar gebürtiger Niederländer und er hatte sicher auch die Gene blonder, blauäugiger Friesen, aber ebenso auch die Gene aller möglichen Völker, die einst zum weltumspannenden Kolonialreich der Holländer gehört hatten. Indonesien, Ghana und Surinam – Asien, Afrika, Südamerika und Europa vereint in einem riesengroßen, mandeläugigen Kerl mit Kupferteint, in den sich Max Pfeffer einst Schlag auf Fall verliebte, als er ihn wegen eines kleinen Drogenvergehens festnehmen musste.

»Und?«, fragte Pfeffer. »Grundsatzdiskussion? Oder gebrochene Nase?«

»Letzteres.«

»Bei wem?!« Pfeffer schwante Übles.

»Ihm.«

Pfeffer atmete erleichtert aus. »Du hast …«

»Nein! Nie im Leben!« Tim kicherte bubenhaft. »Ich und jemand verprügeln! Du weißt doch, dass das meine Premiere war. Das allererste Mal in meinem Leben von Rassisten angepöbelt! Ich war fast gerührt. Leider finde ich Neger ja kein schlimmes Wort, wie du sicher weißt! Ich hab noch nie verstanden, warum das plötzlich auf der Liste böser Worte auftauchte. Und er hat ja nicht Nigger gesagt. Aber okay. Ich sollte also endlich mal beleidigt werden und wollte irgendwas wahnsinnig Ironisches von mir geben. Aber ist Ironie eine stumpfe Waffe, wenn die Intelligenz des Gegenübers das nicht erfassen kann – abgesehen davon, ist mir natürlich nichts Schlagfertiges eingefallen.«

»Wer rechnet denn damit, dass er das erste Mal in seinem Leben ausgerechnet am Bahnhof von Sankt Peter-Ording Neger genannt wird.«

»Eben. Ich habe also zu lange überlegt, wie meine Premiere feiern soll, und dann kam diese Alte, die mir alles versaut hat. Die Alte hinter dem Mininazi. Blöde Kuh. Die war nämlich richtig espresso, nicht so lattemacchiato wie ich. Die hat ihm einfach ihren Schirm einmal quer über das Gesicht gezogen. Mittenrein. Und der Penner hat nichts weiter gemacht, als seine blutende

Nase zu halten und sich zu trollen. Weg. Einfach so. Kein Drama, keine Anzeige, kein Bohei, nichts.«

»Armes Negerkind, an unseren Enttäuschungen wachsen wir.«

»*Denn man toe.* Dicker Negerkuss aus Hamburg!«

Freche Handwerker aus dem Haus zu schmeißen, Tims Erlebnis und auch die Tatsache, dass Freitag war und damit bald Wochenende, sorgten bei Pfeffer für einen Stimmungswechsel. Er stand etwas unschlüssig in der Wohnung der toten Therese Obermeier in der Rottmannstraße, dann zog er Einmalhandschuhe über und durchsuchte die Drei-Zimmer-Wohnung, ohne zu wissen, was er suchte. Die Wohnung war altmodisch, aber schlicht möbliert und sauber. Als eines der wenigen Zugeständnisse an die Neuzeit stand im Wohnzimmer ein riesiger Flachbildschirmfernseher. Ließe sich sicher gut verkaufen, überlegte Pfeffer, aber für einen Einzeltäter am helllichten Tag schwierig zu transportieren. Im Badezimmer stand ein Styroporkopf. Pfeffer erinnerte sich, dass man neben der Toten eine billige blonde Perücke gefunden hatte. Die Kollegen hatten den gefundenen Schmuck und ein paar hundert Euro in bar sichergestellt und verwahrt. Max Pfeffer durchforstete noch einmal alle Schubladen und Fächer, untersuchte die Matratze und fand keinerlei weitere Wertgegenstände. Zuletzt zückte Pfeffer sein Smartphone und fotografierte jeden Raum aus unterschiedlichen Winkeln. Dann fuhr er von der Maxvorstadt in die Isarvorstadt, wo es genauso schwierig war, einen Parkplatz zu finden. Fluchend drehte er mehrere Runden, bis er sich schließlich doch in die Einfahrt des Himmelhauses stellte.

»Da schleppen sie dich ab, Meister!«, rief einer der Obdachlosen, die gegenüber vor dem denkmalgeschützten Pissoir saßen.

»Ich denke nicht.« Pfeffer entschloss sich, den Besuch in Erna Kubeliks Wohnung aufzuschieben. Er überquerte die Straße, weil er den Mann erkannt hatte. Es war der zahnlose Sepp. Neben ihm saß der Einäugige mit der Stirndelle.

»Nur zu zweit heute?«, fragte Pfeffer.

»Wieso? Ach, wegen neulich. Nein, Meister, der Mirko gehört eh nicht zu uns. Der kommt manchmal nur auf ein Bier. Und der Jerzy muss arbeiten.«

»Der Blonde? Der kein Deutsch kann?«

»Exakt, Meister.« Der Zahnlose nickte. »Der kommt auch nur in den Pausen. Wenn ihn sein bescheuerter Bruder überhaupt weglässt. Die arbeiten vorne, in dem eingerüsteten Haus.« Er deutete die Straße hinunter.

»Und? Was tut sich mit der Paloma?«, fragte der Einäugige und riss sein gutes Auge neugierig weit auf.

»Ich habe Sie neulich schon mal gefragt, ob Sie vielleicht wussten, dass Erna Kubelik Wertgegenstände hatte.«

»Und wir haben dir schon gesagt, dass sie keine hatte, Meister.«

»Wenn Sie noch mal ganz genau nachdenken? Hatte sie jemals erwähnt, dass sie sich die Wohnung, in der sie lebte, kaufen wollte?«

Die beiden Obdachlosen sahen sich verwundert an. »Nie im Leben«, sagte dann der Einäugige. »Wenn die Geld gehabt hätte, dann hätte sie ja wohl nicht …« Er brach ab und senkte den Kopf. Auch der zahnlose Sepp sah zu Boden.

»Nicht was?«, fragte Pfeffer scharf.

»Du laberst dich echt noch mal um Kopf und Kragen«, sagte Sepp und boxte den Einäugigen auf den Oberarm.

»Ich hab doch gar nichts gesagt!«

»Es reicht schon, was du nicht sagst.«

»Erna Kubelik hat was, meine Herren?« Pfeffers Ton wurde noch härter.

Der Einäugige zuckte mit den Schultern. »Wenn man großzügig war, dann … dann durfte man bei ihr nicht nur baden. Dann … dann konnte man auch mit ihr kuscheln.«

»Habe ich das eben richtig verstanden«, sagte Max Pfeffer. »Erna Kubelik hat Sie und Sie mit zu sich genommen und …« Er machte eine Kunstpause.

»Gekuschelt, Meister.« Der Einäugige und sein Nebenmann grinsten. Dann wurde er plötzlich ernst. »Also nicht, was Sie jetzt denken, Meister! Nie zusammen! Immer nur einer. Das war kein Saukram. Die Paloma hat immer nur einen Mann mitgenommen. Und baden durfte man vorher und nachher duschen. Herrlich.«

»Nur wenn man gezahlt hat, hast du vergessen zu sagen, Idiot«, sagte der zahnlose Sepp.

»Na und?«

»Die hats niemandem umsonst besorgt, das oide Flitscherl. Hätte sie das gemacht, wenn sie es nicht nötig gehabt hätte?«

»Sie haben also die alte Frau für Sex bezahlt?«, fragte Pfeffer ungläubig. Vor seinem geistigen Auge sah er die Zahl der Verdächtigen in die Höhe schnellen. Müssten sie nun in Obdachlosenkreisen ihren Täter suchen? »Wann waren Sie beide das letzte Mal bei ihr zum Kuscheln?«

Der Einäugige zuckte mit den Schultern. »Viel zu lange her. Habe ich Ihnen doch schon beim letzten Mal gesagt. Im Oktober wars. Der Tag? Keine Ahnung.«

»Ich war am ersten Advent bei ihr. Echter Nürnberger Glühwein vom Christkindlmarkt. Ein Gedicht, Meister.«

Pfeffer nickte. Das hatten die Männer beim letzten Mal auch ausgesagt. »Was hat es Sie denn gekostet, wenn Sie mal Kuscheln durften?«

»Kein Geld«, antwortete der Einäugige und deutete auf eine Schnapsflasche zwischen seinen Füßen.

Pfeffer war enttäuscht, denn das wäre eine Erklärung für die fünfhundert Euro Anzahlung gewesen. Er fragte trotzdem: »Hat einer von Ihnen ihr vielleicht mal einen größeren Geldbetrag geliehen?«

»Guter Witz, Meister.«

»Sie war kein Flitscherl«, sagte der Einäugige, als hätte er nicht zugehört. »Sie hat einen nur mitgenommen, wenn sie einen mochte. Aber zuletzt hat sie einen nicht mehr rangelassen.«

»Warum?«

»Weil sie ein festes Gschpusi hatte, drum.«

»Ich wette, Sie wissen, wer das war, meine Herren.«

»Stimmt.« Der Einäugige lachte. »Ein Bier, wenn ichs sage?«

Max Pfeffer lag eine andere Antwort auf der Zunge, aber dann sagte er: »Gilt.«

»Der Jerzy wars. Der Pole. Kein Wunder, der ist dumm wie Brot, aber kräftig und er kann alte Frauen glücklich machen. Außerdem verdient er auf dem Bau genug, um sich jeden Tag eine Flasche Schnaps zu leisten.« Er zwinkerte mit seinem gesunden Auge zweideutig.

Max Pfeffer zwinkerte zurück. »Gut, die Herren, dann darf ich Sie bitten, mit mir ins Präsidium zu kommen. Ich würde gerne Ihre Aussagen protokollieren, und es wäre nett, wenn Sie mir eine Liste von den Männern machen, von denen Sie wissen, dass sie bei Erna Kubelik eine bevorzugte Behandlung bekommen haben. Zuletzt hätte ich dann noch gerne eine Speichelprobe von Ihnen. Mein Wagen steht dort drüben, wie Sie wissen.«

»Bisschen viel auf einmal«, brummte der zahnlose Sepp.

»Hey, und mein Bier?«, rief der Einäugige.

»Gibts nachher.«

13

»Hier wohnt noch jemand!«, stand in roten Lettern auf dem Pappschild, das der Mieter im dritten Stock an seine Wohnungstür geklebt hatte. Berger stand auf dem Klingelschild. Niemand öffnete, als Pfeffer klingelte. Genauso war es ihm im ersten Stock ergangen, wo auch noch jemand wohnte. Das Treppengeländer fehlte im gesamten Treppenhaus. Mörtelsäcke stapelten sich im Flur. Wo sich die Lichtschalter hätten befinden sollen, ragten Kabel aus der Wand. Die Entmietung für die letzten verbliebenen Mieter lief auf Hochtouren.

Zweiter Stock links: kein Name am Klingelschild, die Klingel funktionierte nicht. Gedämpfte Geräusche drangen aus der Wohnung. Es klang nach einer Sportübertragung.

Pfeffer musste lange und laut gegen die Tür hämmern, bis endlich jemand öffnete. Der Mann trug ein verwaschenes Unterhemd, das mal rot gewesen sein dürfte und eine alte Jeans. Seine Arme waren muskulös, sein Blick müde. Nachdem Pfeffer ihm seinen Ausweis gezeigt hatte, ließ er ihn herein. Pfeffer ging den Flur entlang. Ein anderer Mann stand in der Küche an einem völlig verdreckten Herd und bruzzelte etwas, das nicht gut roch, in einer alten Pfanne. Er mochte um die fünfzig sein. Er glotzte Pfeffer an, reagierte nicht auf den Gruß und wandte sich dann wieder seiner Pfanne zu. Zwei weitere Männer saßen in einem Raum mit drei Stockbetten und spielten auf einem als Tisch umfunktionierten Wasserkasten Schach. Beide grüßten Pfeffer freundlich lächelnd. In den Zimmerecken und unter den Betten lagen Klamotten. Pfeffer folgte dem Mann, der ihm geöffnet hatte, in einen weiteren Raum mit drei Stockbetten. In einem kleinen Fernseher lief ein Fußballspiel mit brüllender Lautstärke. Auf einem der unteren Betten lag der fünfte Mann und blätterte in einer fremdsprachigen Zeitschrift. Es roch nach Jungsumkleide.

»Ganz schön viele Betten«, sagte Pfeffer laut. »Wie viele von Ihnen leben hier?«

Die beiden Männer sahen ihn aufmerksam an und zuckten synchron mit den Schultern. Keiner wirkte auf Pfeffer wie brutale Mörder, die alte Frauen erwürgen. Eher wie Schwerarbeiter, die Familien in der Fremde ernähren mussten. Aber wer sah im wirklichen Leben schon nach Mörder aus.

»Deutsch?«, fragte Pfeffer.

»Nix viel«, sagte derjenige, der geöffnet hatte.

»Wie viele?«, wiederholte der Kriminalrat und deutete auf sein Gegenüber und den anderen. »Männer?«

Der Pole hob die Hände und zeigte sieben Finger. »Haben alles Papiere!«

»Ihr seid nur sieben Männer?« Pfeffer deutete auf die Stockbetten. »Und warum so viele Betten?«

Der Pole zuckte wieder mit den Schultern und sah Pfeffer müde an. »Goryl deutsch.«

»Und wo ist dieser Goryl?« Der Fernsehlärm raubte Max Pfeffer die Nerven. Er stellte das Gerät einfach ab. Nun hörte man eine Frau wie in einem billigen Porno quietschen und schreien. Die beiden Arbeiter blickten betreten drein.

»Goryl?«, fragte Pfeffer.

Die beiden nickten.

»Frau mit Goryl«, radebrechte der auf dem Bett. »In Salon. Aber ruhig lassen. Er sonst böseböse.«

»Ich werde auch gleich böseböse«, antwortete Pfeffer und verließ den Raum. Draußen hatten sich schon die anderen Männer versammelt und warteten schweigend darauf, was als nächstes passieren würde. Der eine hielt seine Pfanne samt Inhalt in der Hand.

Zwei verschlossene Türen gingen noch vom Flur ab. Eines musste das Bad sein, das andere das, was der Typ eben als »Salon« bezeichnet hatte. Pfeffer lauschte kurz, klopfte und öffnete umgehend schwungvoll die Tür, hinter der eine Frau professionell »Oh ja, oh Gott!« quietschte und dann ebenso professionell keuchte.

Der kleine Raum war beinahe leer. Ein grünes Cordsofa, ein paar Bierkisten und ein großer Fernseher standen darin. Auf dem Sofa steckte ein Gorilla von einem Kerl in einer Frau, von der man praktisch nur die Beine sah. Er riss den Kopf herum, brüllte etwas auf Polnisch und sprang auf. Die Frau, eine rassige Brünette mit silikongestützter Oberweite, murmelte »Scheiße« und fingerte schnell ihr T-Shirt vom Boden, um sich damit notdürftig zu bedecken.

»Was soll das?«, brüllte der Gorilla mit hochrotem Kopf und starkem osteuropäischen Akzent und baute sich vor Pfeffer auf. Sein rundum behaarter Körper verströmte den Geruch von testosterongetränktem Schweiß.

Max Pfeffer zeigte wortlos seinen Ausweis.

Die Frau zog sich währenddessen unter den gierigen Blicken der Männer, die sich hinter dem Kriminalbeamten versammelt hatten, in Windeseile an.

»Was will die Polizei?«, sagte der Gorilla dröhnend. »Ich habe nichts Falsches gemacht. Ist es falsch, eine Frau glücklich zu machen?«

»Wer hier wen für fünfzig Euro glücklich macht, steht noch zur Diskussion.«

»Was redest du für einen Scheiß, Schlauberger?«, sagte der Gorilla und tippte Pfeffer an die Brust. »Fünfzig Euro? Seh ich aus wie ein Geldscheißer?«

»Ich kann das erklären«, sagte die Frau, nun komplett bekleidet, und hielt sich die Handtasche wie ein Schild vor die Brust.

»Du brauchst mir nichts erklären«, entgegnete Pfeffer. »Ich bin nicht von der Sitte. Schau, dass du weiterkommst, und lass dich nicht mehr im Sperrbezirk erwischen. Abgang! Ach, und künftig machst du für Typen wie den da keinen Rabatt mehr. Ein Fuffie sollte drinsein.«

Die Hure drängte sich am Gorilla vorbei und hauchte Pfeffer ein »Danke« zu, bevor sie verschwand.

»Ziehen Sie sich bitte an«, sagte Pfeffer zum Gorilla. »Ich habe ein paar Fragen, Herr …«

Der Gorilla verzog den Mund zu einem schiefen Lächeln und verschränkte die Arme über seinem enormen Bauch vor der mächtigen Brust. »Ich mache, was ich will.«

»Ach wirklich?« Pfeffer war sich bewusst, dass er zwischen einem aggressiven Rädelsführer und fünf Männern stand, die sich auf sein Wort hin womöglich zu Aktionen hinreißen lassen könnten, die seiner Gesundheit abträglich wären. »Ich habe Ihren Namen eben nicht ganz verstanden, Herr …«

»Szymborska. Kazimierz Szymborska, aber nenn mich Goryl wie alle anderen. Wir sind Bauarbeiter. Wir haben alle Papiere. Alles legal. Wir machen unseren Job«, sagte der Gorilla.

»Sie renovieren das Haus, obwohl hier im Haus noch Menschen wohnen.«

»Und? Ist unser Job.«

»Sicher. Ich habe auch nur eine kurze Frage: Wo finde ich Jerzy?«

Der Gorilla lachte, sagte etwas auf Polnisch und alle anderen Männer lachten kurz. Es klang wie auf Befehl. Erst jetzt begriff Pfeffer, dass »Goryl« auf Polnisch tatsächlich Gorilla bedeuten musste.

»Jerzy ist irgendwo.«

»Und wo?«

»Keine Ahnung.« Der Gorilla zuckte grinsend mit den Schultern. »Wir arbeiten die ganze Woche von früh bis spät und am Wochenende wollen wir ein bisschen Spaß haben. Das ist alles.«

Pfeffer ging ein paar Schritte um Goryl herum, um die Männer, die sich unter dem Türstock drängten, besser im Blick zu haben. »Sieht aber so aus, als hätten nur Sie Spaß am Wochenende, oder?«

»Ich wirke eben auf Frauen.« Der Dicke schlug sich mit der flachen Hand auf die Brust.

»Sicher doch.« Pfeffer tätschelte ihm die haarige Schulter. Zwei der Männer grinsten. Auf einmal schienen sie also sowohl Deutsch als auch Ironie zu verstehen.

»Hey«, grunzte der Gorilla. »Fass mich nicht an. Ich mag nicht, wenn mich Männer anfassen.«

»Ach, Gottchen. Aber um zum Wesentlichen zu kommen: Wer von euch hat sich denn alles mit der alten Erna Kubelik vom himmelblauen Haus vorne am Eck amüsiert?«

Der Gorilla runzelte die Stirn, als müsse er erst verarbeiten, was gefragt wurde. »Wer von uns?«, fragte er grollend. Er packte Pfeffer am Kragen und zog ihn nah an sich heran. »Hast du eben ›Wer von uns‹ gefragt?« Sein Atem roch nach Alkohol, Zigaretten und totem Tier.

»Richtig«, sagte Pfeffer ruhig. »Wäre nett, wenn Sie nun meine Jacke loslassen würden. Ich würde Sie ungern wegen Angriff auf einen Polizeibeamten in Gewahrsam nehmen.«

Er schubste Pfeffer von sich. »Pass auf, was du sagst. Egal, ob du Polizei bist, oder nicht. Wir nicht. Keiner von uns.«

»Aber ihr wisst Bescheid, dass man mit einer Flasche Schnaps bei der Erna landen konnte, wie mir scheint.«

»Wojciech ist Elektriker.« Der Gorilla deutete auf einen der Männer. »Und Mariusz und Zbigniew sind Klempner.« Er deutete auf zwei andere, sein Ton wurde deutlich weniger aggressiv. »Lech ist Maurer.« Er deutete auf den Fünften. »Und Marek auch. Die sind alle verheiratet, wie ich auch! Wir haben Frauen und müssen uns keine hässlichen alten Weiber mit Schnaps gefügig machen.«

»Sicher, nur junge mit ein paar Euro. Und Jerzy, ist der auch schön brav verheiratet?«

Die Augen des Gorillas verengten sich zu schmalen Schlitzen. Er entschränkte seine Arme und fuhr mit beiden Pranken durch sein stoppelkurzes Haar. »Hör zu, mein Bruder ist ein bisschen dumm. Ein bisschen sehr dumm und darum findet er keine Frau. Aber er ist ein guter Mann. Niemand sagt etwas Böses über meinen Bruder. Niemand!«

»Bruder, soso. Schön, dass es noch wahre Bruderliebe gibt. Richten Sie ihm bitte aus, dass ich ihn dringend sprechen möchte, wenn er wieder auftaucht. Das wars dann schon für heute«, sagte Pfeffer. Er zog eine Visitenkarte hervor und legte sie auf das Sofa, da der Gorilla keine Anstalten machte, sie entgegenzunehmen. Pfeffer machte sich auf dem Weg zur Tür. »Sind das wirklich alle, die hier beschäftigt sind? Plus Ihr Bruder?« Er deutete in die Runde.

»Warum?«

»Weil so viele Betten in den Zimmern stehen.«

»Manchmal sind wir mehr, manchmal weniger«, antwortete der Gorilla. »Jetzt sind wir sieben. Vor einem Monat waren wir zehn. Im Mai kommen wieder fünf. Haben eine neue Baustelle. Gleich um die Ecke.«

»Gut. Sagen Sie bitte Ihren Kollegen, dass sie alle am Montag um elf ins Präsidium kommen. Da wird ein Polnischdolmetscher da sein, und dann können wir von allen eine Speichelprobe nehmen und die Aussagen, ob sie Erna Kubelik kannten oder nicht, protokollieren.«

»Das geht nicht«, rief Goryl hinter dem Kriminalrat her und sagte etwas auf Polnisch. Die Männer murrten und rückten zusammen. »Wir müssen am Montag arbeiten.«

»Das geht schon.« Pfeffer zwängte sich durch die Männermauer. »Und bringen Sie auf jeden Fall Ihren Bruder Jerzy mit. Ach, und ich würde an Ihrer Stelle bis dahin den Pariser runternehmen.« Pfeffer deutete auf den Unterleib des Gorillas, wo aus dem Dickicht gekräuselter Haare ein schlaffer transparenter Gummi mit leerem Auffangbereich heraushing. »Den brauchen Sie ja heute nicht mehr und es sieht irgendwie lächerlich aus. Schönen Tag noch, die Herren.«

14

An einem trüben Samstag im April waren Pfeffers Freizeitmöglichkeiten beschränkt. Er bummelte ungern am Wochenende in der Stadt und hatte in der Regel keine Einladungen zum Kaffeeklatsch. Sein übliches Sportprogramm hatte er wie jeden Tag schon in Allerherrgottsfrühe durchgezogen. Natürlich könnte er noch ein wenig für den Trizeps tun, seinen Lieblingsmuskel. Natürlich könnte er auch wie jeden Tag nach Obermenzing fahren und nachschauen, was die Handwerker beim Umbau schon wieder für Pfusch angerichtet hatten. Aber das verschob er auf abends. Mit Tim telefonieren war auch in zehn Minuten abgehakt, denn der hatte sich übers Wochenende von seinem Seminar zum Familienbesuch nach Amsterdam abgesetzt und genoss Mutters kreolische Küche, wenn er nicht gerade in seinem Lieblingscoffeeshop gemütlich den einzigen Joint zelebrierte, den er sich mit Pfeffers Genehmigung bei seinen Amsterdambesuchen zugestand. Das hatten sie mal vereinbart, und Tim hielt sich daran. Er brachte zwar immer auch was mit, aber auch das mit Pfeffers Einverständnis. Als Tim von herrlichem Sonnenwetter an Amsterdams Grachten berichtete, sank Pfeffers Laune noch weiter. An diesem trüben, kühlen Aprilnachmittag bot sich schließlich Arbeiten als attraktivste aller Alternativen an.

Um den Mief in Erna Kubeliks Wohnung erträglicher zu machen, öffnete Max Pfeffer ein Fenster im Wohnzimmer. Er sah sich noch gründlicher um, als bei seinem ersten Besuch, versuchte sich von seiner Intuition leiten zu lassen, fragte sein Bauchgefühl. Aber er erhielt keine Antwort. Die Kollegen, die die Wohnung durchsucht hatten, hatten das ohnehin herrschende Chaos noch verstärkt. Max Pfeffer zog die Fotografie mit der jüngeren Erna Kubelik im ordentlichen Wohnzimmer heraus, die er mitgenommen hatte. Er versuchte den Kamerastandpunkt einzunehmen und verglich den Blick. Auf der Fotografie hingen noch mehr Bilder an der Wand. Mehr nicht. Pfeffer steckte das Foto wieder ein. Dann machte er wie in der Wohnung von Therese Obermeier Fotos mit seinem iPhone. Er schloss das Fenster und verließ die Wohnung Richtung Keller.

Max Pfeffer berührte die Kellerwand neben sich. Putz bröckelte herunter. Pfeffer rieb ein wenig an einer Stelle mit Feuchtigkeitsschaden. Etwas unschlüssig streifte er zwischen den Kellerabteilen umher. Was suchte er wirklich? Er spähte in die verschiedenen Kellerabteile. Die meisten waren komplett leer, die Türen standen offen, eins quoll über vor Kisten und Kartons, deren Pappe sich wellte oder bereits schwarze Schimmelspuren zeigte. Der Keller war vertrackt verwinkelt. Enge Gewölbegänge zwischen den Abteilen führten mal nach links, mal nach rechts. An zwei Stellen war die Decke so niedrig, dass Pfeffer Putz in den Kragen rieselte und Spinnenweben sich in seinen Haaren verfingen, obwohl er den Kopf eingezogen hatte. Am Ende eines kleinen Gangs fand er eine vergleichsweise frische Mauer mit abgeschlossener Feuerschutztür. Ein Schild auf der Tür klärte auf: Heizungskeller. Ein Geräusch ließ Pfeffer stutzig werden, als er den Weg zurückging. Er lauschte konzentriert. Ein Rauschen. Dann hörte er ein Klickern, als wären kleine Steinchen heruntergefallen.

»Hallo?«, rief Pfeffer. »Ist da jemand?«

Er vermeinte eine Bewegung hinter einem Abteil wahrgenommen zu haben. Wieder kam ein leises Klickern, dann ein feines Getrippel. Ratten, schoss es dem Polizeibeamten durch den Kopf. Natürlich. Das Rauschen blieb. Er näherte sich der alten Metalltür, die zum Bach führte und schloss sie auf. Feuchte, kalte Luft schlug ihm entgegen. Das Rauschen schwoll schlagartig an. Er beugte sich vor. Natürlich, der Bach floss wieder. Pfeffer beugte sich weiter vor und verlor beinahe das Gleichgewicht. In letzter Sekunde hielt er sich am Türrahmen fest. Er hockte sich hin und spähte angestrengt nach unten. So, wie sie es immer als Kinder gemacht hatten. Nachdem sich seine Augen an das schwache Licht gewöhnt hatten, erkannte er das unregelmäßige Glitzern von fließendem Wasser. Unter Max Pfeffer schoss der Glockenbach wieder durch sein unterirdisches Bett.

Der Bach wurde sein Bett. Wie das passierte, wusste er nicht. Eben noch hockte er an der Metalltür, nun war alles dunkel um ihn herum. Sein Hirn schwamm, er schwamm. Er raste mit ungeheurer Geschwindigkeit dahin. Eiseskälte drang durch seine Kleidung und seine Haut bis in sein Innerstes. Jede Faser seines Körpers schmerzte. Er atmete schmerzenskaltes Wasser. Seine Lungen brannten. Beweg dich, schrie eine Stimme in ihm, verdammt noch mal, Maximilian Pfeffer, beweg dich, du verdammtes Arschloch! Wasser stieg seine Nase hinauf. Er hustete und schlug um sich, ruderte mit den Armen, trat mit den Beinen. Es half nichts, er fror langsam ein. Die Schmerzen ließen nach. Nur, wenn er gegen Wände knallte, was oft passierte, funkten erneut kurze Schmerzen auf.

Statt schwarz, wurde langsam alles rot um ihn. Er bebte. Das Rot wich einem hellen Gelb, schließlich einem lichten Weiß. Er fühlte sich allmählich wohler, völlig schmerzfrei. Er fühlte, dass er lächelte. Dann stieß er gegen etwas Hartes. Das Licht wich schlagartig tiefer Dunkelheit. Er schlug mit den Armen um sich und prustete das Eiswasser aus seinen Atemwegen. Sein Hirn schaltete auf Notfunktion: Überleben! Er stieß gegen Wände und wurde umhergewirbelt. Seine Hand griff etwas Pelziges, Nasses. Ein stechender Schmerz. Er ließ den nassen Pelz los. Dann blieb sein Fuß an einem Metallstab hängen. Er schrie. Zumindest hoffte er das, denn er hörte nichts außer dem großen Rauschen.

Sein Mund füllte sich mit Eiswasser.

15

»Reicht das?«, fragte eine sanfte Stimme.

»Mehr Decken haben wir nicht«, antwortete eine andere. »Schieb ihn näher an die Heizung.«

Sein Körper bebte. Es gelang ihm nicht gleich, die Augen zu öffnen. Er lag auf etwas, das sich bewegte und dann zum Stillstand kam.

»So«, sagte die sanfte Stimme. Eine Hand streichelte sein Gesicht. Sie fühlte sich unendlich weich und warm an. Endlich konnte er blinzeln. Die Hand wurde zurückgezogen.

»Hallo, hören Sie mich?« flüsterte die sanfte Stimme.

Max Pfeffer schlug die Augen auf und sah einen blonden Engel über sich gebeugt. Ein zweiter blonder Engel drängte sich dazu.

»Gott sei Dank, Sie sind doch bei Bewusstsein.« Der zweite Engel drückte ihm den Arm. Sein Kopf dröhnte, und er bebte immer noch. Es schüttelte ihn auf der Liege. Der Raum, in dem er sich befand, strahlte in warmen Goldtönen.

»Haben Sie ein Glück gehabt!«, sagte der erste Engel.

»Wo bin ich?«, krächzte Pfeffer endlich.

Die beiden Engel entpuppten sich als Angestellte eines Kosmetikstudios in der Jungfernturmstraße. Sie hatten Pfeffer aus dem Bach gezogen, der unter dem Haus floss. Sie waren beim Auffüllen des Lagers im Keller gewesen, als sie seine Schreie hörten. Sein Fuß hatte sich an der Metallstiege verfangen, die vom Keller des Hauses zum Bach führte.

»Ich war so in Panik«, sagte die eine Blondine, »als ich Sie hörte. Und die Tür zum Bach war abgeschlossen. Wir mussten sämtliche Schlüssel ausprobieren, bis wir den richtigen hatten. Es war natürlich der letzte.«

»Ich wusste gar nicht, dass unter dem Haus ein Kanal fließt«, sagte die andere.

»Ich schon.« Die erste Blondine legte ihm ihre warme Hand auf die Stirn. »Wir haben Sie gemeinsam rausgezogen und hierher gebracht. Wir haben extra für Sie eingeheizt und Ihre Kleidung auf die Heizung gehängt, ich glaube aber nicht, dass sie schnell trocknen wird. Sie waren ja völlig durchnässt.«

Die beiden hübschen jungen Frauen hatten ihn also splitterfasernackt ausgezogen und trockengerubbelt.

»Ich rufe jetzt den Notarzt und die Polizei«, meldete sich eine energische dritte Stimme zu Wort. Eine elegante ältere Frau im blütenweißen Kittel kam in Pfeffers Blickfeld. Offenkundig die Chefin.

»Nicht nötig«, sagte Pfeffer schwach. »Ich bin selbst von der Polizei.«

»Das erklärt zumindest die Waffe.«

»Ein Unfall«, sagte er. »Ich bin unglücklich gestürzt und in den Bach gefallen.«

»Wenn Sie meinen.« Die Dame musterte ihn missbilligend. »Sie frieren wie ein Schneider. Tamara wird Ihnen einen heißen Tee bereiten. Sie können sich so lange aufwärmen, wie Sie wollen.«

»Danke.«

»Ich denke trotzdem, dass wir einen Arzt rufen sollten. Sie haben eine Platzwunde am Kopf und eine Wunde an der Hand, die wir mit Pflastern verarztet haben. Wer weiß, was Sie sich sonst noch verletzt haben.«

»Das ist sehr freundlich von Ihnen.« Seine Zähne klapperten beim Sprechen. Es schüttelte ihn vor Kälte, obwohl er in flauschige Decken gehüllt war. Von verschiedenen Stellen seines Körpers meldeten sich nun langsam Schmerzen.

Aus einem heißen Tee wurden vier, trotzdem zitterte Pfeffer noch so, dass er beim Trinken beinahe alles verschüttete. Tamara, die Blonde mit der sanften Stimme, half ihm.

»Sind Sie sicher, dass Sie weder die Polizei, also Ihre Kollegen, noch einen Arzt rufen wollen?«, fragte sie schließlich, als er sich halbwegs gefangen hatte.

»Danke. Ein Taxi wäre recht und etwas Trockenes zum Anziehen. Und lass das ›Sie‹, wer mir die Unterhose auszieht, darf mich duzen.«

Tamara lachte und ihre blauen Augen blitzten. »Wir haben hier keine Männersachen, die wir Ihnen … dir leihen können. Höchstens einen Kosmetikkittel. Wir haben sie bis in Größe XL.«

»Passt schon«, sagte Pfeffer pragmatisch.

»Ich kann dich auch nach Hause fahren«, bot die sanfte Tamara an.

»Musst du nicht arbeiten?«

Sie lachte und schüttelte ihr Haar. Sie schien echt blond zu sein. Bei ihrer Kollegin war Pfeffer sich da nicht so sicher. »Es ist Samstag kurz nach 19

Uhr. Wir haben bereits seit über einer Stunde geschlossen. Wir sind nur noch wegen dir hier.«

Ein schlechtes Gewissen konnte Pfeffer gerade noch brauchen. Er richtete sich auf und versuchte aufzustehen. Es blieb bei einem Versuch. Er sackte auf die Liege zurück. Tamara brachte ihm weiße Flauschpuschen in Größe 41 (»Größere haben wir leider nicht.«), half ihm, die Decken so um den Körper zu wickeln, dass sie nicht herunterfielen und zwängte ihn dann in den Kosmetikkittel Größe XL. Sie brachte zwei Plastiktüten, in denen seine nassen Klamotten waren.

»Deine Waffe ist auch da drin«, sagte sie. »Wir haben sie so vorsichtig wie möglich angefasst, aber die wird nach dem Bad wohl sowieso nicht mehr funktionieren.«

»Wird sie schon«, sagte Pfeffer schwach. »Solange sie nicht rostet, funktioniert sie.«

Als sie endlich in ihrem kleinen Peugeot mit Rosenheimer Kennzeichen saßen, wurde Pfeffer ein kleinwenig wärmer. Die Autoheizung lief auf Hochtouren. Leider konnte Pfeffer das von seinem Hirn noch nicht sagen. Es schien immer noch eingefroren. Er wollte nur ins Bett und starrte aus dem Fenster. An einer Ampel stand ein Mann, der ihm bekannt vorkam. Er kniff die Augen zusammen. Alexander irgendwas. Eindeutig. Alexander Irgendwas.

»Degenhardt«, sagte er laut.

»Wie bitte?« Die Chauffeuse schien irritiert.

»Nichts«, murmelte Pfeffer. »Da war jemand, den ich kenne. Schon vorbei.«

»Heimatland, du hast dich ja schick gemacht«, sagte Severin Hemberger, Pfeffers malender Nachbar. Er kam Pfeffer und der Kosmetikerin im Treppenhaus entgegen. »Coole Pantoffeln. Und ausgerechnet jetzt habe ich keine Kamera dabei.«

Das Mietshaus stammte aus den 1950ern. Damals galten Lifte noch als leicht verzichtbarer Luxus. Man musste also die vier Stockwerke nach oben zu Fuß gehen. Tamara half Pfeffer dabei. Sie trug mit der einen Hand die Tüten mit der Kleidung, mit der anderen versuchte sie, ihn ein wenig zu stützen. Sie lehnte ihren Kopf gegen seine Schulter.

»Ich dachte, so könnte ich dir am besten Modell stehen.« Pfeffer hielt sich schwankend am Geländer fest.

»Ich sagte Feinripp, nicht Frottee.« Severin packte Pfeffer entschlossen am Arm. »Was dir passiert ist, kannst du mir oben erzählen.« Er zog ihn mit sich. Nach ein paar Stufen griff er Pfeffer unter die Achsel, bückte sich und hatte schneller Pfeffers Beine auf seinem linken Arm, als der »Wage es nicht!« sagen konnte. Severin trug Pfeffer die Treppen hoch und sang leise den alten Roy Black-Schlager »Ganz in Weiß …«

Die Kosmetikerin kicherte.

Pfeffer ballte die Faust, war aber zu schwach, ihm eine reinzuhauen. »Davon habe ich mein ganzes Leben lang geträumt«, murmelte er, als er vom Ex seiner Ex über die Schwelle seiner Übergangsbehausung getragen wurde. Severin ließ Pfeffer auf das Bett plumpsen. »Sei bitte zärtlich. Ich bin noch Jungfrau.«

»Das wäre mir neu!«, lachte Severin.

Severin half Pfeffer aus dem Kittel-Decken-Kokon. Er holte eine Wärmflasche sowie zusätzliche Decken aus seiner Wohnung und breitete sie über Max Pfeffer.

»Ich rufe einen Arzt.«

»Untersteh dich. Mir gehts gut.«

»Wie blöd muss man in deinem Zustand bei dieser Aussage sein?«

»Wenns mir morgen nicht besser geht, kannst du deinen Arzt rufen. Versprochen.«

»So, jetzt kuscheln wir uns schön ins Bettchen«, sagte Severin.

»Wenn du das sagst, klingt es irgendwie obszön.«

»Jeder hört das heraus, was er hören will.«

»Ich geh dann mal«, sagte die Kosmetikerin und zwinkerte Pfeffer frech zu. »Du bist ja nun gut versorgt.«

»Tausend Dank, Tamara.« Pfeffer schenkte ihr ein dankbares Lächeln. Sie versank in seinen braunen Kuschelaugen. Sie kicherte verlegen und wurde rot.

»Okay. Dir also alles Gute … äh, wie heißt du eigentlich?«

»Pfeffer.«

Max Pfeffer schlief schlecht. Immer wieder wachte er von Schüttelfrostkrämpfen gebeutelt auf. Severin hatte seine nassen Sachen aufgehängt und ihm noch eine heiße Brühe ans Bett gebracht. Seinem Drängen, ihm zu erzählen, was vorgefallen war, hatte Pfeffer nicht nachgeben können. Er wusste es selbst nicht, hatte keine Kraft mehr und war kaum zum Sprechen fähig gewesen.

Am nächsten Tag ließ Pfeffer sich als erstes ein heißes Bad ein. Ihn fror endlich nicht mehr. Als er hörte, wie jemand die Wohnungstür aufschloss, freute er sich. Er wunderte sich selbst darüber, aber er freute sich auf den Ex seiner Ex.

16

»Heftig«, war alles, was Severin sagte, als Max Pfeffer seine Bachtour geschildert hatte.

»Und jetzt?« Severin sah Pfeffer nachdenklich an. Er saß auf dem Sessel und rieb seine Pranken aneinander. Von wegen zarte Künstlerhände, Severin hatte große schwere Pranken, die zu einem Stahlarbeiter passen würden. »Warum willst du nicht deine Kollegen informieren?«

»Weil das vorerst mein Ding ist«, sagte Pfeffer. Er lag in Decken gehüllt auf dem Sofa. Er hatte sein eigenes Bettzeug von zu Hause mitgenommen und war nun doppelt froh, dass er sich nicht in die müffelnden Decken des alten Mannes einmummeln musste. »Ich weiß ja nicht mal, wie es passiert ist und vor allem, was mir genau passiert ist.«

»Dummes Machogerede.« Severin zuckte mit den Schultern. »Na, musst du wissen.«

»Ich kann mich an nichts erinnern.«

»Du hast eine Beule am Kopf. Also hat dich jemand niedergeschlagen und in den Bach geworfen, ganz logisch.«

»Krampf«, sagte Pfeffer schwach. »Ich habe mir mehrfach den Kopf gestoßen, da unten im Eiskanal. Daher die Beulen. Aber okay, ich verspreche dir, dass ich morgen im Büro den Kollegen meinen Fall darlege.«

»Darlege«, echote Severin und verdrehte die Augen.

Es klingelte. »Das müsste der Arzt vom Bereitschaftsdienst sein, den ich gerufen habe.«

Pfeffer warf ein Kissen nach Severin.

Es war der Arzt vom Bereitschaftsdienst. Er attestierte Pfeffer mehrere Schürfwunden und Blutergüsse an Rippen, Armen und Beinen, eine Prellung am linken Schienbein, eine dicke Beule am Hinterkopf, eine weitere an der Schläfe, eine Platzwunde an der Stirn, einen tiefen Rattenbiss, der bereits zu eitern begann, an der rechten Hand, und eine beginnende schwere Erkältung – kein Fieber. Er nahm Pfeffer Blut ab, um zu prüfen, ob der Biss irgendwelche Krankheitserreger in seinen Körper gepflanzt hatte. Dann verschrieb er ein Antibiotikum, schrieb Max Pfeffer die ganze kommende

Woche krank und betonte mehrfach, dass er absolute Ruhe bräuchte. Pfeffer vermutete, dass Severin ihn dazu animiert hatte, denn der grinste jedes Mal zufrieden, wenn der Arzt es sagte.

Das Telefon klingelte. »Pfeffer bei Hemberger«, meldete sich Pfeffer. Zu seiner Überraschung war es Kosmetikerin Tamara.

»Ihr … dein Nachbar hat mir deine Nummer gegeben. Ich wollte nur kurz wissen, wie es Ihnen … dir geht?«, hauchte sie.

»Danke. Schon besser.«

»Soll ich … ich könnte dir was zu Essen vorbeibringen.« Tamara klang verlegen. »Eine Suppe oder so. Brauchst du irgendwas? Aus der Apotheke?«

»Danke, Tamara, lieb von dir.« Pfeffer schmunzelte. »Aber mein Nachbar spielt schon den Krankenpfleger.«

»Ach so.« Sie konnte ihre Enttäuschung nicht verbergen. »Na dann …«

Severin spielte den Krankenpfleger mit Hingabe. Als absolut Ungläubiger warf Max Pfeffer Severin alles Homöopathische, das der aus seiner Hausapotheke anschleppte, an den Kopf. »Zuckerperlen bekommst du billiger im Süßwarenladen und die sind wenigstens bunt«, raunzte er ihn an, »und wenn du mich gesundbeten willst, dann zünd eine Kerze in der Kirche an.« Pfeffer vertraute in bewährter Manier auf alles, was es an harter Chemie gab. Brav holte Severin neue Mittelchen aus der Notdienst-Apotheke, während Pfeffer seinen Tim am Telefon eine völlig harmlose Version der Bachtour erzählte. Er sei abgerutscht und hineingefallen. Mehr musste Tim nicht wissen.

»Hier, vergifte dich«, sagte Severin und warf Pfeffer einen verheißungsvoll knisterndem Blister voller ovaler Tabletten hin. Keine Packung, kein Beipackzettel.

»Wogegen?«

»Alles«. Er zuckte mit den Schultern.

»Gut.« Pfeffer drückte zwei Tabletten heraus und schluckte sie ohne Wasser.

»Du bist echt gnadenlos.« Severin starrte ihn an. »Du weißt nicht mal, was das ist und wogegen es hilft und was die Nebenwirkungen sind, ob sich das mit dem Antibiotikum verträgt …«

»Ich fress dir eben aus der Hand.«

»Wow. Kaum baut man dir eine Eselsbrücke, schon trampelst du drüber.«

»Ich bin krank.«

»Übrigens süß, die Kleine von gestern.«

»Tamara?«

»Jep.« Severin grinste versonnen vor sich hin.

Vollgepumpt mit Medikamenten und schwitzend blieb Max Pfeffer tatsächlich nichts anderes übrig, als das Bett beziehungsweise das Sofa zu hüten. Das eklige beige Cordsofa, das ranzig roch. Pfeffer stellte das teure Raumduft-Gesteck in der Flasche, das so angenehm den Duft von grünem Tee verströmte, neben sich. Er begann sich etwas wohler zu fühlen. Da es im Schlafzimmer keinen Fernseher gab, richtete er sich im Wohnzimmer das Krankenlager ein, döste vor sich hin und ließ sich in den wacheren Stunden von allem berieseln, was die deutsche Fernsehlandschaft an exhibitionistischer Fettleibigkeit, fehlendem IQ, Kuckuckskindern und Zahnfäule zu bieten hatte. Mehr als einmal drängt sich ihm dabei die Frage auf, warum es eine vergleichsweise niedrige Mordrate gab. Die Gedanken an das, was ihm passiert war, kreiselten zwar in seinem Hirn, aber er verdrängte sie.

Er lag in der Wanne mit einem heißen Erkältungsbad, als es klingelte. Er reagierte nicht. Es klingelte erneut. »Jetzt nicht«, sagte er schwach, hielt die Luft an und tauchte unter.

17

»Schau«, sagte Severin und breitete eine München-Karte vor Pfeffer aus. Er hatte Bücher und Karten angeschleppt. Informationsmaterial zum Stadtviertel. Nicht viel, denn das Viertel war erst in den letzten zehn Jahren hip und damit für Publikationen interessant geworden. Die Karte zeigte alle noch existierenden und auch die längst stillgelegten Wasserläufe. Max Pfeffer kannte nur den einen Bach auf dieser Isarseite und den anderen, den Auermühlbach, auf der anderen Isarseite. Er erinnerte sich ganz dunkel an die Heimatkundestunden in der Grundschule, in denen sie gelernt hatten, dass München einst von so vielen Kanälen durchzogen war, dass selbst Venedig hätte neidisch werden können. Dass es einmal unzählige Nebenarme der Isar gab, die man Bäche nannte, obwohl sie keine eigene Quelle hatten. Bäche, die von Isar abzweigten und von der Isarvorstadt aus die Altstadt sowie das Lehel durchflossen, bevor sie wieder zurück in den Fluss geleitet wurden. Pesenbach, Heiliggeistmühlbach, Lazarettbach, Kaiblmühlbach und viele mehr – die Isarvorstadt war früher praktisch komplett von Wasser durchzogen. Dass ihr Viertel eigentlich offiziell Isarvorstadt hieß, wussten die allerwenigsten, die hier lebten. Jeder kannte den populäreren, semioffiziellen Namen, der eigentlich nur für einen kleinen Teil der Isarvorstadt galt, aber sich dank seiner Strahlkraft längst für alle Straßenzüge südlich des Viktualienmarkts durchgesetzt hatte: Glockenbachviertel, das alte Arbeiter- und Industriegebiet. Zahllose Firmen hatten sich einst hier angesiedelt, um von der Wasserkraft über Mühlräder Energie zu ziehen. Große Namen wie der Brillenhersteller Rodenstock und die Handschuhfabrik Roeckl zählten dazu. Oder auch die Möbelfabrik Pössenbacher, die die Schlösser des Märchenkönigs Ludwig II. mit Möbeln ausgestattet hatte. Und gleich ums Eck, wo längst ein großer Kinderspielplatz ist, befand sich einst ein wichtiger Floßhafen. Hier legten Flöße aus dem Alpenraum an, die Holz aus den Alpen und kostbare Waren aus Italien brachten.

Ein altes Viertel – eine neue Welt.

»Es gab noch eine zweite, größere Floßlände«, erklärte Severin mit vor Feuereifer rotglühenden Wangen, »vorne auf der Museumsinsel, wo jetzt das Deutsche Museum steht. Das war im 19. Jahrhundert sogar Europas größter Floßhafen! Stell dir das mal vor. Und heute ist davon keine Spur mehr übrig. Nichts. Alles weg! Unser Viertel war ein richtiges Hafenviertel! Mit schweren Jungs, Flößern, Arbeitern, Holzknechten, Huren, Strichern, Luden, Bordellen, Varietés, miesen Spelunken und allem, was dazu gehört! Ist das nicht geil? Das hier war mal das Sankt Pauli von München.« Severin schlug vor Begeisterung die Hände zusammen. Wie er weiter recherchiert hatte, wurden die Floßländen schon 1896 aufgegeben und die meisten Bäche spätestens in den 1960er Jahren trockengelegt und aufgeschüttet, als der U-Bahnbau begann.

»Sankt Pauli von München.« Pfeffer tippte sich an die Stirn. »Und die Müllerstraße war die Reeperbahn.«

»Ist so!«

»Die Müllerstraße«, sagte Pfeffer, »war früher wirklich mal Straßenstrich, du ahnungsloser Zuagroaster. Aber das nur am Rande. Okay, nun zu meinem Bach.«

»Nun zu deinem Bach.« Severin zeigte einen Wasserverlauf auf der Karte. »Wie du siehst, gibt es heute nur noch einen Bach in der Isarvorstadt. Er zweigt bei Thalkirchen aus der Isar ab und fließt zum Teil überirdisch durch das Schlachthofviertel und ins Glockenbachviertel. Da.«

Pfeffer nickte. Er kannte den Bach, jeder kannte ihn. »Der Glockenbach.«

»Falsch.« Severin lächelte überheblich. »Westermühlbach. Er fließt offen vom Schlachthofviertel unter der Kapuzinerstraße durch, dann durch die kleine Grünanlage entlang der Pestalozzistraße bis hier, wo die Bebauung beginnt. Er verschwindet unter dem Haus Pestalozzistraße 35 und fließt unterirdisch weiter.«

»Da steht aber Glockenbach«, sagte Pfeffer und deutete auf die Karte. Als sie jung waren und im Viertel überall spielten, hatten sie alle Wasserläufe Glockenbach genannt.

»Ja, weil der Glockenbach unter der Pestalozzistraße beginnt. Früher bog da der Westermühlbach Richtung Osten ab, doch den Arm hat man stillgelegt. Nun fließt der Westermühl- direkt in den Glockenbach.« Eine gestrichelte Linie zeigte, wo der alte Westermühlbach früher Richtung Hans-Sachs-Straße weitergeflossen war. »Eigentlich müsste unser Viertel gerechterweise Westermühlbachviertel heißen, denn das ist der Bach, den man sieht. Aber, das Leben ist kein Wunschkonzert.«

Max Pfeffer hörte Severins Ausführungen nicht richtig zu und folgte mit dem Finger der gewundenen blauen Linie auf der Karte. Der Bach floss unter dem Haus durch, in dem Bertram Xylander lebte, und unter dem Haus, in Erna Kubelik getötet und er selbst in den Bach gestoßen worden war. Bei der Hauptfeuerwache an der Blumenstraße machte er eine scharfe Linkskurve und floss unter dem Sendlinger Tor parallel zum Altstadtring einmal um die ganze Altstadt. Pfeffer zeichnete mit dem Finger den Lauf nach. Es hatte ihn einmal quer durch München gespült. Manchmal floss der Bach unter der Straße, manchmal auch unter Häusern. So wie in der Jungfernturmstraße, die vom Maximiliansplatz abzweigt.

»Wenn die mich da nicht rausgefischt hätten, wäre ich wohl bis zur Staatskanzlei mitgerissen worden, da heißt der Bach ja nun Köglmühlbach, und dann in den Englischen Garten gekommen und irgendwann in die Isar. Am Ende hätten sie meine Leiche erst in der Donau, vielleicht in Wien oder Budapest gefunden.«

»Na, nicht ganz. Du wärst dort vor der Staatskanzlei am Sicherungsgitter hängen geblieben und elendig ersoffen und erfroren, bis dich jemand am nächsten Tag gefunden hätte.«

»Beruhigend.«

»Die Ein- und Ausflussstellen des Stadtbachs sind geschützt, damit niemand reinfällt und einmal um die ganze Stadt gespült wird. Um das zu erleben, muss man schon von einem Wahnsinnigen niedergeknüppelt und entsorgt werden.«

»Schön, dass ich privilegiert bin.«

»Bleibt nur die Frage, wer im Haus dir in den Keller gefolgt ist, und dich ersäufen wollte.«

»Gute Frage, nächste Frage.«

»Schau.« Severin zog eine andere Karte vom Stapel und breitete sie aus. »Original 19. Jahrhundert.« Er deutete auf eine Stelle. »Da wohnen wir. Und weißt du, wie das Eck früher mal hieß?«

»Du wirst es mir gleich sagen.«

»Pechwinkel! Da ums Eck, die Palmstraße, war ganz offiziell der Pechwinkel, und hier, unsere Arndtstraße, war die Pechstraße. Und weißt du warum?«

»Weil man verdammtes Pech hatte, wenn man hier gelandet ist?«

»Nein, weil hier einst die Pechsieder weit draußen vor den Toren der Stadt angesiedelt waren.«

»Wow. Willkommen im Pechwinkel. Passt.«

»Ich sagte doch, dass ich das ultimative Buch über das Viertel schreiben werde«, antwortete Severin.

Als Severin ging, ermahnte er Pfeffer noch, am folgenden Abend bei ihm Modell zu sitzen. Textilfrei.

»Ich bin krank!«, rief Pfeffer gespielt empört und schniefte demonstrativ.

»Daran habe ich nie gezweifelt, auch wenn du erst jetzt körperlich krank bist. *A domani.*«

18

Severin Hemberger fühlte sich wie neugeboren. Max Pfeffer war sein Freund, er hatte endlich wieder einen Freund, mit dem er reden und lachen konnte, nicht nur einen Kumpel. Einen, vor dem man sich ohne Scham ausziehen konnte, im wortwörtlichen und im übertragenen Sinn.

Mit dem Fahrrad vom Glockenbachviertel zum Nordbad in Schwabing war eine ganz schöne Strecke. Praktisch einmal quer durch die Stadt, noch dazu auf nicht sehr attraktiven Durchgangsstraßen, von denen nur die wenigsten einen Radweg boten. Und als Radler kam er immer von Rotphase zu Rotphase. Es kümmerte Severin wenig. Radlhauptstadt München, hieß der aktuellste Slogan der Bayernmetropole. Radlhauptstadt von was? Idiotischer PR-Gag, der mit der Wirklichkeit wenig zu tun hatte. Vor dem Gründerzeitgebäude an der Winzererstraße gegenüber dem Nordbad kettete Severin sein Fahrrad an den schmiedeeisernen Zaun, dann betrat er das Stadtarchiv. Im Lesesaal im ersten Stock ließ ihn eine nur bedingt freundliche, ältere Dame erst eine Menge Formulare ausfüllen, dann brachte sie ihm zwei abgewetzte Papp-Aktendeckel, die mit Paketschnur zusammengebunden waren.

»Hier, bitte. Das ist alles, was es bei uns an Material zu der betreffenden Adresse gibt«, sagte die Dame.

»Nicht viel«, antwortete Severin enttäuscht.

»Sie können froh sein, dass überhaupt etwas da ist. Im Krieg ist viel verbrannt.«

Severin Hemberger suchte sich einen Platz an der schier endlos langen Tischreihe, die den großen Raum der Länge nach teilte und knüpfte die Schleifen der Paketschnüre auf.

Max Pfeffer zerriss die Krankschreibung in kleine Schnipsel und warf sie in den Altpapiercontainer, bevor er sich auf den Weg ins Büro machte. Er hatte seine Tabletten genommen, zur Sicherheit noch zwei Aspirin hinterhergeschickt, seine Schleimhäute mit Nasenspray vollgepumpt und zwei Packungen Tempos eingesteckt. Das müsste reichen.

»Chef, du sollst dich in deiner Freizeit doch nicht prügeln«, begrüßte ihn Annabella Scholz und zog besorgt die Augenbrauen zusammen.

»Macht aber solchen Spaß.« Pfeffer schneuzte sich. »Ist nicht so schlimm. Kleiner Unfall und große Erkältung.« Er holte sein Smartphone heraus, das sich seit dem Bad im Bach komplett tot stellte und bestellte einen Kollegen von der Technik ins Büro.

»Hast du es nach dem Bad in eine Plastiktüte mit Reis getan?«, fragte der IT-Kollege.

»Äh, nein.«

»Hättest du tun sollen. Reis ist hydrophil und zieht raus, was geht. Kleiner Tipp fürs nächste Mal. Na, mal schaun. Ich werde mich bemühen.« Der Kollege flitzte aus dem Büro.

»Ich habe mich bemüht. Steht das nicht auf dem Grabstein von Willy Brandt?«, fragte Annabella Scholz ohne eine Antwort zu erwarten. Max Pfeffer war bereits in die Unterlagen der Mordfälle vertieft und studierte die Fotos aus den Wohnungen. Er breitete die Fotos auf der Tischfläche aus und grübelte lange schweigend. Weil er seine eigenen Fotos im toten iPhone auf Rettung warteten, versuchte er sich die Räume in Erinnerung zu rufen. Da war etwas, nur was. Er starrte aus dem Fenster, dann wieder auf die Fotos.

Nach einer schieren Ewigkeit sagte er unvermittelt: »Bella, was fällt dir bei Paloma ein? Denk dabei auch mal an Autos.«

»Paloma und Autos?« Die Hauptkommissarin, die auf dem Besucherstuhl saß und Unterlagen studierte, schaute irritiert hoch. »Paloma ... Una paloma blanca ... Hans Albers ... Bettwäsche ...«

Pfeffer nickte. »Wieso Bettwäsche?«

»Bettwäsche? Na, wegen dem Auto. Ich habe Bettwäsche von Paloma Picasso. Und dann eben Citroën Picasso ...«

»Und nun weiter?«

»Picasso. Paloma ist die Tochter von Pablo Picasso. Auch wenn die meisten heute meinen, Picasso sei ein Autobauer, weiß ich doch noch, dass er ein bedeutender Künstler war.« Die Hauptkommissarin kam langsam um den Schreibtisch herum. Sie folgte Pfeffers Blick, der auf ein Foto geheftet war. Es war das Foto, das Pfeffer bei Erna Kubelik von der Wand genommen hatte, das Foto mit der jüngeren Kubelik in ihrem Wohnzimmer.

»Was stimmt an dem Bild nicht?«, fragte Pfeffer.

Die Hauptkommissarin deutete auf das Gemälde, das hinter der Frau an der Wand hing. »Weder Kätzchen noch Blumen noch anderer Kitsch, wie er sonst bei ihr rumhängt«, sagte sie trocken. »Moderne Kunst. Picasso?«

»Picasso.« Pfeffer sah sie mit zusammengekniffenen Augen an. Er interessierte sich nicht wirklich für Kunst, dafür war bei ihnen Tim zuständig, aber er machte bei jedem Urlaub Tims Kulturprogramm mit und konnte einen Picasso von einem Dalí unterscheiden. Pfeffer deutete auf seinen Bildschirm, wo er eine Website über Picasso aufgerufen hatte. »Dem Stil nach aus der Zeit um 1910 oder so.«

»Nein.« Annabella Scholz lachte und schüttelte den Kopf. »Unmöglich. Das ist sicher ein billiger Kunstdruck ...«

»Was hing sonst noch an den Wänden als wir in der Wohnung waren? Was hängt hier auf dem Foto ansonsten an den Wänden? Du hast es eben selbst gesagt.«

»Fotos, kitschige Katzenbildchen, Landschaften, Poster.«

»Eben. Der übliche Kram, den man bei einer älteren Frau aus einfachen Verhältnissen, die ihr Leben lang bei BMW am Fließband gearbeitet hat, so erwartet. Das Bild hier passt überhaupt nicht dazu. Warum sollte sie sich einen Kunstdruck von Picasso zu ihren Kätzchen hängen? Es ist nicht mal ein kubistisches Kätzchen, sondern eine Frau. Und keines des bekannten Motive, die man üblicherweise als Poster findet.«

»Zugegeben. Aber das ist völlig absurd. Und unlogisch. Woher sollte sie das Bild haben? Und die anderen Toten? Glaubst du, dass die auch Picassos an den Wänden hatten?«

»Wer weiß.«

»Chef. Bitte! Bist du sicher, dass du okay bist?«

»Absolut.« Er griff zum Telefonhörer und rief erst den Sohn von Therese Obermeier, dann die Tochter von Helene Schneider an. Er bat sie, ihm schnellstmöglich Fotos zuzuschicken, auf denen die Wohnungen der Ermordeten gut zu erkennen waren. Schließlich sagte er: »Ich glaube, dass wir uns ein wenig mit jemand unterhalten sollten.«

»Ich mag es nicht, wenn man mich anlügt«, sagte Max Pfeffer.

Verena Klein sah überrascht zu ihm auf. Dann tauschte sie einen schnellen Blick mit ihrem Lebensgefährten Alexander Degenhardt. Degenhardt saß mit zusammengekniffenen Lippen an seinem Schreibtisch und spielte mit einem Radiergummi.

Sie lachte künstlich: »Ich? Sie angelogen? Ich verstehe nicht …«

»Ich habe Sie gefragt, ob Erna Kubelik etwas Wertvolles besaß, und Sie haben verneint. Ich geben Ihnen jetzt Gelegenheit, Ihre Aussage zu revidieren.«

Annabella Scholz lehnte am Türrahmen und bemühte sich erfolgreich um ein Pokerface. Ihr Chef bluffte, und ihr war nicht wohl dabei. Diesmal waren seine Gedankenspiele zu absurd. Sie behielt Verena Klein und Alexander Degenhardt im Auge. Dass Degenhardt kurz die Züge entglitten, entging ihr ebenso wenig wie der Blick, den die beiden tauschten. Beim ersten Besuch war ihr der Altersunterschied der beiden noch nicht so ins Auge gestochen. Nun stellte sie fest, dass Verena Klein einige Jahre älter war als ihr Lebensgefährte.

»Ich wüsste nicht, was ich da zu revidieren hätte«, sagte Verena Klein langsam. Sie spielte mit einer Strähne ihrer dunklen Haare. Ihr Freund begann Unterlagen auf seinem Schreibtisch von A nach B und dann wieder zurück zu räumen.

Max Pfeffer holte das alte Foto aus der Wohnung hervor und legte es wortlos auf den Tisch. Alex Degenhardt atmete hörbar aus.

»Nun ja.« Die Kunstgeschichtsstudentin war blass geworden. »Ich verstehe.«

»Also?«, fragte Pfeffer.

»Das Bild ist mir gleich bei meinem ersten Besuch aufgefallen«, kam es zögerlich von Verena Klein. »Zumindest, dass es kein Poster und kein Kunstdruck war. Es war ein Gemälde, das aussah wie ein Picasso.«

»Eine Kopie? Eine Fälschung?«

»Ich weiß es nicht.«

»Was wäre er wert, wenn er echt wäre?«

»Keine Ahnung. Millionen.« Verena Klein sprang auf. »Aber warum sollte denn diese alte Schachtel einen echten Picasso haben? Das ist doch völlig absurd.«

»Sagen Sie es mir.«

»Sie hat immer erzählt, das Bild sei ein Familienerbstück. Sie hätte es von ihrer Oma. Es sei nämlich ein Portrait ihrer Oma, die hätte einst als Akademiemodel in Paris gearbeitet und hätte auch Picasso Modell gestanden. Das Bild hätte sie dann mal als Bezahlung bekommen. Lauter solchen Unsinn eben. Ich habe mir das Bild immer wieder angeschaut, wenn ich bei ihr war. Ich bin zwar Kunsthistorikerin, aber keine Picasso-Expertin. Sie hat gesagt, dass das ihre Altersvorsorge sei. Sie hatte angeblich diesen Spitznamen, Paloma. Nach Picassos Tochter. Sie hat mich aufgefordert, sie auch so zu nennen.«

»Ist sie damit hausieren gegangen?«

»Ja. Angeblich wusste jeder von ihrem Picasso.« Bei Picasso machte sie mit beiden Händen Anführungszeichen in die Luft. »Sie hat es jedem erzählt, ob er es hören wollte oder nicht.«

»Angeblich?«

»Ich kannte ihren Umgang nicht. Ich weiß nicht, wem sie es erzählt hat. Ich weiß das alles nur von ihr selbst, aus ihren Erzählungen. Wenn sie getrunken hatte, also praktisch immer, dann hat sie viel erzählt. Ich habe nie einen ihrer Bekannten oder Freunde getroffen.«

»Und weiter?«

»Nichts weiter.«

»Frau Klein, Sie verbessern nicht gerade Ihre Lage«, sagte Max Pfeffer. »Wenn wir Ihnen hier alles mühsam aus der Nase ziehen müssen, könnte sich das negativ auf spätere Verfahren auswirken.«

»Spätere Verfahren?« Verena Klein und ihr Freund tauschten erneut einen panischen Blick. Alexander Degenhardt nickte aufmunternd.

»Ich entwerfe mal folgendes Szenario«, sagte Pfeffer und setzte sich rittlings auf einen Holzstuhl. »Sie kümmern sich um Erna Kubelik und, wie Sie selbst sagen, Ihnen fällt sofort das Bild auf. Warum? Weil Sie sehen, dass es ein echtes Gemälde ist. Sie vermuten, dass an Palomas Geschichte vielleicht doch etwas dran sein könnte. Wer weiß, vielleicht hat sie es von ihrer Oma geerbt? Solche Geschichten gibt es zu genüge. Van Goghs, die auf Dachböden entdeckt werden etcetera. Immerhin beharrt die alte Dame ja auf ihrer Behauptung, das Bild sei echt. Sie nehmen eines schönen Tages sogar Ihren Freund mit, damit er es in Augenschein nehmen kann. Und dann? Ich vermute mal, dass Sie eine Expertise brauchten …«

»Ich habe es einmal mitgenommen und Professor Witte gezeigt. Er ist Experte für frühen Kubismus.« Sie spielte nervös mit ihren Fingern und schwieg.

»Und?«, fragte Annabella Scholz ungeduldig.

»Er meinte, das Bild könnte tatsächlich echt sein. Könnte! Um alle Zweifel zu beseitigen, hätte es natürlich einer genauen Analyse bedurft. Aber Paloma wollte das Bild nicht so lange aus der Hand geben. Sie hat nur gelacht und gesagt, dass sie es ja gesagt hätte.«

»Sie haben es ihr zurückgegeben?«

Verena Klein nickte.

»Und dann?« Pfeffer verlor langsam die Geduld.

»Nichts und dann. Sie hat es wieder an seinen Platz gehängt. Mehr weiß ich dazu nicht.«

»Frau Klein.« Pfeffer stand so abrupt auf, dass der Stuhl umfiel. Er beugte sich zu der jungen Frau hinunter. »Sie wollen uns hier allen Ernstes erzählen, dass Sie einen möglichen Jahrhundertfund, einen Millionengewinn so einfach zurückgegeben haben? Sie brauchen Geld, um ihre Dissertation zu beenden. Ihr Lebensgefährte krebst mit seiner dürftigen Auftragslage herum, Sie leben in einem der teuersten Viertel der Stadt … War es nicht eher so, dass Sie das Bild nicht zurückgegeben haben und Erna Kubelik immer wieder vertröstet haben? Haben Sie ihr nicht auch die fünfhundert Euro für die Reservierungsgebühr geliehen?«

»Woher …«, rief Alexander Degenhardt und fing sich einen vernichtenden Blick von seiner Freundin ein.

Annabella Scholz sah ihren Chef zufrieden lächeln.

»Ja, wir haben ihr das Geld für die Reservierungsgebühr geliehen«, sagte Verena Klein schließlich. »Sie wollte ihre Wohnung kaufen. Ich habe ihr natürlich angeboten, ihr beim Verkauf des Bildes zu helfen, gegen eine kleine Provision. Ist ja klar. Aber … Da ist uns jemand zuvor gekommen.«

»Soll heißen?«

»Als Paloma verschwunden war und wir in die Wohnung gegangen sind, um nachzuschauen, war das Bild weg.«

»Wusste Ihr Chef, dieser Kunsthändler Menzl, von dem Bild und Ihrer Vermutung?«

»Nein«, antwortete Verena Klein.

»Warum glaube ich Ihnen nicht?«, fragte Max Pfeffer.

Verena Klein zuckte mit den Schultern. »Weil Sie sich in was verrannt haben? Ich sagte doch, dass sie mit ihrem angeblichen Picasso bei jedem geprahlt hat. Also kann jeder sie getötet haben.«

»Das Bild war weg, als wir in der Wohnung waren«, sagte Alexander Degenhardt leise. »Das müssen Sie uns glauben. Wir haben es nicht genommen.

Die Wohnung war leer. Erna Kubelik war nicht da. Wir haben niemanden umgebracht.«

»Das wird sich weisen. Meine Kollegin wird nun von Ihnen, Herr Degenhardt, eine Speichelprobe nehmen. Sie wird Ihnen nun außerdem so lange Gesellschaft leisten, bis die Kollegen hier sind. Denn wir werden mit Ihrem Einverständnis Ihre Wohnung durchsuchen. Haben Sie Einwände?«

Die beiden saßen wie getretene Hunde da und schüttelten synchron die Köpfe.

»Schön, nur fürs Protokoll, Bella. Wir haben also das Einverständnis von Frau Klein und Herrn Degenhardt und brauchen keinen Durchsuchungsbeschluss. Um einen Durchsuchungsbeschluss für Menzl kümmere ich mich.«

19 »Fräulein Klein, nun ja«, sagte die feine ältere Dame und rückte ihre goldumrandete Brille zurecht, die an einer dünnen Kette hing. Max Pfeffer hatte schon lange niemanden mehr den Ausdruck »Fräulein« sagen gehört. Zu der älteren Dame, die sich als Frau Hasenkamp vorgestellt hatte, passte es irgendwie. Sie leitete das Projekt »Soziale Nachbarschaft« der Pfarrei St. Maximilian. Sie hatte ihr Büro im Pfarrheim. Einem schmucklosen Betonklotz gleich hinter der wuchtigen, neoromanischen Kirche, die wegen ihrer markanten Doppeltürme »Notre Dame an der Isar« genannt wurde.

»Fräulein Klein ist nicht mehr für uns tätig«, sagte Frau Hasenkamp entschuldigend lächelnd.

»Das wissen wir.« Auch Pfeffer lächelte. Er ließ die Frau in seinen braunen Augen kuscheln. Sie senkte verlegen den Blick und tuffte in ihren sorgsam ondulierten Locken.

»Sie war … nun, wie soll ich sagen, sie war sicher bemüht, aber sie war nicht wirklich mit Herz dabei. Hatten wir zumindest den Eindruck. Wir sind natürlich dankbar für jede helfende Hand, aber wenn die Betreuten sich nicht mit der Betreuung wohl fühlen, dann hat das alles keinen Sinn.«

»Und die Betreuten von Frau Klein fühlten sich nicht wohl?«

»Nicht wirklich. Frau Kubelik, Gott sei ihrer armen Seele gnädig, fand Fräulein Klein etwas zu aufdringlich. Und Gisela Schlüter hat mich sehr schnell angerufen, dass sie keine Betreuung mehr von Fräulein Klein wünscht. Frau Schlüter war eine regelmäßige Gottesdienstbesucherin, was man von Frau Kubelik leider nicht behaupten kann. Frau Schlüter wünschte eigentlich überhaupt keine Betreuung. Fräulein Klein hat sich ihr … nun, beinahe könnte man sagen, aufgedrängt. Das entspricht nicht unserer Arbeitsauffassung. Es gab noch zwei, drei weitere unserer Klienten, die mit Fräulein Klein nicht so sehr zufrieden waren. Das hat sich ja von selbst geregelt. Fräulein Klein hat sich zurückgezogen, um ihr Studium zu beenden.«

»Kennen Sie einen Bertram Xylander?«

»Herrn Xylander? Aber sicher. Auch er gehört seit langen Jahren zu den treuesten Gottesdienstbesuchern. Ein netter alter Herr, der aber leider sehr zurückgezogen lebt.«

»Sie sind doch der Polizist, nicht wahr?«, sagte der alte Xylander und kratzte mit einem Centstück mühsam die Rubbelfläche von seinem dritten Rubbellos frei. Er saß auf dem kleinen Mauervorsprung vor dem Schaufenster des Kiosks an der Holzstraße.

»Ist Ihnen nicht kalt?«, fragte Pfeffer. Xylander trug nur eine dünne Jacke und es nieselte. Es war zwar etwas wärmer geworden, aber die Feuchtigkeit zog in die Glieder. Dicke graue Wolken schluckten das Licht und machten die Seele schwer.

Der alte Xylander winkte mit seinen knorrigen Händen ab und zerknüllte dann seine Lose. »Wieder nix«, murmelte er und stand auf. Er hob eine alte Leinentasche vom Boden. Es klirrte leise.

»Soll ich Ihnen tragen helfen?« Max Pfeffer nahm die Tasche. »Ein paar Bierchen geholt?«

»Jeden Abend eine Flasche nach dem Essen zur Tagesschau«, sagte er und lächelte verschmitzt. »Ich hole hier jeden Tag ein Rubbellos und vier Flaschen. Zwei für mich und zwei für meinen Neffen.« Er sah verlegen weg.

»Sie mögen Ihren Neffen, hmm?«

»Man muss sich doch umeinander kümmern«, sagte Xylander und zuckte mit den Schultern. »Wir haben ja sonst niemand, Herr Kommissar … ah, Kriminalrat. Meine Nichte kommt kaum noch vorbei.«

»Ich wusste nicht, dass Sie noch eine Nichte haben.«

»Doch, doch.«

Sie bummelten langsam Richtung seiner Wohnung in der Pestalozzistraße. Auf der Parkbank vor dem historischen, denkmalgeschützten Pissoir am Holzplatz saßen zwei Obdachlose und tranken Bier. Der Zahnlose und der Einäugige. Sie winkten Pfeffer zu.

»Ich habe die Kubelik früher ein paar Mal gefunden, wie sie völlig besoffen auf dem Boden lag und habe den Arzt gerufen«, sagte der Alte und schlurfte um die Kurve. »Einmal lag sie im Hinterhof. Einmal hab ich die Feuerwehr gerufen, weil der Hund den ganzen Tag gekläfft hat. Sie hatte früher einen Hund, wissen Sie. Einen widerlichen kleinen Kläffer. Der hat einen Lärm gemacht! Da lag sie im Bad, hatte sich den Kopf angeschlagen. Danach war sie eine Woche im Krankenhaus und ich durfte mich um diesen blöden Köter kümmern.«

»Sie scheinen ja doch engeren Kontakt gehabt zu haben.«

Er machte eine wegwerfende Handbewegung. »Früher. Viel früher.«

Sie hatten endlich das eingerüstete Haus erreicht. Das Hämmern eines Schlagbohrers drang auf die Straße. Xylander stützte sich an der Mauer ab und setzte vorsichtig einen Fuß auf die Stufe, die zur Eingangstür führte. »Mit dem Kopf klappt es noch ganz gut – aber die Beine!« Mit Pfeffers Hilfe gelang es ihm vergleichsweise schnell, die Tür aufzuschließen und die vier Stufen im Haus bis zu seiner Wohnung zu erklimmen. »Moment«, sagte er, bevor er die Tür aufschloss. Der gebeugte Alte lauschte angestrengt.

»Was ...?«, setzte der Kriminalrat an zu fragen, er hörte nur Schlagbohrer und Hämmern.

»Nichts«, sagte Xylander nach einer schieren Ewigkeit. »Danke, dass Sie mich begleitet haben.« Er betrat die Wohnung. »Schönen Tag noch.« Er wollte die Tür schließen.

»Darf ich noch kurz mit reinkommen?«

»Nun.« Bertram Xylander zögerte lange. »Mein Neffe ...«

»Wird sicher nichts dagegen haben«, sagte Pfeffer und drängte sich an dem alten Mann vorbei. An den Wänden im Flur hingen dicht an dicht Bilder. Einfache, rahmenlose Bilderhalter ebenso wie üppig geschnitzte oder vergoldete Rahmen hielten Zeitschriftentitelblätter mit Filmstars oder aus Zeitschriften herausgetrennte Miniposter mit Tierbabys oder Landschaften.

»Mein Hobby«, sagte Bertram Xylander beinahe entschuldigend. »Ich machs mir gerne schön hier, mit den schönen Fotos aus den Magazinen.«

Pfeffer lächelte.

»Berti? Bist du endlich zurück? Soll ich jetzt duschen? Dann komm. Ich brauche dann auch Geld ...« Aus dem Badezimmer kam ein junger Mann in Unterhose. »Oh, Besuch.« Max Pfeffer erkannte ihn. Es war der junge Mann, der neulich bei den Obdachlosen saß.

»Mein ... Neffe Mirko«, sagte der alte Xylander schwach.

An Xylander gewandt fragte Pfeffer: »Mirko, wie?«

Der Alte kratzte sich am Kopf, mehr als ein »Äh« kam nicht aus seinem Mund.

»Hagen, Mirko Hagen«, sagte der junge Mann und hielt Pfeffer seine Hand hin. Er hatte ein großes Tribal-Tattoo, das sich über die Schultern von Arm zu Arm zog.

»Neffe, hmm?«

Mirko grinste. »Neffe.«

Mirko Hagen zog sich ins Schlafzimmer zurück, um sich anzuziehen. Pfeffer konnte nun einen genaueren Blick in den Raum werfen. Die Wände waren ähnlich wie die im Flur mit Postern und Zeitschriftencovern bedeckt. Nur hingen hier keine Landschaften oder Promis sondern unbekleidete Männer.

»Ihre Rente reicht aus, um sich so einen Neffen zu leisten?«, fragte Pfeffer in der Küche, wo Xylander seine wenigen Einkäufe verstaute. Der alte Mann reagierte nicht.

»Ich habe den Jungen von der Straße geholt«, sagte er schließlich leise. »Vor über einem Jahr. Das geht niemanden etwas an. Und das ist alles nicht so, wie es aussieht.«

»Ich bin nicht wegen Ihres Neffen da«, sagte Pfeffer. Die Küche war wie die anderen Räume auch sauber, aber altmodisch. Hier hingen kaum Bilder, dafür ein Kruzifix und daneben ein Schwarzweiß-Kalender mit italienischen Monats- und Tagesnamen. Das aktuelle Monatsblatt zeigte einen jungen Priester in Soutane, der in die Kamera lächelte und dabei ein offenes Laptop in der rechten Hand balancierte. Pfeffer blätterte sich verwundert durch den Kalender. Lauter junge, extrem gutaussehende Priester in vollem Ornat bei unterschiedlichen Tätigkeiten wie beispielsweise verträumt Kätzchen streicheln, vor römischen Sehenswürdigkeiten posieren oder mit sinnlichen Lippen Hostien in Empfang nehmen. »Calendario Romano« stand auf dem Cover.

»Den bestelle ich jedes Jahr direkt in Rom«, sagte Bertram Xylander eifrig. »Das hat der Papst abgesegnet …«

»Ah.« Max Pfeffer ließ den Kalender irritiert los, verscheuchte den wenig päpstlichen Gedanken, den er bei dem Kalender hatte, und versuchte sich zu konzentrieren. »Wir sprachen vorhin über Erna Kubelik und dass Sie sich öfter mit ihr getroffen haben.«

»Seit sich die Verena Klein um sie gekümmert hat, bin ich nicht mehr so oft hin. Da war ich froh drum. Eigentlich … eigentlich mochte ich die Erna nicht besonders.«

»Warum nennen Sie sie Erna, wenn doch alle sie nur Paloma nannten?«

Xylander lachte heiser. »Dann kennen Sie also die Geschichte mit ihrem Picasso? Unsinn. Alles Unsinn. Wer weiß, woher sie das Geschmierc hatte.«

»Sie halten also nichts davon?«

»Gar nichts. Sie haben mich doch neulich gefragt, ob ich wüsste, dass Erna was Wertvolles besessen hat. Ich habe nein gesagt. Wenn ich an die Geschichte mit dem Picasso glauben würde, hätte ich es Ihnen gleich gesagt. Erna hat alle verrückt damit gemacht. Schon seit Jahren, Jahrzehnten. Immer. Solange ich denken kann. Sie hat behauptet, dass das ein Portrait ihrer Oma selig sei. Die hätte einst in Paris als Modell gearbeitet. Haben Sie bei ihr in der Wohnung dieses uralte Foto von dem nackigen Mädel auf dem Sofa gesehen?«

Pfeffer nickte.

»Das war ihre Oma. Adele hieß die. Muss ein sauberes Flitscherl gewesen sein. Damals sich für Fotos ausziehen! Na, wer weiß, vielleicht war die tatsächlich mal Modell in Paris.« Er betonte »Modell« so, dass man »Hure« raushören musste. »Französin war sie jedenfalls. Obwohl sie einen deutschen Namen hatte. Adele Irgendwas. Adele … Berger. Jetzt hab ichs! So hieß sie mit Mädchennamen. Kam aus dem Elsass. Bei jedem ist die Erna mit ihrer nackerten Oma Adele und Picasso hausieren gegangen. Sogar ihren neuen Freund, diesen debilen Polacken …«

»Jerzy? Der Arbeiter aus Ihrem Haus?«, fragte Pfeffer.

»Jerzy heißt der?« Er deutete an die Decke über ihm. Wie auf Bestellung lärmte wieder eine Maschine. »Die alte Kubelik war sogar manchmal bei uns im Haus oben bei den Polen und hat mit ihnen gesoffen. Vornerum hat sie über die geflucht, aber hintenrum … Ich glaube, die hat ernsthaft geglaubt, dass niemand mitkriegt, dass sie mit dem Debilen schnackselt.«

»Wo die Liebe hinfällt …«

Der alte Xylander sah Pfeffer überrascht an. Dann lachte er lauthals los. »Da haben Sie auch wieder recht, Herr Kom … Kriminalrat!« Er wischte sich mit dem Jackenärmel über die Augen. Er rempelte Pfeffer mit seinem Ellebogen an und kicherte erneut. »Liebe«, sagte er als wäre es das Absurdeste der Welt.

»Jerzy wollte vielleicht nur ein wenig seinem Bruder nacheifern. Ich hab neulich bei denen oben eine Nutte angetroffen.«

»Die kommt jeden Samstag zum Gorilla. Die hat eine Oberweite, Mannomann! Da darf nur der Gorilla ran, sonst keiner von denen. Das ist wie bei den Tieren, das Alphamännchen darf sich paaren und die anderen gucken in die Röhre. Ich schaue gerne Tierfilme an.«

Pfeffers Nase war wieder komplett verstopft. Er suchte seine Taschen nach den Tempopackungen ab, die er eingesteckt hatte und fand sie nicht. Im Büro liegen gelassen, ärgerte er sich. Er schniefte. »Hier«, der Alte holte ein gebügeltes, sauber gefaltetes Stofftaschentuch aus der Hosentasche und hielt es Pfeffer hin. »Ganz frisch. Nehmen Sie.«

»Danke.« Pfeffer schneuzte sich. »Herr Xylander, die Verena Klein hat sich doch auch ein wenig um Sie gekümmert, oder?«

Der Greis schob die Unterlippe vor und kratzte sich am Kopf. »Gelegentlich, ja.« Dann lächelte er kurz. Mirko kam in Jeans und T-Shirt in die Küche, umweht von einer Aftershave-Wolke, und lehnte sich an die Spüle. Im Mundwinkel lässig eine Zigarette. »Ich komme noch gut alleine zurecht. Sie hat auch gar keine Zeit mehr.«

»Hat Frau Klein mit Ihnen über Frau Kubelik gesprochen?«

»Ab und an. Nicht viel.«

»Über den Picasso?«

»Nein.«

»Wussten Sie, dass Frau Kubelik ihre Wohnung kaufen wollte?«

»Was? Nein. Wie … War das mit dem Bild dann doch kein Gerücht?« Der Alte sah zu Mirko, der unbeteiligt aus dem Fenster starrte und rauchte.

»Gerade das versuche ich herauszufinden.« Pfeffers Handy klingelte. »Entschuldigen Sie … Ja?«

Ein Kollege aus dem Präsidium war am anderen Ende der Leitung. »Chef, hier ist eine Gruppe Polen. Sechs Mann. Wollen zu dir.«

»Mist. Hatte ich ganz vergessen.« Pfeffer ärgerte sich, dass er keinen Dolmetscher bestellt hatte. »Okay. Kleines Programm, sie sollen alle eine Speichelprobe abgeben. Die bringt ihr dann bitte zu Doktor Gerda Pettenkofer. Es geht um die Sache Kubelik. Sie weiß Bescheid. Und mach mit den Männern einen neuen Termin aus … Moment, sagtest du sechs Mann?«

»Ja.«

Max Pfeffer sah zur Decke hinauf. Der Schlagbohrer hämmerte nicht mehr, dafür kreischte eine andere Maschine im Haus. »Gut, ich melde mich wieder.« Er legte auf. »Eine Frage noch, Herr Xylander. Sagt Ihnen der Name Therese Obermeier etwas?«

»Obermeier?« Xylander kratzte sich an der Oberlippe und schaute dabei Mirko beim Rauchen zu. Er schüttelte den Kopf.

»Warum stehen Sie dann in ihrem Adressbuch?«

»Was weiß ich.« Der alte Mann sah weiterhin zu Mirko, der aus dem Fenster starrte. »Therese, sagten Sie? Ich kannte mal eine Therese, aber die hieß Scherzinger. Die Scherzinger Resi.«

»Therese Obermeier, geborene Scherzinger, geschiedene Rambichler. Richtig. Sie kannten sie also.«

»Ach, auch das ist lange her. Die hat früher hier in der Nachbarschaft gewohnt. Ich kannte ihren Bruder, der ist aber schon tot. Mit ihr habe ich, warten Sie, na, das muss dann also bei der Beerdigung von ihrem Bruder gewesen sein … da habe ich noch mal kurz mit ihr gesprochen. Mehr kann ich Ihnen dazu nicht sagen.«

»Wolle Sie gar nicht wissen, warum ich Sie nach Therese Obermeier frage?«

»Weil Sie Ihre Arbeit machen. Die Resi ist tot. Ich habe es in der Zeitung gelesen. Aber was soll ich bitteschön mit dem Tod von der Scherzinger Resi zu tun haben?«

»Eben sagten Sie noch, Sie kennen die Obermeier Resi nicht.«

Der Alte tippte sich an die Stirn. »Tut mir leid. Manchmal wollen die kleinen grauen Zellen doch nicht mehr so recht.«

»Ich muss Sie jetzt verlassen, Herr Xylander. Ich werde aber beizeiten auf unser Gespräch zurückkommen.« Pfeffer verabschiedete sich und lief ins Stiegenhaus. Er stieg die Treppen hoch, immer dem Baulärm folgend. Seine Bronchien schmerzten von dem bisschen Anstrengung. Die Erkältung bäumte sich auf und versuchte ihm zu zeigen, wer Herr in Pfeffers Körper war.

Im zweiten Stock fand Pfeffer die Lärmquelle. Ein Mann fräste Schlitze für die Elektrik in die Wände. Als er den Polizeibeamten sah, stellte er die Maschine aus und glotzte Pfeffer an. Schließlich verzog er den Mund zu einem verlegenen Lächeln, in seinen Augen lagen aber Wachsamkeit und Furcht.

»Jerzy«, sagte Pfeffer tadelnd wie ein Lehrer zu einem Grundschulkind. »Warum sind Sie nicht mit Ihrem Bruder und den anderen im Präsidium?«

Der Blondschopf mit dem faltigen Gesicht zuckte mit den Schultern. »Nix deutsch.«

»Doch, ich glaube schon, dass Sie ganz gut deutsch verstehen«, sagte Pfeffer.

Jerzy sah sich panisch um. »Jaah«, sagte er schließlich gedehnt und stand auf. Er zog seine Arbeitshandschuhe aus und ließ sie fallen. »Verstehen, aber nicht gut sprechen.«

»Das reicht mir vorerst. Warum sind Sie hier? Nicht bei der Polizei?«

»Goryl.«

»Ihr Bruder hat Ihnen gesagt, dass Sie hier bleiben sollen? Verstehe. Erzählen Sie mir etwas über Frau Kubelik.«

»Kubelik«, wiederholte Jerzy verständnislos, dann lächelte er. »Ach, Paloma. Ja, Paloma kommen … Bier trinken.« Er deutete nach rechts, wohl in die Richtung ihrer Unterkunft. »Paloma, viel Bier. Und Wodka.«

»Und? Wann und wo haben Sie zuletzt Erna Kubelik gesehen?«

Jerzy zog den Kopf zwischen die Schultern, wand sich, schüttelte schließlich den Kopf wie ein Wackeldackel. »Weiß nix.«

»Hatten Sie mit Erna Kubelik, mit Paloma, ein intimes Verhältnis?«

Jerzy sah Pfeffer verständnislos an.

»Hatten Sie Sex mit Paloma?«

Jerzy duckte sich wie ein Hund, der Schläge fürchtet. Seine Augen irrten panisch durch den Raum.

»Ich glaube, Sie kommen besser mit, und wir holen uns einen Dolmetscher«, sagte Pfeffer zu Jerzy und machte ein paar Schritte auf ihn zu, um ihn in Gewahrsam zu nehmen. Vielleicht lag es an der beginnenden Nebenhöhlenentzündung, die ihm das Atmen erschwerte und für leichten Kopfschmerz sorgte, jedenfalls konnte Max Pfeffer nicht schnell genug reagieren. Der Mann entriss seinen Arm, noch bevor Pfeffer ihn richtig greifen konnte, und schlug ihm mit der geballten rechten Faust mitten aufs linke Auge. Sternchen tanzten. Jerzy stieß Pfeffer mit aller Kraft zur Seite, so dass er gegen die Wand geschleudert wurde und sich noch den Hinterkopf anstieß. Jerzy rannte davon.

20

»Halt still! Zappelphilipp.« Gerda Pettenkofer packte Pfeffers Kopf vorsichtig aber bestimmt mit beiden Händen. »So ists gut.« Sie fuhr mit den Fingerspitzen über Pfeffers lädierte Gesichtshälfte, drückte sanft gegen das Jochbein, tastete den Kiefer ab und prüfte die Irisreflexe.

»Toll, eine Pathologin untersucht mich!«, sagte Pfeffer lakonisch. »Ein Traum! Und deine Hände stinken nach Nikotin.«

»Erzähl mir was Neues«, antwortete die Rechtsmedizinerin. Die beiden saßen an Doktor Pettenkofers Arbeitsplatz. Neben Pfeffer lag ein Toter mit geöffnetem Thorax. Der Kriminalrat bemühte sich nicht hinzusehen. Es erinnerte ihn zu sehr an seine eigene Verletzlichkeit.

»Okay, Maxl, die gute Nachricht: Es ist kein Jochbeinbruch.«

»Und die schlechte?«

»Die schlechte?« Doktor Pettenkofer zündete sich eine Zigarette an und überlegte. »Nun, wie soll ich es ausdrücken … wie bringe ich es dir am Schonendsten bei …«

»Mach hin! Ich kann was wegstecken.«

»Das sieht man. Okay, direkt heraus: Es gibt keine schlechte Nachricht.« Sie lachte raucherhustend.

»Blöde Kuh.«

»Danke. Geh heim, Max Pfeffer, leg dich hin. Das Auge wird weiter anschwellen und bald in allen Farben des Regenbogens schillern. Ich gebe dir ein Eis-Pad mit. Leg am besten den ganzen Tag was Kühlendes drauf. Wenn du Schmerzen hast, dann ruf mich an, ich besorg dir was.« Pfeffer bemerkte sehr wohl, dass sie »ich besorg dir was« und nicht »ich schreib dir ein Rezept aus« sagte. Kurz war er versucht, sich was von ihr besorgen zu lassen, denn es klang verheißungsvoll nach etwas Illegalem.

»Und hier nimm«, sie reichte ihm eine Packung Tempos, »schnäuz dich mal, Bub. Die Rotzerei nervt. Nebenhöhlen?«

»Sag mir bitte noch, ob es irgendwelche Treffer gibt.«

Doktor Gerda Pettenkofer lachte lauthals los. »Entschuldige, Maxl, du solltest mir keine solchen Steilvorlagen für billige Kalauer geben. Okay, ich sags trotzdem: Den Haupttreffer sehe ich auf deinem linken Auge.« Sie lachte und schlug sich mit der Linken auf den Oberschenkel. »Köstlich!«

»Ein Feuerwerk der guten Laune.«

»Okay, zurück zum Thema. Wenn du die polnischen Arbeiter meinst, das hat uns nicht weitergeholfen. Und auch die beiden Obdachlosen nicht. Keine Treffer in keinem der Mordfälle. Und keiner von denen war der Mann, mit dem Erna Kubelik kurz vor ihrem Tod geschlafen hat. Von diesem Alexander Degenhardt haben wir zwar eine DNS-Spur in Erna Kubeliks Wohnung gefunden, aber er gibt ja auch zu, dort gewesen zu sein. Ansonsten: Der große Unbekannte ist weiterhin unbekannt.«

»Gut, dann probier doch bitte, hier war Brauchbares zu finden.« Pfeffer zog die beiden Arbeitshandschuhe von Jerzy aus der Jackentasche. »Ruf mich dann an, egal wie das Ergebnis ausfällt.«

»Geht klar. Übrigens habe ich noch eine interessante Entdeckung gemacht. Es gibt ein weiteres Opfer vom großen Unbekannten.«

»Wie bitte? Es gibt nur die vier Frauen, die nach dem gleichen Muster gestorben sind …«

»Keine Frau. Ein Mann.

21

»Wir müssen umdenken«, sagte Max Pfeffer zu Annabella Scholz.

»Du musst vor allem heim ins Bett«, antwortete die Hauptkommissarin besorgt. »Schau dich an, Max …«

»Nenn mich vor allem nicht Max«, knurrte Pfeffer. Er hasste seinen Vornamen, den er altmodisch und spießig fand, egal wie modern er zurzeit wieder sein sollte. Max hießen früher nur alte müffelige Männer. Und er. Es gab nur zwei Menschen, denen er es durchgehen ließ, wenn sie ihn Max oder Maxl nannten: Tim und Gerda Pettenkofer. Annabella Scholz nannte ihn sonst für gewöhnlich Chef.

»Entschuldige, Chef«, ihr Ton wurde hart, »aber schau dich mal an! Du musst hier nichts und niemandem etwas beweisen. Es ist eh bald Feierabend. Geh heim, schlaf dich aus und morgen sehen wir dann weiter. Dann habe ich auch die Ergebnisse von der Durchsuchung bei Verena Klein und Alexander Degenhardt. Und ich bin noch dabei, über diesen Kunsthändler Menzl zu recherchieren. Geh heim.«

»Bella …«

»Oder soll ich Tim anrufen?«

»Okay, okay.« Pfeffer gab sich geschlagen. Sie hatte recht, morgen war ein neuer Tag.

Pfeffer kaufte sich auf dem Nachhauseweg zweierlei: ein neues iPhone und eine Fertigpizza. Er überlegte, wann er das letzte Mal eine Fertigpizza gegessen hatte. Musste Jahre her sein. Fertigpizza war in seinen Augen nichts anderes als hüftspeckfördernder Magenfüller mit garantierter Endorphinausschüttung, aber an diesem Abend war ihm danach. Er musste sich beherrschen, nicht noch extra geriebenen Käse zu kaufen, um die Pizza noch fettiger zu machen. Er bog in Gedanken in die Arndtstraße ein. Die Eingangstür stand offen. Im Treppenhaus hörte er zwei Frauen aufgeregt schnattern.

Die alte Hausmeisterin Profalla und eine ebenfalls recht betagte Mieterin standen beisammen. »Wenn ichs Eana doch sag!«, sagte die Hausmeisterin, es sollte wohl der Stimmlage nach ein Flüstern sein, von der Lautstärke her allerdings konnte man es vermutlich bis unters Dach hören. »Aus der Wohnung vom Hemberger. Ganz nackig, völlig schamlos.«

»So was! Was hammse denn gemacht?«

»Na, was wohl?! Ach, ich wills gar nicht wissen!«

»Und sonst so?« Die alte Mieterin zwinkerte spitzbübisch. »Fesch?«

»Wie moanans jetzt des?«

»Na, Sie wissen schon.« Sie kicherte wie ein Schulmädchen. »War er insgesamt eher fesch? Oder eher ned so fesch?«

»Sehr fesch«, kicherte nun die Hausmeisterin. Die Profalla beugte sich vor und flüsterte weiterhin brüllend laut. »Und Augen hat der! Da möcht man no amoi zwanzge sein. Aber die hatten ja beide mal was mit derselben Frau. Und ich sage Eana, jetzt machen sies eben miteinand!«

»Gibts des?!«, antwortete die Mieterin und schlug sich die Hand vor dem Mund. »Alle miteinand?«

»Richtig«, mischte sich Pfeffer im Vorbeigehen ein. »Immer das Maximum. Wie wärs, heute schon was vor?«

»Also …« Die beiden Frauen wandten sich empört ab. Die Hausmeisterin hob wie zum Schutz einen Packen Altpapier vor die Brust.

»Na, Sie können es sich ja noch überlegen. Schönen Abend, die Damen.«

Selbst schuld, dachte Pfeffer, als er entkräftet auf dem Sofa lag. Die Nase war zu, und er hustete gelb. Immerhin kein Fieber. Für sein Auge hatte er den Eiswürfelvorrat fast aufgebraucht. Es hatte geholfen, die Schwellung war zurückgegangen. Zur Not war noch eine Packung Tiefkühlgemüse da. Die Pizza triefte vor Fett und sorgte für genau das wohlige Völlegefühl in seinem Bauch, auf das er gehofft hatte. Sich mit dem neuen Handy zu beschäftigen hatte er keine Lust. Auspacken, Akku aufladen und dann die allernötigsten Telefonnummern und Adressen einzugeben – zu mehr reichte seine Energie nicht. Er schielte immer wieder rüber zu seinem Laptop, das angeschaltet auf dem Tisch stand, ob sich nicht endlich Tim per Skype melden würde. Sie hatten für heute ausgemacht, sich mal wieder zu sehen beim Telefonieren.

Als Gerda Pettenkofer anrief, war er gerade ein wenig eingedöst.

»Nein, du störst gar nicht, Gerda-Hase. Und meinem Auge geht es den Umständen entsprechend. Momentan changiert es gelb-grün. Passt ganz gut zu dem, was ich aushuste.«

»Mahlzeit.« Die Rechtsmedizinerin lachte. »Maxl, so gerne ich mich immer mit dir über die Farben deiner Körperflüssigkeiten unterhalte, ich habe nicht viel Zeit.«

»Schieß los.«

»Der Mann, dem die Handschuhe gehören, ist der Beischläfer. Definitiv. Seine DNS ist mit dem Sperma aus Erna Kubeliks Vagina identisch. Und mit dem Haar von dem Fall Schneider.«

Pfeffer pfiff leise durch die Zähne. »Jerzy. Wie nicht anders zu erwarten.«

»Wer?«

»Jerzy, einer der Polen, er hatte mit ihr ein Verhältnis.«

»Ist der blind?«

»Nein. Beschränkt.«

»Was sonst.«

In einem weiteren Telefonat mit Kollegen gab Pfeffer die Fahndung nach Jerzy raus, dann raffte er sich vom Sofa auf. Er zog sich aus, duschte und versorgte seine Prellungen. Gerade als er in seine bequeme Traininghose steigen wollte, meldete sich Tim aus Hamburg. Das mittlerweile gewöhnlich und selbstverständliche Wunder der modernen Kommunikation: Er saß in München, Tim in Hamburg, aber sie konnten sich beim Telefonieren auf dem Bildschirm sehen.

»Du schaust ziemlich verhauen aus«, sagte Tim zur Begrüßung. »Aber sexy.«

Tim sah abgespannt aus und nicht sehr sexy, Pfeffer sagte das auch.

»Keine Kunst bei dem Job«, stöhnte Tim. »Heute war das Thema ›Gewaltfreie Kommunikation für Führungskräfte‹ dran. Ich sags dir!« Er schüttelte den Kopf. »Da musste ich mich beherrschen, gewaltfrei zu kommunizieren. Nur bornierte Idioten.«

»Gewaltfreie Kommunikation? Wie soll das denn gehen?«

»Buch endlich ein Seminar bei mir! Gerade ihr Bullen braucht da dringend eine Schulung!« Tim lachte fröhlich. »Wo wir gerade von Bullen reden. Wie weit geht deine aktuelle Textilfreiheit?« Er öffnete seine Krawatte und knöpfte das Hemd auf.

»Finds heraus.«

»Weißt du, was wir noch nie gemacht haben?« Tim schleuderte sein Hemd durch den Raum und nestelte am Gürtel herum.

»Zwei Männer, ein Gedanke.« Pfeffer grinste. »Steh auf und geh so weit zurück, dass ich dich fast ganz sehen kann …«

Als es klingelte lag Max Pfeffer immer noch verschwitzt auf dem Sofa. Es klingelte erneut. »Ja, komm ja schon«, rief Pfeffer und stieg schnell in die Trainingshose.

»Mann, Severin«, sagte Pfeffer, während er die Tür aufriss. »Ich komm ja gleich rüber zu dir!« Er prallte zurück. Kosmetikerin Tamara stand vor ihm.

»Oh.« Sie starrte ihn mit offenem Mund an. »Ich … unten war offen … ich wollte nur kurz wissen, wie es dir geht.« Sie streckte die Hand mit den Blümchen aus.

Er nahm den Strauß. »Tschuldigung, ich dachte, du wärst jemand anderes«, sagte er.

»Schon okay.« Tamara kicherte, senkte den Blick und schielte durch die gesenkten Lider zu ihm hoch. »Was ist mit deinem Auge?«

»Kleiner Unfall. Nicht weiter schlimm. Möchtest du kurz reinkommen? Ich bin nur leider gerade auf dem Sprung …«

»Nein, danke.« Tamara sah verlegen weg. »Ich komme gerade von der Arbeit und dachte … Irgendwie scheint mein Timing nicht so perfekt. Ein andermal. Machs gut.«

22

»Pfeffer?«, fragte Severin durch die Tür.

»Ja.«

»Okay.« Severin öffnete und ließ Max Pfeffer ein. Pfeffer hatte nur den Schlüssel sowie eine Packung Taschentücher eingesteckt. Als wäre es schon Routine stieg Pfeffer im Gehen aus der Hose, warf sie auf das Schränkchen im Flur und fläzte sich auf das rote Sofa.

»Was hast du denn mit deinem Auge gemacht?«, rief Severin. »Du bist doch krankgeschrieben. Hast du dich mit deiner Bettdecke geprügelt?«

»Schon mal über eine Karriere als Stand-up-Comedian nachgedacht?«

»Mehrfach. Also?«

»Unliebsame Begegnung mit einem polnischen Vorschlaghammer.«

»Muss ich nicht verstehen, oder?«

»Nein.«

»Was zu trinken?«

Pfeffer schüttelte den Kopf. Dann überlegte er es sich. »Doch. Ein Bier bitte, mir ist nicht nach Wein.«

»Gut.« Severin holte zwei Flaschen kühles Augustiner und setzte sich, nachdem sie sich zugeprostet hatten, auf seinen Holzstuhl. Pfeffer drückte die Flasche eine Weile gegen sein Auge.

»Das mit dem blauen Auge werde ich einbauen, wird auf dem Bild gut kommen.« Severin fing an zu zeichnen an, dabei erzählte er: »Ich war heute im Stadtarchiv, ein bisschen für dich recherchieren.«

»Habe dich nicht drum gebeten.«

»Wirst mir aber gleich dankbar sein. Zugegeben, ich habe kaum was gefunden über dein Himmelhaus. Echt dürftig. Aber das Dürftige ist immer noch Hammer genug. Sitzt du?«

Pfeffer verdrehte die Augen.

»Kleiner Scherz. Sagt dir der Begriff Deportationshaus etwas? Nein? Mir bisher auch nicht. Das betreffende Haus war jedenfalls so ein Deportationshaus, wie zahlreiche andere hier im Viertel. Solche Häuser richteten die Nazis im Frühjahr 1939 ein. In der Regel wurden dazu Mietshäuser in jüdischem Besitz enteignet. Da mussten alle Juden ihre Wohnungen oder Häuser verlassen. Sie wurden zwangsumgesiedelt und kaserniert. Zunächst in Deportationshäuser wie das Himmelhaus. Natürlich nicht eine Familie pro Wohnung oder so. Nein, man stopfte in die Zimmer so viele Menschen wie nur möglich, sogar in die Küchen. Es muss die Hölle gewesen sein. Dann haben sie ja 1941 die Judensiedlung in Milbertshofen und die Heimanlage für Juden in Berg am Laim gebaut, da hat man langsam die Deportationshäuser wieder aufgelöst, weil auch die Transporte losgingen. Nach Treblinka, nach Auschwitz … Die Gestapo nannte das ›Evakuierung‹.«

»Das wusste ich nicht.«

»Es gibt ein paar alte Fotos, denn die Deportationshäuser wurden dokumentiert. Müllerstraße 14, Am Glockenbach 7, Rückgebäude, Klenzestraße 3, 4, 27 und 105, Fraunhoferstraße 27, Kolosseumstraße 1 und so weiter und so fort. Dann Namenslisten mit den dort Eingewiesenen. Ich habe über unser Haus herausgefunden, dass dort auch die ehemaligen Eigentümer kaserniert wurden. Eine wohlhabende alte Münchner Fabrikantenfamilie. Textilbranche. Sie hatten eine Kleiderfabrik in der Jahnstraße und ein paar Mietshäuser. Darunter das blaugestrichene Haus. Sie mussten sich mit zwei weiteren Familien die Erdgeschosswohnung links teilen.«

»Wohnung Kubelik«, sagte Pfeffer.

»Die ermordete Säuferin?« Severin riss das Blatt vom Block, legte es auf den Boden und zeichnete auf der jungfräulichen Fläche weiter. »Soll ich dir den Namen der ursprünglichen Eigentümer verraten? Franz und Zita Himelfarb. Himel mit einem M.«

»Oh, shit.« Das saß. Pfeffer ließ den Kopf in den Nacken fallen und starrte einen Moment zur Decke. Er nahm einen großen Schluck von seinem Bier. Dann musste er seiner triefenden Nase ein Taschentuch holen. Er bekam so etwas wie ein schlechtes Gewissen, weil sie als Kinder versucht hatten, die letzten Spuren der Himelfarbs zu beseitigen. Weil sie das »Himel« unten an der Backsteinwand im Keller wegwischen wollten. Vermutlich ein letztes verzweifeltes Zeichen, womöglich von einem der Himelfarb-Kinder, dass es sie gegeben hat. Weil er schon stand, zog er wieder seine Hose an. »Entschuldige, aber ich kann jetzt nicht mehr posieren.«

»Dachte ich mir schon«, sagte Severin und legte seinen Block weg. »Ich habe dir ein paar Kopien mitgebracht. Die Namensliste derer, die in dem

Haus interniert waren und dann die Familien, die anschließend die frei gewordenen Wohnungen beziehen konnten. Vermutlich lauter verdiente Parteigenossen.«

»Mein Gott, stell dir das mal vor. Dir wird einfach so alles genommen, einfach so, alles, was du dir je erarbeitet hast, deine Lieben, dein Leben, deine Würde. Alles. Einfach so.« Pfeffer schnippte mit den Fingern. »Ohne jeden vernünftigen Grund kommt jemand und nimmt es dir weg, und du kannst nichts dagegen tun. Einfach so. Was machst du dann? Vermutlich wirst du es erst gar nicht glauben. Glauben können. Und du denkst nur, das ist alles ein Irrtum, ein schlechter Scherz, das lasse ich nicht mit mir machen …«

»Jetzt weißt du, wie sie sich damals gefühlt hat«, sagte Severin leise.

Pfeffer wusste sofort, wen Severin mit »sie« meinte und wurde sauer. »Also bitte!«, rief er wütend. »Vergleich nicht Äpfel mit Birnen, mein Lieber. Irgendwo ist Schluss! Ich spreche davon, wenn dir ALLES genommen wird. Nicht nur eine Liebe!«

»Tut mir leid«, flüsterte Severin.

»Was wurde aus den Himelfarbs?«

»Ich war auf dem Rückweg noch im jüdischen Gemeindezentrum am Jakobsplatz«, sagte Severin. »Du kennst den Gang der Erinnerung? Das ist ein Gang zwischen Museum und Synagoge. Da sind die Namen aller im Holocaust ermordeten Münchner Juden aufgeschrieben. Dort stehen auch Franz und Zita Himelfarb. Sie sind also umgekommen.«

»Du warst fleißig.«

»Bemühe mich.«

Pfeffer setzte sich auf die Sofakante. »Theorie: Die Himelfarbs haben Nachkommen, die überlebt haben und nun versuchen, irgendwie ihr Erbe zurückzubekommen, weil sie es auf dem gesetzlichen Weg nicht mehr können«, sagte Pfeffer und fügte gleich hinzu: »Unlogisch und sehr konstruiert. Warum sollten sie dabei mehrere Menschen ermorden? Okay, Theorie zwei: Es gibt da einen mysteriösen Schatz, den die Himelfarbs vor ihrem Abtransport im Haus oder – jetzt kommts! – unter dem Haus im Bachbett versteckt haben oder über den Bach in ein Nachbarhaus geschmuggelt haben … irgendsowas eben. Den Hinweis hat jemand gefunden und sucht nun diesen Schatz. Wenn die Himelfarbs Fabrikanten waren und selbst wenn sie ihr Hab und Gut für wenig verkaufen mussten, muss es immer noch eine vergleichsweise große Summe gewesen sein. Vielleicht haben sie es in Gold getauscht, oder Schmuck …«

»Machst du immer so deine Arbeit?«, fragte Severin überrascht. »Rumspinnen?«

»Ist ne Idee von Tim. Freies Assoziieren. Ihr Kreativen nennt so was Brainstorming. Eben Rumspinnen, dabei kommt man oft auf die richtigen Ideen. Darum nun die Frage, die du hoffentlich auch der entsprechenden Fachkraft im Archiv gestellt hast: Wie viele Menschen, außer dir, haben sich in letzter Zeit oder generell seit Ende des Zweiten Weltkriegs für die Unterlagen zu unserem Haus interessiert?«

Severin lachte. »Du hast recht, ich habe tatsächlich gefragt. Und die Fachkraft hinter dem Tresen war zunächst ziemlich bockig, aber ich habe doch einen gewissen Charme. Sie hat nachgeschaut. In den letzten zehn Jahren war es nur einer, der die Unterlagen sehen wollte.«

»Name?«

»Was zahlst du dafür?«

»Pfff. Du kriegst höchstens noch ne Aktsitzung mit einer neuen Pose. Mehr nicht.«

23 Es dämmerte noch, als Max Pfeffer erwachte. Seine übliche Aufstehzeit. Egal ob Wochenende oder Urlaub – er konnte nicht lange schlafen. An diesem Morgen fühlte er sich erstaunlich frisch. Die Nase war ziemlich zu, die Nebenhöhlen schmerzten und sein Auge pochte leise, dennoch fühlte er sich irgendwie frisch. Kein Sport, dafür zwei Espressi, zwei Zigaretten, von denen nur die erste seinen entzündeten Rachen explodieren ließ, und seine diversen Tabletten. Gestärkt für den Tag machte sich Max Pfeffer auf den Weg. Es versprach ein herrlicher Tag zu werden. Pfeffer suchte ein Café, das bereits geöffnet war. Keine der anonymen Stehbäckereien, sondern ein Café mit ein klein wenig mehr Atmosphäre. Sonst gehörte Frühstücks-Cancelling zu seinen leichtesten Übungen, heute war ihm nach Müsli mit frischen Früchten. Er war der einzige Gast und blieb es auch. Das Viertel stand nicht mehr früh auf.

Pfeffer liebte solche Frühlingsmorgen, wenn die Luft noch klar war, aber sich bereits ein Hauch von erster Sommerhitze ankündigte. Spontan beschloss er, einen Spaziergang entlang des unterirdischen Bachverlaufs zu machen. Wie sah es oberhalb der Strecke aus, die er unterirdisch um sein Leben kämpfend zurückgelegt hatte? Vom Sendlinger Tor bog er in die Herzog-Wilhelm-Straße ein. Gesichtslose Neubauten, ein paar kleine Geschäfte, kleine Hotels, kleine Restaurants – ein Inder, ein Grieche, ein Italiener, ein Asia-Imbiss –, ein Buchladen. Dann am Karlstor vorbei, durch die Herzog-Max-Straße, am Mahnmahl der 1938 abgerissenen Hauptsynagoge vorbei, zum Maximiliansplatz. Vorbei an der erschütternden Fünfzigerjahrearchitektur der Neuen Maxburg und den gründerzeitlichen Prachtbauten am Maximiliansplatz, in denen sich mehrere Clubs angesiedelt hatten, dann hinein in die schmale Jungfernturmstraße, wo Pfeffer kurz vor dem Kosmetikstudio stehen blieb, in dem man ihn gerettet hatte. Noch waren die Gitter vor den großen, erleuchteten Schaufenstern unten. Am Amiraplatz, das hatte Pfeffer von der Bachkarte noch in Erinnerung, konnte er dem Bachverlauf nicht direkt folgen, er musste einen kurzen Umweg über die Brienner Straße nehmen. Dann kamen der Hofgarten und schließlich die Bayerische Staatskanzlei, vor der der Bach aus der Isarvorstadt zurück an die Oberfläche kam. Pfeffer überlegte, ob er wohl wirklich an diesem Gitter hängen geblieben wäre und ob man ihn dort gerettet hätte. Hätte man ihn hier gesehen oder gehört?

Er ging durch die erwachende Altstadt zur Löwengrube, zum Polizeipräsidium. Das Gebäude war immer noch wegen Renovierungsarbeiten eingerüstet. Pfeffer konnte sich nicht erinnern, seit wann die Gerüste schon standen. Eine schiere Ewigkeit.

Er bereitete sich und Annabella Scholz einen Milchkaffee. Es war kurz vor halb neun und seine Kollegin kam immer pünktlich auf die Minute um halb neun. Es hatte sich in den letzten Monaten als Routine eingeschlichen, dass Pfeffer seiner Kollegin, sobald sie das Büro betrat, einen frischen Kaffee aus seiner heiligen Wundermaschine servierte.

»Wir haben eine Menge Arbeit, Bella«, begrüßte er Annabella Scholz, als sie hereinkam. Er drückte ihr den Kaffeebecher in die Hand.

»Dir auch einen guten Morgen, Chef.«

»Erstens scheint es noch keine Spur vom flüchtigen Jerzy … wie heißt der gleich … Jerzy Szymborska … gut, bleiben wir der Einfachheit halber weiterhin nur bei Jerzy … Es gibt keine Spur von Jerzy …«

»Darf ich erst einmal meine Jacke ausziehen?«

»Wir haben in zwei Fällen seine DNS gefunden. Unser Täter? Sieht so aus. Zweitens haben wir einen weiteren Toten, den augenscheinlich auch unser Jerzy auf dem Gewissen hat. Damit wären es vier Frauen und ein Mann. Das Opfer ist ein gewisser Ludwig Scherzinger. Du erinnerst dich? Man fand ihn im Februar, erschlagen, lag über zwei Wochen tot in seiner Wohnung, Aschenbrennerstraße im Hasenbergl, weil ihn niemand vermisst hat. Dabei hatte er eine Schwester. Die ist mittlerweile auch tot. Therese Obermeier, geborene Scherzinger …«

»Jetzt muss ich mich mal setzen.« Annabella Scholz kannte die Momente, in denen ihr Chef wild und schnell mit Fakten um sich schmiss und kombinierte. Sie nahm einen großen Schluck von ihrem Kaffee und versuchte konzentriert am Ball zu bleiben.

»Bruder und Schwester. Beide offenkundig demselben Täter zum Opfer gefallen. Er war ein Jahr älter als sie. Also vierundsiebzig und dreiundsiebzig. Hatten ihr Leben lang kein gutes Verhältnis zueinander und praktisch gar keinen Kontakt mehr seit einem bösen Streit, der schon Jahre zurückliegt.

Daher hat sie ihn auch nicht vermisst, als er schon tot in der Wohnung lag.«

»Woher …«

»Habe vorhin schon mit Therese Scher… äh, Obermeiers Sohn in Berlin telefoniert. Also, in beiden Fällen gab es keinerlei Zeugen. Nichts. Weil Ludwig Scherzinger vorher bei der Bank war und dreihundert Euro abgehoben hat, die wir anschließend nicht finden konnten, haben wir damals gedacht, jemand habe ihn beobachtet, sei ihm dann bis in die Wohnung gefolgt und habe ihn getötet, um die dreihundert Euro zu stehlen. Einfacher Raubmord. War ja letztlich auch nicht ganz falsch.«

»Therese Obermeier«, sagte Annabella Scholz und schlug mit der flachen Hand auf den Tisch. »Verdammt. Ich Idiotin. Das hätte mir früher auffallen sollen! Ich habe sie damals über den Tod ihres Bruders informiert und vernommen. Ich habe sie aber auf dem Foto der Kollegen gar nicht erkannt. Da sah sie so anders aus …«

»Sie trug eine Perücke.«

»Stimmt. Sie war blond. Trotzdem. Die Adresse. Der Name. Ich …«

»Lass gut sein. Ludwig Scherzinger wurde nicht erwürgt, sondern mit einer Madonnenstatue, die bei ihm auf dem Flurtisch stand, erschlagen. Der Täter hat vermutlich das nächstbeste Werkzeug gegriffen. Das bedeutet, dass er flexibel ist und zielgerichtet vorgeht. So, jetzt kommts. Therese Obermeier hatte folgende Namen in ihrem Adressbuch: Ludwig Scherzinger, ist klar, war ihr Bruder. Dann Helene Schneider sowie Bertram Xylander. Bei Ludwig Scherzinger sind es neben seiner Schwester ebenfalls Bertram Xylander, Helene Schneider und Gisela Schlüter. Bei Gisela Schlüter finden wir Herrn Scherzinger, Helene Schneider und Erna Kubelik. Von Erna Kubelik können wir es nicht sagen, da wir kein Adressbuch gefunden haben. Was schließen wir daraus?«

»Sie kannten sich alle. Und sie hatten offenbar alle unterschiedlich engen Kontakt zueinander.«

»So sehe ich das auch. Es gibt nirgendwo vernünftige Zeugenaussagen, bis auf die Zeugin im Fall Schlüter, die einen jungen, nicht näher zu beschreibenden Mann gesehen haben will. Dürftig, sehr dürftig. Alle wurden tagsüber getötet, als in den wenigsten Häusern andere Mieter anwesend waren. In zwei Fällen, bei Gisela Schlüter und Erna Kubelik haben wir noch eine Gemeinsamkeit: Sie hatten Kontakt zu Verena Klein. Bei der Schlüter soll sich die Klein regelrecht aufgedrängt haben. Halt, ich sollte Bertram Xylander dazuzählen, denn der kennt Verena Klein auch. Womit ich schon den ersten Auftrag für dich hätte, Bella.«

»Lass mich raten. Die Einzelverbindungsnachweise von Verena Kleins Telefon mit den Telefonnummern der Opfer abgleichen.«

»Richtig. Ich vermute mal, dass sie mit allen Kontakt aufgenommen hat, auch wenn wir den wahren Grund dafür noch nicht kennen. Weiter gehts. Ich habe hier eine Liste mit Namen.« Pfeffer legte eine der Kopien, die ihm Severin Hemberger aus dem Stadtarchiv besorgt hatte, auf den Tisch. »Das sind die Namen der Mieter, die 1941 in das ehemalige Deportationshaus gezogen sind.«

»Deportationshaus?«, fragte Hauptkommissarin Scholz. Pfeffer erklärte ihr die Zusammenhänge.

»Mein Gott, ich wusste gar nicht, dass es so was gab.« Annabella Scholz fuhr sich durch die kurzen blonden Haare. »Das ist ja entsetzlich. Und ich mache blöde Bemerkungen über Legastheniker.«

»Aber sie haben ja alle nichts gewusst.« Max Pfeffer schob ihr das Blatt hin. »Hier finden wir unter anderem eine Familie Scherzinger, eine Familie Pistorius – Helene Schneider war eine geborene Pistorius –, eine Familie Xylander, eine Familie Kubelik und eine Familie Fuchs – Gisela Schlüter war eine geborene Fuchs.«

»Heftig.«

»Die Toten und der noch lebende Xylander sind alle ungefähr im selben Alter. Mitte Siebzig. Also können wir davon ausgehen, dass sie als Kinder im Haus aufgewachsen sind und miteinander gespielt haben.«

»Jetzt haben wir eine Verbindung, aber noch kein Motiv.«

»Das finden wir noch.«

»Vielleicht ist es der angebliche Picasso und es gab, respektive gibt, deshalb ein Hauen und Stechen unter den einstigen Bewohnern des Himelfarb-Hauses. Was haben wir bei Verena Klein gefunden?«

»Jedenfalls keinen Picasso. Die Klein und ihr Freund waren durchaus kooperativ. Ich würde noch gerne den Kunsthändler Menzl auseinander nehmen, gemeinsam mit einem Kunstexperten, vielleicht hat sie das Bild ja bei Menzl versteckt, oder er ist ihr Zwischenhändler. Ich habe nämlich ein wenig recherchiert, und unser Kunsthändler ist in den Achtzigern mal mit einem dubiosen Kunstdiebstahl in Verbindung gebracht worden. Damals ist aus einem Museum in Innsbruck ein van Gogh gestohlen worden. Der wurde dann zwar später wieder zurückgegeben, aber unser Hans-Albert Menzl taucht in den Vernehmungsprotokollen auf. Man konnte ihm keine Beteiligung nachweisen, trotzdem …«

»Ich wollte mich ja um eine Durchsuchungsgenehmigung kümmern«, sagte Pfeffer und fügte gleich resigniert hinzu: »Sorry, Bella. Glaubst du, die derzeitige Beweislage reicht aus, um einen Richter davon zu überzeugen?«

»Nein«, antwortete die Hauptkommissarin.

»Es gibt noch zwei weitere Familien, die 1941 in das Haus gezogen sind, auf der Liste. Sollen wir nun die Nachkommen auftreiben? Oder abwarten, ob noch jemand erwürgt aufgefunden wird, damit wir dann feststellen können, ob der- oder diejenige ebenfalls im Himelfarb-Haus aufgewachsen ist?«

»Wir haben doch schon mal Bertram Xylander. Entweder er ist nun in Gefahr – oder er ist der Täter.«

»Er schafft kaum die Treppen zu seiner Wohnung.«

»Vielleicht spielt er nur was vor? Vielleicht weiß er auch nur etwas, vielleicht wussten alle nur etwas, und es ging nicht um einen konkreten Gegenstand oder materiellen Schatz.«

»Hypothesen. Ich werde den guten alten Bertram und seinen Neffen noch einmal besuchen. Aber zuvor kommt die leidige Pflicht. Kontrollbesuch. Ich war schon zu lange nicht mehr auf der Baustelle.«

Severin Hemberger fuhr mit dem Fahrrad zur Industrie- und Handelskammer in der Orleansstraße. Max Pfeffer hatte er lieber nichts von seinem Vorhaben erzählt. Der hätte sich sowieso nur quer gestellt und irgendwas von »Das ist unsere Sache« oder »Misch dich nicht in Polizeiarbeit ein« geredet. Aber Severin gefiel das Detektivspielen, und er wollte seinem Freund helfen. Die Dame im Stadtarchiv hatte ihm den Tipp gegeben, es doch auch im Bayerischen Wirtschaftsarchiv zu versuchen. Dort könnte unter Umständen noch etwas über die Firma Himelfarb zu finden sein. Nachdem ihm der Pförtner den Weg erklärt hatte, verlief er sich dennoch auf dem weg quer durch die Anlage. Schließlich fand er das rückwärtige Gebäude mit dem Schneckentreppenhaus und den Archivräumen im fünften Stock. Hinter einer Tür mit einem historischen Werbeplakat von Löwenbräu empfing ihn die Archivleiterin, die Severin sich irgendwie älter und unfreundlicher vorgestellt hätte.

»Sie haben bereits im Internet auf unserer Website recherchiert, Herr Hemberger?«, fragte die Archivarin.

»Sicher. Aber da findet man nicht viel über Trikotagen Straub beziehungsweise die Vorgängerfirma Trikotagen Himelfarb.«

Die Archivarin führte ihn in einen kleinen Lesesaal mit grauen Tischen und Stühlen. Auf einem Platz lagen einige Aktendeckel. Die Archivarin deutete darauf. »Hier, mehr haben wir zu den Unternehmen auch nicht im Archiv. Es ist wohl viel im Krieg verloren gegangen. Ich lasse Sie dann alleine. Wenn Sie Kopien brauchen, sagen Sie bitte Bescheid. Eine Kopie kostet 50 Cent. Und bitte verwenden Sie in diesem Raum zum Schreiben nur Bleistifte.«

»Ich hab nur einen Kuli dabei«, sagte Severin entschuldigend.

»Dann nehmen Sie solange diesen hier.« Die Archivarin legte lächelnd einen angespitzten Bleistift auf die Tischfläche. Severin begann zügig mit der Sichtung der Unterlagen. Ein paar Zeitungsartikel über die Firmenpleite von Trikotagen Straub in den 1970ern, den Verkauf an einen belgischen Konzern und die Auflösung der Produktion im Glockenbachviertel. Werbeplakate und Anzeigenmotive aus verschiedenen Jahrzehnten. Entwurfskizzen für Unterhemden und Leibchen. Ein paar Fotos vom Firmengelände und den Produktionshallen. Es war wenig, was von der Firma erhalten geblieben war. Enttäuscht blätterte Severin von Aktendeckel zu Aktendeckel.

Dann fielen ihm im vorletzten, sehr dünnen Aktendeckel zwei Schreiben auf. Vergilbtes Papier, Hakenkreuze im Stempel, Frakturschrift. Severin stützte die Hände auf und begann zu lesen.

»Können Sie mir bitte diese Seiten kopieren«, sagte er zehn Minuten später zur Sekretärin der Archivleiterin. Und als er mit den Kopien in der Hand wenig später das Gebäude verließ, las er alles noch einmal im Gehen. Pfeffer würde ihm die Füße küssen.

Die Handwerker in der Küche grüßten ausnehmend freundlich, auch der Geselle, der im Flur herumwerkelte, strahlte Pfeffer geradezu an, als der sein Haus betrat. Er inspizierte alles und ließ sich alles, was bereits renoviert war, erklären. Lieber ein kritischer Blick und ein Knurren zu viel, als weitere Verzögerungen akzeptieren. Im oberen Bad war ein Installateur mit dem Einbau der Dusche beschäftigt, auch der rief freundlichst sein Grüß Gott. Das Waschbecken saß in perfekter Höhe. Zufrieden stellte Pfeffer außerdem fest, dass der Handwerker, der ihn beleidigt hatte, weit und breit nicht zu sehen war. Er schloss das Schlafzimmer auf und hinter sich wieder zu, als er drinnen war. Vertrauter Geruch. Max Pfeffer ließ sich der Länge nach auf das Bett fallen. Vertraute Matratze. Seine Matratze. Sein mittelblauer Anzug würde verknittern, er war ohnehin so empfindlich – egal. Pfeffer schloss die Augen. Nur ein wenig entspannen, die Vertrautheit genießen. Wenige Augenblicke später war er tief und fest eingeschlafen.

Er schlug mit dem Kopf gegen das Bachbett, wieder und wieder. Es hämmerte in seinem Hirn, aber er ertrank nicht. Panisch schreckte Pfeffer hoch. Ein Alptraum. Nur das Klopfen blieb. Langsam fand Pfeffer in die Realität zurück. Er befand sich immer noch auf seinem Bett. Es klopfte erneut. Pfeffer stöhnte und sah auf die Uhr. Er hatte tatsächlich fast drei Stunden geschlafen. Nase war verstopft. Verdammter Schnupfen. Wieder ein forderndes Klopfen.

»Ja, gleich!«, knurrte er, richtete seine Kleidung und sprang vom Bett. Er prüfte sein Aussehen kurz im großen Spiegel neben dem Schrank. Sein verwundetes Auge leuchte ein wenig blauer als noch am Morgen, war dafür aber praktisch abgeschwollen.

Vor der Tür stand ein Handwerker, der ihn bat, die korrekte Höhe der neuen Spüle in der Küche zu überprüfen. Als Pfeffer das geklärt hatte, zog er sich kurz in Tims Arbeitszimmer zurück. Zielsicher suchte er auf dem Regal die kleine Emailledose mit dem Portrait der philippinischen Ex-Diktatoren-Gattin Imelda Marcos. Tim sammelte Diktatorenkitsch aller Despoten der Welt aus der Zeit nach dem Zweiten Weltkrieg. Kaiser Bokassa, Mao, Honecker, Idi Amin, Papa Doc und wie sie alle hießen. Sie standen alle in der einen oder anderen Form in Tims Arbeitszimmer. Max Pfeffer nahm die Emailledose mit Imelda Marcos und öffnete sie. Tim enttäuschte ihn nicht. Darin lagen zwei fertig gedrehte Joints. Pfeffer schnüffelte kurz, dann nahm er einen heraus.

24

»Ja, die Juden.« Xylander studierte das Gesicht seines Gegenübers. »Darf ich eine von Ihren Zigaretten haben?«, fragte er Max Pfeffer. »Danke. Also, Sie wissen das mit dem Deportationshaus.« Der Alte lachte unpassenderweise und rieb sich die knorrigen Hände. »Wir sind als erste eingezogen. Noch als die Juden drin waren. Mein Vater war so eine Art Hausmeister in dieser Zeit, als das dann … vorbei war, konnten wir die Wohnung behalten. Da sind lauter ganz normale Leute eingezogen. Mein Vater ist dann im Krieg geblieben und meine Mutter, na, das habe ich ja schon gesagt …«

»Lauter ganz normale Leute«, sagte Pfeffer leise. »Alles ganz normale Leute, die einen – wie hieß das doch gleich – Vorschlagschein für Judenwohnungen beim Beauftragten des Gauleiters für Arisierung in der Widenmayerstraße 27 eingereicht haben, oder?«

»Mei, so waren halt die Zeiten.« Xylander zuckte mit den Schultern.

»Dann haben Sie als Kind alles mitbekommen.« Pfeffer sah sich im Raum um. Xylander hatte ihn diesmal ins Wohnzimmer gebeten. Pfeffer saß auf einer abgewetzten beige-braunen Cordcouch, beinahe das identische Modell stand in Pfeffers Übergangswohnung. Der Raum war spärlich möbliert, aufgeräumt und sauber. Eine alte Schrankwand, ein Couchtisch mit Kachelplatte, an den Wänden verblassten großgemusterte Tapeten aus den Sechzigern. Sofern man die Tapeten überhaupt noch erkennen konnte. Wie in Flur und Schlafzimmer hing Bild an Bild. Ein paar vergilbte Fotos vom jüngeren Xylander mit einer mäßig attraktiven Frau hingen in einer Ecke. Die anderen Wände waren von unten bis oben mit kleinen Bildern in unterschiedlichsten Rahmen gepflastert. Einfache, rahmenlose Bilderhalter ebenso wie üppig geschnitzte oder vergoldete Rahmen hielten Zeitschriftentitelblätter mit Filmstars oder aus Zeitschriften herausgetrennte Miniposter mit Tierbabys oder Landschaften. Direkt über dem Sofa prangte ein großes Poster mit Pferden in einer Blumenwiese, das mit Tesafilm in einen schweren Holzrahmen geklebt war. Zeitschriften und eine Menge leerer Rahmen türmten sich neben und auf einem großen Esstisch bei dem Gaseinzelofen in der Ecke.

»Na ja, was man halt so als Kind mitbekommt«, brummte Xylander. »Ich durfte nicht mit denen spielen. Das war alles. Wir hatten keinen wirklichen Kontakt, falls Sie das meinen. Natürlich habe ich heimlich mit Schlomo Glückstein und seinen Brüdern gespielt. Die waren ... Ach, das war sowieso nur eine kurze Zeit. Wegen dem Bach.« Der Alte schüttelte den Kopf und rauchte schweigend.

»Wegen dem Bach?«, hakte Pfeffer nach. Dann kapierte er. »Die Verantwortlichen hatten den Bach nicht einberechnet. Die Kasernierten konnten über den Bach fliehen oder Sachen rein und raus schmuggeln.«

»So war es.« Bertram Xylander nickte. »Darum war das Haus nur kurze Zeit Deportationshaus. Kürzer als die anderen hier im Eck.« Er machte eine ausladende Geste. »Es haben übrigens nur einmal zwei Buschen versucht, über den Bach zu fliehen. Und die sind dann ertrunken. Einer von ihnen war Schlomo.« Bertram Xylander sah zum ersten Mal wirklich traurig drein.

»Erzählen Sie mir ein wenig über Ihre Kindheit in dem Haus. Später, als diese ganz normalen Leute hier eingezogen waren. Über ihre Spielkameraden.«

Der Alte schenkte Pfeffer einen verschlagenen Blick. »Ich weiß, worauf sie anspielen, Herr Kriminalrat. Die anderen sind tot. Ich hatte mit einigen schon lange keinen Kontakt mehr, aber ich habe es irgendwie immer erfahren. Und sei es nur aus der Zeitung. Ich habe mir natürlich schon meine Gedanken dazu gemacht.«

»Und?«

»Ich weiß es nicht«, sagte Bertram Xylander verzweifelt und rang die Hände. »Ich weiß es wirklich nicht.«

»Denken Sie nach, Herr Xylander. Alles könnte wichtig sein.«

»Ich zermartere mir ja schon das Hirn«, greinte der Alte. »Aber mir fällt nix ein.«

»Gab es damals noch mehr Spielkameraden? Oder waren Sie und die anderen die einzigen Kinder hier im Haus?«

»Wir waren die einzigen. Erna, Resi, Wiggerl, also Ludwig, Leni und Gisela. Mehr Kinder gab es nicht im Haus. Es war doch Krieg. Unsere Väter waren nicht da. Meiner ist im Krieg geblieben. Und der von Resi und der von Leni, also Helene.«

»Sie sind also der letzte Überlebende der alten Clique?«

»Sieht so aus.« Er sah traurig auf. »Bin ich in Gefahr?«

»Sie haben ja Ihren Neffen.

Die Männer standen unschlüssig herum. Das hatten sie noch nie erlebt, ja nicht einmal für möglich gehalten. Goryl saß auf einem Stapel Ytong-Steine und weinte. Er zitterte und weinte. Wojciech und Mariusz sahen sich unschlüssig an. Mariusz zog die linke Augenbraue hoch und kräuselte dazu den linken Mundwinkel nach oben. Wojciech las daraus: »Was solls?« und dann »Geschieht dem Arsch recht.« Er nickte und grinste. Dennoch fühlte er so etwas wie Mitleid mit dem massigen Kerl, der sie immer nur drangsalierte. Wojciech sprach viel besser deutsch, als er dem Polizisten gegenüber zugegeben hatte. Er hatte zwar nicht alles genau verstanden, was der Mann von der Polizei vorhin gesagt hatte, aber es war um Jerzy gegangen. Sie suchten Jerzy. Der Polizist hatte von Mord gesprochen. Mord! Jerzy soll ein Mörder sein. Das konnte keiner von ihnen glauben. Am allerwenigsten Goryl. Jerzy war dumm wie Brot, aber kein Mörder. Goryl hatte zu zittern begonnen und plötzlich war eine einsame Träne über sein Gesicht gelaufen. Der Polizist hatte Goryl gedroht und Goryl hatte herumgebrüllt. Doch den Polizisten schien das nicht zu beeindrucken. Der Polizist war schließlich gegangen.

Goryl wusste nicht, wo sein Bruder war. Er wusste es wirklich nicht. Und er machte sich Sorgen. So große Sorgen, dass er sich vor dem Kriminalrat kaum beherrschen konnte, als der ihn befragte. Als sie wieder unter sich waren, konnte Goryl seine Tränen nicht mehr halten. Er sackte weinend zusammen.

Mariusz und Zbigniew machten sich als erste wieder wortlos an ihre Arbeit. Dann nahm Lech seine Maurerkelle vom Boden auf und verließ den Raum, Marek folgte ihm. Wojciech überlegte noch kurz, ob er etwas Aufmunterndes sagen sollte, ließ es dann aber bleiben. Goryl blieb allein zurück und wischte die Sorgentränen an seinem Ärmel ab.

25

Die Bomben der Alliierten hatten die Maxvorstadt einst in Schutt und Asche gelegt. Triste Fünfzigerjahrearchitektur dominiert deshalb das Gesicht des Stadtteils, dem München seinen Ruf als Kunststadt verdankte. Hier leuchtete München, wie Thomas Mann es schrieb. Hier waren die großen Museen, die Universität, die Kunstakademie, hier trafen sich Literaten, Maler, Bildhauer, Komponisten in legendären Kneipen, hier tobte das bohème Leben, das man Schwabing zuschrieb. Dabei fing Schwabing auch damals erst hinterm Siegestor an. Doch Maxvorstädter Bohème klang vermutlich nicht so gut wie Schwabinger Bohème. Die Alliierten hatten einst das Gebiet vor allem deshalb besonders stark bombardiert, weil die Maxvorstadt unter Hitler zum Parteiviertel ausgebaut worden war. Den Königsplatz, das Herzstück des romantischen Isar-Athens von Ludwig I., waren mit Granitplatten zum Paradeplatz für gigantische Aufmärsche zugepflastert worden. Die großzügigen Gartenvillen aus dem 19. Jahrhundert entlang der Brienner und der Arcisstraße hatte Hitler niederreißen und dafür protzige Parteibauten im klassizistischen Stil errichten lassen. Wie zum Hohn überstanden ausgerechnet die monströse Verwaltungszentrale der NSDAP an der Katharina-von-Bora-Straße und der »Führerbau« an der Arcisstraße sowie die benachbarten »Ehrentempel« den vernichtenden Bombenhagel praktisch unversehrt. Die »Ehrentempel«, die Hitler zum Andenken an die gefallenen »Helden« des Putschversuchs von 1923 hatte errichten lassen, sprengten die Amerikaner 1947. Seitdem lagen die Flächen brach, Wildwuchs schuf kleine Biotope. Während im »Führerbau« mittlerweile die Musikhochschule untergebracht war, nutzte das Zentralinstitut für Kunstgeschichte den ehemaligen Verwaltungsbau. Efeu rankte an den rußgeschwärzten Mauern.

»Ich dachte mir, dass ich Sie hier finde«, sagte Max Pfeffer. Mehrere Köpfe schnellten herum, ein paar »Pschscht« zischten durch die Bibliothek.

Verena Klein sah sich verlegen um, ihr Pferdeschwanz wippte. »Nicht hier«, flüsterte sie. »Gehen wir bitte in die Cafeteria.« Sie ließ ihre Unterlagen auf dem Tisch liegen, packte nur den Laptop und ihr Handy ein und machte

Pfeffer ein Zeichen, ihr zu folgen. In der kühl möblierten, spärlich besuchten Cafeteria kaufte Pfeffer ihnen Cappuccini. Sie wählten einen Tisch, in dessen Nähe niemand saß.

»Frau Klein«, begann Pfeffer und seufzte gespielt. Dann lächelte er. »Wir haben ein kleines Problem. Es ist für uns ziemlich mühselig, Ihnen immer wieder kleine Häppchen aus der Nase ziehen zu müssen.« Er sah sie auffordernd an. Wenn sie ihn ein bisschen besser gekannt hätte, hätte sie ein Blick in seine Augen warnen müssen. Das sanfte Kuschelbraun darin war einem spröden Herbstlaubbraun gewichen.

»Was soll ich denn noch sagen?« Die junge Frau blickte trotzig zurück. »Ich habe alles gesagt. Sie haben doch meine Wohnung durchsucht und nichts gefunden, oder?«

»Richtig. Wir haben nichts gefunden, von dem Sie vermuten, dass wir es finden wollten. Wir haben aber so manch anderes gefunden.«

»Ich verstehe nicht.«

»Sie haben sich über das Haus erkundigt, in dem Erna Kubelik lebte. Sie haben im Stadtarchiv recherchiert. Warum?«

Verena Klein sah überrascht auf. Sie senkte den Blick sofort und spielte mit ihrer Kaffeetasse. »Das habe ich nur im Rahmen meiner Dissertation getan.«

Max Pfeffer wartete, doch es kam keine weiterführende Erklärung. »Frau Klein, ich denke, dass ich bisher sehr geduldig mit Ihnen war. Meine Geduld hat aber Grenzen. Falls ich mich vorhin nicht deutlich genug ausgedrückt habe, sage ich Ihnen nun, dass diese Grenzen überschritten sind.«

Die Studentin holte tief Luft. »Ich habe mich für das Haus und seine Geschichte interessiert, weil es Teil meiner Arbeit ist. Dass Erna Kubelik dort lebte, war ein Zufall, nichts weiter. Ich hätte auch ohne diesen Zufall über das Haus recherchiert.«

»Was ist daran so besonders? Was haben Sie über das Haus herausgefunden?«

»Was ich über das Haus herausgefunden habe? Es wurde 1906 erbaut, die Architekten hießen, glaube ich, Lehmberger und Matthei …«

Max Pfeffer schlug mit der flachen Hand so fest auf den Tisch, dass die Tassen einen kleinen Hüpfer machten. Dann sagte er gefährlich leise: »Sie studieren Kunstgeschichte, nicht Architektur. Warum interessiert sich eine Kunstgeschichtlerin für ein Deportationshaus?«

Verena Klein blies die Backen auf. Dann nickte sie. »Es gibt einige Deportationshäuser in der Isarvorstadt, besonders in unserem Glockenbachviertel. Schlicht und einfach, weil es früher das Judenviertel war. Und die Nazis haben jüdische Eigentümer enteignet und die Häuser umgewandelt … Das Haus, von dem wir reden, gehörte den Himelfarbs. Franz und Zita Himelfarb. Eine sehr angesehene Industriellenfamilie. Ihnen gehörte eine Stofffabrik vorne in der Jahnstraße.«

»Die Himelfarbs wurden dann enteignet?«

»Ach, was heißt enteignet. Sie wissen doch, wie das damals lief.« Die junge Frau hob die Hände und zuckte mit den Schultern.

»Nein, erzählen Sie es mir.«

»Franz Himelfarb musste 1938 erst seine Fabrik verkaufen. Natürlich weit unter Wert. Sehr weit unter Wert. Da lief die Zwangsarisierung und Juden durften kein Gewerbe mehr betreiben. Die Firma Himelfarb gehörte zu den Filetstücken hier im Viertel. Und er hat wohl noch Glück gehabt, denn andere bekamen gar nichts für ihre Betriebe. Ich habe noch ein paar andere Fälle recherchiert …«

»Von denen wir aber nicht sprechen, Frau Klein.« Pfeffers Kiefernmuskel mahlten, sein lädiertes Auge begann zu pochen. »Dann haben sich sicher irgendwelche verdienten alten Kämpfer die Filetstücke gesichert, oder?«

»Sicher. Die Himelfarbs verkauften an Georg Straub. Keiner der bekannten Größen der Nazizeit. Eher ein unauffälliger Schreibtischtäter. Er war Abteilungsleiter im Baureferat und hatte eine sehr niedrige Parteimitgliedsnummer. Also ein Hitleranhänger von Anfang an. Er saß praktisch an der Quelle und konnte sich also einen Teil des Kuchens schnappen. Straub kaufte die Fabrik quasi für seine Frau, die aus einer Textildynastie kam. Aus Himelfarb-Trikotagen wurde Straub-Trikotagen. Straub übernahm später auch dieses Wohnhaus von den Himelfarbs. Er musste einen Kredit aufnehmen, um den Himelfarbs die paar tausend Reichsmark zu zahlen, mit denen sie abgespeist wurden. Wieviel genau, darüber habe ich nichts herausfinden können. Dieser Georg Straub hatte nach dem Krieg ziemlich schnell den Persilschein, wechselte von der NSDAP nahtlos in die CSU und blieb in Amt und Würden, als wäre nichts geschehen. Wie neunzig Prozent unserer Großelterngeneration. Das Übliche eben. Seine Tochter Irmentraud erbte später alles. Die ehemalige Kleiderfabrik an der Ickstattstraße wurde im Krieg zerstört und später mit mehreren Wohnhäusern bebaut. Die hatte die Erbin schon damals verkauft. Sie hatte also ein gutes finanzielles Polster. Diese besagte Tochter von Georg Straub, Irmentraud, heiratete einen Herrn Böttcher, sie hatten drei Kinder, diese drei Kinder bildeten die Erbengemeinschaft, die jetzt das Haus an eine Immobiliengesellschaft verkaufte.«

»Keine schöne Geschichte«, sagte Pfeffer.

»Nein, sicher keine schöne Geschichte, Herr Kriminalrat. Aber eben Geschichte. Wir leben heute. Ein Haus ist ein Haus ist ein Haus. Was im Haus vorgefallen ist und was seinen Besitzern und Bewohnern einst widerfahren sein mag, ist vielleicht traurig und schockierend und erschütternd, aber es hat mit dem Heute nichts zu tun.«

»Haben Sie auch herausgefunden, was aus den Himelfarbs wurde?«, fragte Pfeffer.

Verena Klein zuckte mit den Schultern. »Keine Ahnung. Falsch, eine Ahnung habe ich. Soweit ich es nachforschen konnte, konnten oder wollten sie nicht emigrieren. Die komplette Familie ist ausgelöscht worden. Zita und Franz und ihre Kinder.«

»Dies also zu den Fakten, die zwar historisch interessant sein mögen, die aber nichts mit Ihrer Dissertation und Ihrem Interesse an dem Haus zu tun haben dürften, Frau Klein.«

»Richtig, ich interessiere mich für das, was die Familie Himelfarb hinterlassen hat, beziehungsweise hinterlassen haben könnte. Das Thema meiner Promotion war ursprünglich Beutekunst der Nazis, deren eigentliche Besitzer den Holocaust nicht überlebten oder nicht mehr aufzutreiben waren. Wissen Sie, dass dieses Haus hier, das heutige Zentralinstitut, nach dem Krieg der Central Art Collecting Point der US-Verwaltung war? Hier wurden alle Kunstwerke, die während des Kriegs aus der Stadt ausgelagert waren, von den Amerikanern gesammelt, identifiziert und den rechtmäßigen Besitzern zurückgegeben. Auch Beutekunst aus jüdischem Besitz. Das waren bis zum Ende der Aktion 1962 rund eine Million Werke. Den Kronschatz der bayrischen Könige hat man hier übrigens auch abgegeben, den hatte ein Schweizer während des Kriegs auf einem Bauernhof am Tegernsee versteckt. Aus dem Collecting Point entstand quasi organisch das heutige Zentralinstitut für Kunstgeschichte. Da lag mein Promotionsthema nahe. Mein Prof war natürlich unzufrieden mit dem Thema, denn dazu forschen viele und haben viele geforscht. Also habe ich mir etwas Spezielleres ausgedacht. Die Kunstsammlungen Münchner Familien, die verschwunden sind. Also Kunst, die nachweislich existierte und nach 1945 nirgendwo mehr auftauchte.«

»Lassen Sie mich raten. So wie die Sammlung Himelfarb?«

»So wie die Sammlung Himelfarb.« Sie nickte. »Die Himelfarbs waren angesehene Sammler zeitgenössischer Kunst. Es wurde viel vernichtet, besonders durch die Kriegsbomben, aber ich habe herausfinden können, dass Franz Himelfarb ein Jahr nach der Hochzeit seiner Zita das erste Bild geschenkt hat. Die beiden heirateten sehr jung. Sie kauften dieses Bild 1912 in der Galerie Thannhauser. Das wird Ihnen nichts sagen, aber das war die damals skandalumwitterte Galerie, die es wagte, die umstrittenen Künstler aus Paris wie Picasso und Braque sowie die noch umstritteneren Künstler aus München wie Kandinsky, Marc und den Blauen Reiter auszustellen. Franz Himelfarb schenkte seiner Zita damals ein kleines Frauenportrait von Picasso. Damit fing es an.«

»Lief seine Kleiderfabrik so gut, dass er sich einen Picasso leisten konnte?«

»Bedenken Sie die Zeit. Die Himelfarbs haben damals vergleichsweise wenig Geld für die Bilder gezahlt. Es waren neue, wenig bekannte Künstler, die sie gefördert haben. Heute sind es die Klassiker der Moderne und Millionen wert. Die Chronologie der Sammlung ist leider mehr als lückenhaft, aber über die Jahre muss eine ansehnliche Sammlung mit allen heute großen Namen zusammengekommen sein.«

»Palomas Picasso«, sagte Max Pfeffer.

Verena Klein nickte langsam. »Dieses Bild ist gut dokumentiert, es findet sich in den Unterlagen der Galerie Thannhauser, auf Fotos, die bei der Ausstellung entstanden sind und auf Fotos aus der Wohnung der Himelfarb.«

»Und auf einem Foto aus der Wohnung Kubelik.«

»Richtig.«

»Erna Kubelik lebte in der Wohnung, in der die Himelfarbs kaserniert waren. Als sie abtransportiert wurden, blieben die Bilder also in der Wohnung?«

»Nein, das denke ich nicht. Die Vermutung liegt nahe, dass die Himelfarbs ihre Schätze irgendwo im Haus versteckt haben. Vielleicht haben sie sie auch über den Bach irgendwo anders hin bringen lassen. Das ist eben das große Geheimnis, das bisher niemand lüften konnte. Die Bilder sind verschwunden.«

»Bis auf den Picasso.«

»Bis auf den Picasso.«

»Sagten Sie nicht neulich erst, dass Sie die ganze Geschichte mit dem Bild nicht glauben? Dass er unmöglich echt sein könnte?«

Verena Klein nickte schuldbewusst. »Ja, ja, ich gehe davon aus, dass er echt ist. Alles spricht dafür. Nur ohne Expertise kann sich niemand festlegen. Ich schon mal gleich gar nicht. Da zählt nicht, was ich glaube. Die Geschichte mit der Oma glaube ich allerdings nicht. Die hat sich Erna Kubelik nur zurecht gelegt. Womöglich hat sie sie irgendwann selbst geglaubt. Ich hatte das Bild in den Händen. Auf der Rückseite war ein Etikett, ein Originaletikett, der Galerie Thannhauser und ein weiteres Etikett der Sammlung Himelfarb. Aber ich haben Ihnen die Wahrheit gesagt: Ich habe das Bild einem Professor gezeigt und dann der alten Frau zurückgegeben! Ich bin keine Mörderin und ich habe auch nicht, wie Sie unterstellen, meinen Lebensgefährten dazu ermutigt, sie umzubringen und das Bild zu stehlen! Wir mögen finanziell nicht so gut gestellt sein, aber wir sind keine Mörder.«

»Ich habe nichts unterstellt. Und sehen Sie, Frau Klein, wir sind nun wieder bei dem Punkt, den ich eingangs ansprach. Sie sagen immer nur so viel, wie Sie sagen müssen. Sie haben eben schon wieder ausgesagt, Sie hätten den Picasso einem Professor gezeigt. Professor Witte, wenn ich mich nicht täusche? Ich hatte vor unserer Begegnung in der Bibliothek eine kleine Unterhaltung mit Professor Witte hier im Haus. Sehr netter Mann. Komisch nur, dass er sich so gar nicht daran erinnern kann, in den letzten Monaten von einer Studentin einen womöglich echten Picasso gezeigt bekommen zu haben.«

»Der Professor hat viel um die Ohren …«

»Wie viele Picassos bekommt er so pro Tag gezeigt? Was schätzen Sie?«

»Ich …« Verena Klein biss sich auf die Innenseiten der Backen. »Ich habe ihm das Bild gezeigt. Ich weiß nicht, warum er sich nicht daran erinnern kann. Womöglich hat er es für einen Scherz gehalten.«

»Frau Klein«, Pfeffer lachte verzweifelt. »Was mache ich nur mit Ihnen? Vielleicht doch mal mit in Untersuchungshaft nehmen?«

»Ja, gut!« Verena Klein wurde heftig. »Ja, ich habe ihm das Bild nicht gezeigt! Scheiße noch mal.« Dann wurde sie kleinlaut. »Sie werden es mir doch nicht glauben … Ich habe es mir zwei Tage ins Wohnzimmer gehängt. Ich … ich wollte … einmal das Gefühl haben, wie es ist, mit einem Meisterwerk zu leben. Nichts weiter.« Sie flüsterte fast.

»Und, wie war es?«

»Unbeschreiblich. Das werden Sie nicht verstehen können. Aber ich fand das Gefühl einfach unbeschreiblich. Das ist die Wahrheit. Ich habe das Bild danach an Erna zurückgegeben. Wie ich bereits sagte. Fragen Sie meinen Freund.«

Max Pfeffer zückte wortlos sein Handy und wählte umgehend die Nummer von Alexander Degenhardt. Verena Klein riss panisch die Augen auf.

»Herr Degenhardt. Pfeffer hier. Kurze Frage: Was hat Ihre Freundin mit dem Gemälde gemacht, das sie sich bei Frau Kubelik ausgeliehen hat?«

»Sie hat es einem Professor gezeigt, glaube ich«, stotterte Degenhardt am anderen Ende der Leitung.

»Hat sie nicht. Sie können mir nun sagen, was sie damit gemacht hat. Sie hat es mir nämlich eben selbst erzählt.«

Ein kurzes Schweigen folgte, dann räusperte sich der Grafiker. »Wir haben es hier bei uns aufgehängt, um mal zu fühlen, wie es sich so wohnt mit ...«

»Danke. Das wars schon.« Pfeffer legte auf. »Gut, Frau Klein. Kommen wir zurück zu unserer Geschichte. Die geht nämlich noch weiter. War es auch Zufall, dass Sie sich um Gisela Schlüter aus der Baaderstraße gekümmert haben?«

»Das ... Nein, das war kein Zufall.« Verena Klein ließ die Schultern hängen. »Ich muss für meine Arbeit natürlich über die Möglichkeiten recherchieren, wo die restlichen Bilder der Sammlung geblieben sein könnten. Und die könnten bei anderen, ehemaligen Bewohnern des Hauses sein, nicht wahr?«

»Nicht wahr?«, echote Pfeffer. »Zum Beispiel bei Gisela Schlüter oder auch bei Helene Schneider oder auch bei Therese Obermeier oder Ludwig Scherzinger. Herrn Xylander nicht zu vergessen.«

»Zum Beispiel«, sagte Verena Klein sachlich.

»Es überrascht Sie nicht, dass ich Sie mit den anderen Herrschaften in Verbindung bringe?«

»Nein. Ja, ich habe mit allen Herrschaften, die Sie nannten, Kontakt aufgenommen. Ist es das, was Sie hören wollen?«

Max Pfeffer nickte. Bella Scholz hatte die Einzelverbindungsnachweise von Verena Klein zwölf Monate zurückverfolgt und war auf die Telefonnummern aller Ermordeten gestoßen.

»Und?«

»Was und? Ich habe eins und eins zusammengezählt und für mich blieb nur die wahrscheinlichste Lösung: Die haben, vermutlich noch als Kinder oder Jugendliche, Bilder, die die Himelfarbs irgendwo versteckt haben, gefunden und unter sich aufgeteilt. Vermutlich wussten sie zunächst gar nicht, was sie da gefunden hatten. Vielleicht wussten sie es, zumindest teilweise, bis zuletzt nicht. Aber ein schlechtes Gewissen müssen sie dennoch gehabt haben. Denn die Obermeier und der Scherzinger haben mich sofort abblitzen lassen. Ebenso die Schneider. Also habe ich es bei der Schlüter anders aufgezogen, da konnte ich als soziale Betreuerin in die Wohnung. Aber sie hat mich nach zwei Besuchen nicht mehr sehen wollen. Dabei habe ich nur ganz unauffällig Fragen zu den Bildern gestellt, die bei ihr herumhingen. Ich vermute mal, dass die anderen sie gewarnt haben.«

»Und was hing bei ihr?«

»Müll.« Pfeffer sah in ihren Augen, dass sie diesmal die Wahrheit sagte. »Irgendwelche Kunstdrucke von Stadtansichten. Nichts auch nur halbwegs Interessantes. Ich wollte nur herausfinden, ob etwas an meiner Theorie dran ist, dass sie als Kinder etwas gefunden haben. Tja, und Bertram Xylander ist auch ein alter Stockfisch. Der sagt gar nichts. Ich war ein paar Mal bei ihm, aber seine Wände sind von oben bis unten mit scheußlichen Kitschbildern tapeziert. Da war nichts, was auch nur annähernd nach großer Kunst aussah. Ich habe den Kontakt einschlafen lassen, seit er plötzlich diesen Neffen im Haus hat. Neffe!« Sie lachte. »Für wie blöd hält der mich eigentlich. Xylander hat eine Nichte. Eine echte Nichte. Um glaubwürdiger zu sein, hätte er ihn wenigstens als Großneffen ausgeben müssen. Jedenfalls ein unsympathischer Zeitgenosse, dieser Marco oder Mirko oder wie der hieß. Der hat so etwas … Aggressives, Gefühlskaltes. Können Sie sich das vorstellen? Dieser Altersunterschied! Er ist siebenundsiebzig. Das ist doch … eklig.«

»Was weiß Ihr Arbeitgeber, Hans-Albert Menzl, über die ganze Angelegenheit? Ich gehe davon aus, dass Sie mit ihm gesprochen haben, denn er ist Kunsthändler und wer, wenn nicht er, könnte über den Wert solcher Kunstwerke Bescheid wissen.«

»Herr Menzl ist ein schwieriger Mensch. Launisch und cholerisch. Ich wäre froh, wenn ich mein Studium endlich beendet hätte und mir eine neue Stellung suchen könnte.«

»Hat Menzl Sie mit der Suche beauftragt?«

»Menzl? Nein.«

»Ich will Ihnen das glauben, Frau Klein, auch wenn meine Erfahrung mit Ihnen mir zur Vorsicht rät.«

»Menzl kennt natürlich das Thema meiner Dissertation, mehr aber auch nicht.«

Max Pfeffer lehnte sich seufzend zurück. »Sie rudern schon wieder zurück, Frau Klein. Was mache ich nur mit Ihnen?« Er stand auf. »Ich erspare mir die Frage, warum Sie all das nicht schon früher gesagt haben …«

»Ich wollte mich nicht verdächtig machen«, unterbrach ihn Verena Klein energisch.

»Ist Ihnen ausgezeichnet gelungen. Gut, für heute scheinen wir nicht weiterzukommen. Haben Sie mehr Fotos, auf denen die Sammlung Himelfarb dokumentiert ist?«

»Ja, da gab es ein paar alte Fotos im Bayerischen Hauptstaatsarchiv.«

»Lassen Sie mir bitte alle Fotos zukommen, alle. Per E-Mail wäre am besten. Sie haben meine Kontaktdaten.«

»Ich bin keine Mörderin«, sagte Verena Klein.

»Das höre ich oft, und Sie wiederholen sich.«

26

»Wenigstens wissen wir jetzt, was wir suchen. Und was unser Mörder gesucht und offenkundig gefunden hat«, sagte Pfeffer.

»Deshalb gehst du unter die Kunstgeschichtler?«, fragte Annabella Scholz und deutete auf den Stapel Bücher, der vor ihrem Chef lag. Max Pfeffer hatte sich auf dem Rückweg ins Büro mit Kunstbüchern über den Blauen Reiter eingedeckt.

»Es ist nie verkehrt, sich ein wenig auszukennen. Wenn wir die Fotos von Verena Klein endlich haben, können wir zumindest die Beute identifizieren. Ich frage mich nur, was ein Dumpfbeutel wie Jerzy mit Kunst zu tun hat. Sofern er überhaupt wirklich unser Täter ist.«

»Du zweifelst.«

»Es ergibt keinen Sinn. Einfach keinen Sinn. Die Taten wurden zu Zeiten verübt, an denen Jerzy auf der Baustelle war. Sagen zumindest seine Kollegen. Wobei die sich nicht immer alle im Auge haben und sich nicht festlegen wollen. Und Jerzy geht in seiner sehr flexibel gestalteten Mittagspause gerne mal raus. Trinkt einen mit seinen Kumpels am Holzplatz. Aber nagel die mal fest, ob Jerzy an einem bestimmten Tag zu einer bestimmten Uhrzeit bei ihnen gewesen ist. Im Fall Obermeier hat Jerzy für die Tatzeit jedenfalls kein wirkliches Alibi. Er war um die zwei Stunden weg. Theoretisch hätte er Zeit gehabt, in die Maxvorstadt zu fahren, einer alten Frau aufzulauern und sie zu ermorden. Aber wieso kennt er sich mit Kunst aus? Vielleicht hat ihn jemand beauftragt. Jemand instruiert ihn genau und schickt ihn dann los.« Er stützte seinen Kopf in die Hände und schürzte die Lippen.

Annabella Scholz lachte. »So sitzt Levent auch immer da, wenn er nachdenkt.«

Pfeffer lächelte. »Läuft immer noch gut mit euch?«

»Mal so, mal so. Ein Auf und Ab, du weißt doch, wie Männer sind.« Sie setzte sich auf ihren Schreibtischstuhl. »Er dreht gerade in Südafrika. Irgendeine Schmonzette fürs Fernsehen. Er ruft zwar jeden Tag an, aber … ich weiß nicht … Er ist so verdammt weit weg, und er hat nur hübsche Kolleginnen um sich.«

»Und du sitzt hier und wartest immer noch auf den Heiratsantrag.«

Sie warf einen Kugelschreiber nach ihm. »Danke, dass du in meinen Wunden herumstocherst. Ach, dass er mich heiratet … Wurscht. Das Problem ist momentan eher, dass er überlegt, nach Berlin zu ziehen.«

»Wieso das denn?«

»Siehst du nicht fern? Praktisch jeder Film, jede Serie spielt heutezutage in Berlin. Und die Produktionsfirmen buchen gerne Schauspieler, die vor Ort leben, damit spart man eine Unmenge Spesen.«

»Dann werd endlich schwanger, dann muss er sich zumindest entscheiden.«

»Das …« Annabella Scholz brach ab. Sie betrachtete ihre Fingernägel. »Erinnerst du dich noch, als ich einmal dachte, ich sei schwanger?«

Pfeffer nickte.

»Das war aber Fehlalarm.« Sie sah aus dem Fenster.

Pfeffer legte den Kopf schief. Nach einer Weile des Schweigens sagte er: »Und jetzt ist es kein Fehlalarm.«

Seine Kollegin nickte.

»Mann, Bella, das ist doch toll!« Pfeffer sprang begeistert auf. Weil sie weiter aus dem Fenster starrte und nicht reagierte, fügte er hinzu: »Das ist doch toll, oder?«

Erst umspielte ein Lächeln ihren Mund, dann lachte sie endlich. »Ja, ich finde es toll. Aber Levent weiß noch nichts davon, und ich habe keine Ahnung, wie er reagieren wird.«

»Er ist Türke. Lieben die nicht Kinder? Je mehr, desto besser?«

»Immer schön bei den Klischees bleiben.«

»Richtig. Komm, lass dich umarmen.« Er lief zu ihr hinüber, zog sie vom Stuhl hoch und drückte sie an sich. »Glückwunsch! Komm, das müssen wir feiern. Ist eh bald Feierabend. Ich lade dich ein. Aperol Sprizz?«

»Ich bin schwanger!«

»Noch nicht so arg.«

»Stimmt. Einen kleinen Drink kann der, die, das Kleine sicher vertragen.«

»FUCK ME LIKE THE WHORE I AM« stand in Riesenlettern auf dem raumhohen Spiegel, der eine ganze Wand des spartanisch ausgestatteten Schuhgeschäfts einnahm. Vor dem Spiegel saß ein mageres, blasses, schlampig gekleidetes Mädchen und langweilte sich zwischen all den schicken, teuren Sportschuhen aus dem fränkischen Herzogenaurach. Das Bild gab Max Pfeffer einen Stich im Herzen, der kurze Kick vom Sekt Aperol war verflogen. Ob sie wohl wusste, was der große Schriftzug hinter ihr bedeutete? Pfeffer zweifelte stark daran. Wer so etwas auf Spiegel schrieb, hatte es vermutlich nie gemacht oder im entscheidenden Moment gestöhnt. Langweilige Jugend. Gleich um die Ecke, nur ein paar Schritte die Müllerstraße runter, gab es mal den Schwulenclub Mrs Hendersen. Da hatte Freddie Mercury einst seinen 40. Geburtstag mit einer heute noch berüchtigten Sause gefeiert, die der britische TV-Sender BBC als »Mutter aller Partys« bezeichnet hatte. Damals, Mitte der 1980er, war Pfeffer zwar noch längst nicht Teil der Szene, aber später, nach der Scheidung und vor Tim, hatte auch er im Hendersen die Nächte durchgetanzt und dann das gemacht, was auf dem Spiegel stand. Längst Geschichte. Längst vorbei. Heute befand sich ein stinknormaler Tanzschuppen in den legendären Räumen. Pfeffer wandte sich ab und überquerte mit einer bestens gelaunten Annabella Scholz die Corneliusstraße. Sie wollten nach dem Drink noch gemeinsam etwas essen. Sein Mobiltelefon klingelte. Die Nummer im Display kannte er nicht.

»Pfeffer?«

»Hier ist Severin. Ich habe dich grad in der Ferne über die Straße gehen sehen. Dich und die attraktive Blondine, die sich eben bei dir eingehakt hat. Wie machst du das bloß immer mit den Hasen? Habt ihr nicht Lust mit mir einen Happen zu essen?«

»Hast du Lust mit dem Ex meiner Ex zu essen?«, fragte Pfeffer seine Begleiterin.

»Kling interessant. Von mir aus.«

»Cool«, sagte Severin. »Ich hätte Bock auf Schlonz. Kommt vor zum Gärtnerplatz, ich warte dort auf euch.«

Pfeffer wollte eigentlich was Asiatisches, doch Bella fand, dass Schlonz lecker klänge. Und als Severin erklärte, dass er mit »Schlonz« Currywurst meinte, klatschte Bella begeistert in die Hände. »Hab ich erst einmal in meinem Leben gegessen und soll schwer angesagt sein«, sagte sie.

Schließlich landeten sie im Bergwolf, einem schwer angesagten Currywurstimbiss direkt am U-Bahnhof Fraunhoferstraße. In den letzten Jahren waren mit dem Schi-Schi auch bisher ebenso unbekannte wie zweifelhafte kulinarische Genüsse ins Viertel gekommen. Inder, Türken, Italiener, Griechen, Thais, Vietnamesen, die gab es schon seit Jahrzehnten, das war nichts Exotisches. Aber Currywurst? Die kannte man in München bisher höchstens als Musiktitel von Herbert Grönemeyer oder vom Bahnhofsimbiss. Pfeffer ekelte es schon beim Gedanken an den Prollfraßimport aus dem Ruhrpott Schrägstrich aus Berlin, der so tat, als hätte er etwas mit Esskultur zu tun. Aber hier im Bergwolf, oder bei den anderen cool-stylishen Currywurst-Läden um die Ecke, stapelte sich das hippe Jungvolk mit den dicken Streber-Brillen und futterte geschnittene Wurst mit mehr oder minder scharfen Saucen nach ungeheuer geheimen Originalrezepten, dazu gabs Pommes Schranke.

»Schlonz mit Schlonz auf Schlonz an Schlonz«, fasste Pfeffer das Essen zusammen und versuchte nicht in Gedanken die Kalorien zu zählen, die ihm der Schlonz einbrachte. Höchste Zeit, dass er wieder gesund wurde und trainieren konnte. Er leckte die Finger sauber und trank sein Bier leer. »Wie kann man um so einen Schlonz einen derartigen Kult machen?«

»Stimmt.« Severin lachte. »Aber manchmal ist Schlonz das einzig wahre.«

»Auch wahr. Reicht aber erst mal für die nächsten zwölf Monate.«

»Ich fands geil«, sagte Annabella Scholz.

»Und jetzt? Ziehen wir ein bisschen um die Häuser?«, fragte Severin.

»Um welche Häuser möchtest du um halb sieben denn ziehen?«, fragte Pfeffer zurück. »Und in unserem Alter zieht man sowieso nicht mehr um die Häuser.«

»Spießer. Dein Chef ist ein Spießer, Bella. Ein alter dazu.« Er setzte sein gewinnendstes Lächeln auf.

»Ich weiß.« Bella lächelte zurück.

»Severin ist natürlich das Gegenteil von spießig. Er ist Künstler«, sagte Pfeffer. »Ich sitze ihm momentan für ein Bild Modell.«

»Ich freu mich schon auf die Vernissage, Chef.« Bella schmunzelte.

»Nackt«, ergänzte Severin.

»Wenn ich zur Vernissage nicht eingeladen werde, gibts Tote! Ich muss mal für kleine Mädchen, und ihr überlegt euch das Abendprogramm.«

Severin sah ihr strahlend hinterher. Pfeffer verdrehte die Augen.

»Sie ist schwanger, Severin. Brauchst keine Viagra einschmeißen.«

Severin Hemberger wurde rot und starrte Pfeffer an. »Woher weißt du …?«

»Lass deine Hilfsmittelchen nicht offen in der Küche rumliegen.«

»Scheiße.«

»Eben.«

»Es ist nicht so, wie du denkst.«

»Was denke ich denn?«

»Na, dass ich keinen hochkriege!«

Das Pärchen am Nachbartisch drehte synchron die Köpfe herum und starrte Severin an. »Das ist kein Problem für mich«, sagte Severin flüsternd.

»Ach, wozu dann die kleinen blauen Helfer?«

»Ich sagte schon, dass du keine Ahnung von meinem Leben hast, Max Pfeffer. Nicht die leiseste.«

»Noch einmal so ein pseudo-geheimnisvolles Gestammel, dass du dich selbst manchmal zum Kotzen findest und ich vergesse mich.«

»Du … Schwanger? Echt? Sieht man ihr gar nicht an. Und mich würde es nicht stören.«

»Das Ungeborene hat zufälligerweise auch einen Erzeuger«, sagte Pfeffer.

»Oh. Schade. Fast wollte ich jetzt vorschlagen, dass wir noch zu mir gehen. Ich hätte den einen oder anderen Champagner …«

»Champagner?« Bella kam an den Tisch zurück. »Klingt gut.«

Pfeffer sah sie strafend an.

»Ja, ich weiß. Aber ein Gläschen kann wirklich nicht schaden.«

»Das bist du, Chef«, sagte Annabella Scholz und blätterte sich durch die Skizzen. »Sehr gut getroffen. Und dann hier das blaue Auge. Echt gut. Ich finde schon die Zeichnungen klasse. Da musst du doch gar nichts mehr malen.«

»Danke.« Severin strahlte wie ein Honigkuchenpferd und stieß mit ihr an. Der Champagner war trocken und trotzdem fruchtig. »Vielleicht solltest du mir auch mal Modell sitzen.«

»Äh, nein«, Bella lachte irritiert. »Ich glaube, mein Freund, na, eigentlich schon Verlobter, hätte was dagegen. Er ist zwar Deutscher, hat aber türkische Wurzeln. Du verstehst.«

»Hmmm.« Severin Lächeln erlosch in Enttäuschung. Er suchte eine Compilation-CD heraus und überspielte seinen Frust mit dem Hantieren am CD-Player.

Annabella Scholz genoss Severins ungeschickte Flirtversuche. Sie fuhr sich durch ihre kurzen blonden Haare. Sie trug einen frechen Haarschnitt nach Männerart, der ihr ausgezeichnet stand. Früher, mit ihren langen blonden Locken, sah sie immer irgendwie durchschnittlich, altbacken und brav aus.

Seit sie sich – ursprünglich aus Liebeskummer – mal die Haare kurz geschnitten hatte, war sie dem Garçonne-Stil treu geblieben.

Severin räusperte sich. »Max, äh, entschuldige, Pfeffer, ich hab übrigens noch ein wenig weiter recherchiert über die Familie Himelfarb.«

»Och, nö! Keine Arbeit, bitte«, stöhnte Annabella.

»Erzähl«, sagte Pfeffer.

»Die Himelfarbs, denen das Haus bis 1938 gehört hat, hatten zwei Kinder. Die Eltern und die Kinder, der Sohn Kurt und die Tochter Pauline, haben den Holocaust nicht überlebt, das ist absolut sicher. Keine Enkel.«

»Also nichts mit der Theorie, dass sich ein Nachkomme heute für das damalige Unrecht rächen will«, sagte Pfeffer und hielt Severin sein Glas hin. Der schenkte neu ein.

»Sag mal, kennst du dich als Künstler auch ein bisschen in Kunstgeschichte aus?«

»Ein bisschen.« Er deutete auf sein Bücherregal, das vor Kunstbildbänden überquoll. »Ich gehe nur rund einmal die Woche in irgendwelche Ausstellungen, mache an Vernissagen-Freitagen meine Runde, lasse keine Open Art aus, nutze Städtereisen eigentlich ausschließlich zum Museumsbummel. Also wirklich nur ein bisschen.«

»Gut. Ich hab da so eine Ahnung, dass du mich mal zu Menzl begleiten solltest.«

»Menzl? Kunst en gros und en detail?«, fragte Severin.

»Hans-Albert Menzl ist eine Ratte«, mischte sich Annabella Scholz ein. Sie schwankte ein wenig. »Eine ganz durchtriebene. Allerdings teflonbeschichtet, denn man konnte ihm nie etwas nachweisen. Du erinnerst dich, Chef, dass er etwas mit einem gestohlenen van Gogh aus Innsbruck zu tun hatte? Ich habe herausgefunden, dass er bei mehreren Kunstdiebstählen der jüngeren Vergangenheit ins Visier der Fahnder geraten ist. Immer wieder ging das Gerücht, dass er die Ware ins Ausland schafft. Aber man konnte ihm nie etwas nachweisen. Entweder ist er tatsächlich ein unbescholtener Mitbürger, oder er ist eine durchtriebene Ratte. Ich tippe auf letzteres.«

»Menzl ist definitiv eine Ratte«, bestätigte Severin. »Er hat noch eine Galerie in der Maxvorstadt. Die war früher mal in der Maximilianstraße, vor ein paar Jahren ist er in die Maxvorstadt gezogen, weil ja plötzlich alle Galerien dorthin gezogen sind. Dem habe ich mal meine Arbeiten gezeigt, und er hat mich abblitzen lassen, als sei ich ein Zeuge Jehovas. Blödes, inkompetentes Arschgesicht.«

»Wenn empfindsame Künstlerseelen verletzt werden …«, sagte Annabella Scholz.

»Richtig. Außerdem stammt er von einer Ratte ab. Sein Vater hat die Galerie und den Großhandel gegründet. Und das im Jahr 1933. Muss ich mehr sagen? Er gehörte früher zum Vorstand des Kampfbundes für deutsche Kultur und später zum Vorstand der NS-Kulturgemeinde. Er hat in seiner Galerie alles vertreten, was der damaligen Ideologie an Künstlern genehm war. Und hintenrum hat er alles für gutes Geld ins Ausland verkauft, was als entartet galt. Eine richtige Ratte eben.«

»Du hast dich ausführlich über ihn informiert«, sagte Pfeffer.

»Menzl ist ein bekannter Name im Geschäft. Über den stolpert man in München irgendwann zwangsweise. Natürlich hat er sich nach dem Krieg dafür feiern lassen, dass er die klassische Moderne ins Ausland verkauft hat, denn so hätte er ja die kostbaren Werke vor der Vernichtung gerettet. Und sie haben ihm tatsächlich auch noch ein Bundesverdienstkreuz an die Brust genagelt. Zum Glück ist die Sau schon in den Sechzigern an Krebs krepiert. Sein Sohn Hans-Albert führt heute den Kunsthandel und die Galerie und gibt sich als die Speerspitze der zeitgenössischen Kunst. Ich könnte kotzen!«

»Ich sage doch, dass wir uns mit Menzl eingehender beschäftigen müssen.« Pfeffer fläzte sich auf das rote Sofa und lehnte sich zurück. »Ich will alles über ihn. Alles. Alles!«

»Auch Schmutz, Gerüchte und üble Nachreden?«, fragte Annabella.

»Besonders Schmutz, Gerüchte und üble Nachreden!«

»Ein bisschen was kann ich schon dazu beitragen«, sagte Severin. »Ich war heute im Bayerischen Wirtschaftsarchiv, um euch ein wenig zu entlasten. Dort gibt es zwar auch nur äußerst wenig über die Firma Himelfarb, respektive Straub. Doch dafür Brisantes! Ein Schreiben von der Gauleitung an Georg Straub. Zunächst ging es darum, dass das beschlagnahmte Vermögen der Familie Himelfarb verschwunden sei. Es war eher so eine allgemein formulierte Anfrage, wo es denn abgeblieben sei. Geld, Schmuck, Antiquitäten und auch von einer nicht näher beschriebenen Kunstsammlung ist die Rede. Dann wird von Schreiben zu Schreiben der Ton härter. Es ging um zigtausend Reichsmark. Zuletzt droht man dem Straub sogar mit Beugehaft. Die Erklärungen, die Georg Straub wohl gab, da können wir nur spekulieren, denn die Antwortschreiben sind nicht in den Unterlagen, haben offenbar die Gegenseite nicht befriedigt. Letztlich ist von einem Himelfarb-Schatz die Rede, den die Familie offenbar noch in der Zeit, in der sie hier in ihrem ehemals eigenen Haus interniert war, zur Seite geschafft haben soll. Das letzte offizielle Schreiben ist von 1941, da wird Straub darauf hingewiesen, dass die Familie Himelfarb nicht mehr zum Verbleib der Vermögenswerte befragt werden könne, da sie nach Litauen evakuiert worden sei. Das nenne ich Sarkasmus pur. Weiter hieß es, Straub könne sich aber nicht einbilden, dass die Sache damit erledigt sei, denn nach dem Endsieg würde man auf die Angelegenheit zurückkommen.« Severin holte die Kopien und legte sie auf den Tisch. »Und wer wird als kompetenter Ansprechpartner in Fragen der Kunstsammlung in mehreren dieser Schreiben genannt? Hans-Albert Menzl senior. Und jetzt kommt ihr.«

»Ratte in zweiter Generation also«, sagte die Hauptkommissarin. »Scheint erblich zu sein. Siehst du, Chef, man muss nur ein wenig im Schmutz wühlen, schon wird man fündig.«

»Mehr Schmutz geht zwar kaum, aber ich möchte auch alles über den Junior, Bella.« Gedankenverloren nestelte Pfeffer in der Tasche seines Sakkos herum. Er zog den Joint heraus, den er sich aus Tims Schatulle mitgenommen hatte, und betrachtete ihn. Einmal im Jahr durfte ein kleiner Verstoß gegen das Betäubungsmittelgesetz schon sein. Der letzte Verstoß lag schon so lange zurück, dass Pfeffer sich nicht mehr daran erinnern konnte. »Und du, Severin, hältst dich gefälligst künftig aus unseren Recherchen raus!«

Bella Scholz hatte ihren Chef noch nie härtere Drogen als Alkohol oder Zigaretten konsumieren sehen, sie zog überrascht die Augenbrauen nach oben. Dann, als wäre es ganz selbstverständlich, zückte sie ein Feuerzeug und gab ihrem Pfeffer Feuer. Der Rauch reizte seinen entzündeten Rachen, aber als Nikotinjunkie störte er sich nicht daran. Würziger Harzduft breitete sich im Raum aus.

»Mach mal die Musik einen Tick lauter«, sagte Pfeffer. Es lief »Tag am Meer« von den Fantastischen Vier. Pfeffer schloss die Augen. Mehr Sommer, Sonne und Entspannung in einem Lied ging nicht.

»Verlören wir unsere Pensionsansprüche, wenn die Kollegen hier eine Razzia machen würden?«, fragte Annabella und reichte den Joint weiter.

»Vermutlich.« Pfeffer öffnete die Augen und schniefte. »Scheiße, meine Tempos sind alle.«

»Tempo ist eigentlich ein total blödes Wort«, kicherte Annabella. »Tempo. Hör doch mal, wie das klingt. Tee Ee Emm Pee Ooooh.«

»Hol dir gleich eine Küchenrolle«, sagte Severin und stieg kurz in das bekiffte Gackern von Annabella ein. »Stimmt, Tempo.«

»Lasst die Finger von Drogen, wenn ihr nichts vertragt«, sagte Pfeffer langsam. »Tempo ist auch nicht viel anders als Pechwinkel … oder … Schwabing.«

»Schwaaaaabing!«, kreischten Severin und Annabella unisono.

»Ein Stadtteil in der Menopause«, sagte Severin dann kichernd.

»Was?!« Annabella wälzte sich vor Lachen.

»Na, warst du in letzter Zeit mal in Schwabing? Da würde dir auch nichts anderes mehr einfallen als …« Er holte Luft und deklamierte melodramatisch: »Ein Stadtteil in der Menopause.«

Alle drei lachten, und Bella fiel Severin in die Arme.

27

Xylander trug ein blauweiß gestreiftes Nachthemd. Pfeffer hatte noch nie im wirklichen Leben einen Mann mit Nachthemd gesehen. Er bückte sich zu dem leblosen Körper hinunter.

»Ich … ich war die ganze Nacht unterwegs«, stammelte Mirko, der nach viel Nikotin und noch mehr Alkohol roch. Seine Pupillen waren zudem von Drogen geweitet. Er lehnte an der Wand und rauchte, während er gleichzeitig seine Fingernägel kaute. »Und als ich vorhin zurückgekommen bin, lag er so da. Ich wusste nicht, was ich tun sollte.«

»Es war schon ganz richtig, dass Sie mich angerufen haben, Herr Hagen.« Pfeffer betrachtete die blutende Wunde am Hinterkopf des alten Mannes. Neben dem Kopf lag ein abgebrochenes Stuhlbein. »Haben Sie das angefasst?«, fragt er den jungen Mann.

»Ja«, sagte der und zog schuldbewusst den Kopf ein.

»Wann sind Sie gestern aus dem Haus?«

»So gegen halb elf abends. Berti wollte ins Bett und ich um die Häuser ziehen.«

»Dafür gibt es Zeugen?«

»Sicher. Kann ich Ihnen aufschreiben.«

»Ich bitte darum.« Pfeffer prüfte die Vitalfunktionen von Bertram Xylander. »Sie rufen jetzt bitte sofort einen Rettungswagen, Herr Hagen!«

»Er lebt?« Mirkos Stimme überschlug sich. »Ja, sofort.« Er wühlte sein Handy aus der Hosentasche. Seine Hände zitterten nicht, sie bebten.

»Ich hab so was befürchtet«, sagte er, nachdem er telefoniert hatte. »Ich habs befürchtet!«

»Ich auch«, sagte Pfeffer leise. Er brachte den alten Mann in die stabile Seitenlage.

»Nach allem, was passiert ist. Ich habe ihn noch gewarnt, er soll vorsichtig sein. Niemandem öffnen, wenn ich nicht da bin. Der alte Idiot! Warum hat er nicht auf mich gehört?«

»Die Tür war ganz normal geschlossen?«

»Ja, ich habe mit dem Schlüssel aufgeschlossen, und dann lag er da, wie er immer noch daliegt.«

»Haben Sie schon nachgeschaut, ob irgendetwas fehlt?«

»Nein, ich habe Sie sofort angerufen.«

»Gut.« Pfeffer stand auf. »Dann begleiten Sie mich bitte bei einem Wohnungsrundgang und sagen mir, wenn Ihnen etwas auffällt.«

Sie begannen im Wohnzimmer, gingen durch den Flur, ins Schlafzimmer, in die Küche, sogar ins Bad. Alle Stühle waren komplett, keinem fehlte ein Bein. Mirko Hagen schüttelte nur den Kopf und sagte immer wieder: »Ich weiß nicht. Nein. Hier fehlt nichts. Denke ich zumindest.«

»Was wissen Sie über sein Leben?«, fragte Max Pfeffer.

»Eigentlich nichts«, sagte der junge Mann gleichgültig. »Es hat mich nicht sonderlich interessiert. Alte Menschen reden immer nur von früher, wie hart es war, und wie sie gelitten haben, und wie scheiße es heute ist. Und das sagen sie in einem Satz, also, dass es heute scheiße ist, obwohl sie ja früher angeblich nur gelitten haben. Das ist doch keine Logik.«

»Hat er viel über früher gejammert?«

»Berti hat nie gejammert. Ich habe das eben allgemein über die ganzen alten Säcke gesagt, mit denen ich … Egal. Berti hat nie viel geredet. Er war genügsam und dankbar für alles.«

»Wie haben Sie sich eigentlich kennengelernt?«

»In der Sauna.« Mirko lachte kurz. »Er ist früher einmal im Monat hin. Ich alle zwei Tage. Auch heute noch.«

»Und er hatte nichts dagegen?«

»Nein.«

»Er hat nie Geschichten hier aus dem Viertel erzählt? Aus seiner Jugend? Zum Beispiel über seine alte Freundin Erna Kubelik?«

Mirko Hagen zuckte mit den Schultern. »Nö. Die Kubelik hat er vielleicht mal erwähnt, die wohnte ja um die Ecke. Aber die mochte er nicht besonders. Die war Alki. Er nicht. Ich auch nicht. Ich trinke mal gerne einen über den Durst, aber ich bin kein Alki. Den Wiggerl, den hat er manchmal erwähnt, da war er ja auch zur Beerdigung.«

»Wiggerl?«

»Ludwig irgendwie. Scherzinger. Genau. Der hieß wie diese Popsängerin Nicole Scherzinger. Darum konnte ich mir den Namen merken. Mit dem Wiggerl hat er sich ab und zu mal getroffen. Selten. Und ich war nie dabei.

Wenn der mal zu Besuch kam, musste ich gehen. Berti wollte nicht … na, dass es Gerede gab.«

»Und Verwandtschaft? Er erwähnte mal eine Nichte.«

»Ja, die kenn ich. Die Tochter seiner jüngsten Schwester. Auch schon tot. Seine Schwester, meine ich. Autounfall. Irgendwann vor zig Jahren. Ich werde die Nichte anrufen.«

»Was werden Sie nun tun?«, fragte Pfeffer schließlich, als sie wieder neben dem Regungslosen standen.

»Wie? Was soll ich denn schon tun?«

»Wo gehen Sie hin? Herr Xylander wird sicher eine Weile im Krankenhaus bleiben. Sofern … sofern er überhaupt gerettet werden kann.«

»Ich bleibe hier«, rief der junge Mann empört. »Ich wohne hier! Berti hat mich gebeten, bei ihm einzuziehen. Also bleibe ich hier.«

»Und wovon wollen Sie dann leben? Wir sind hier im Sperrbezirk.«

»Was denken Sie denn von mir?« Seine Entrüstung war gespielt. »Ich gehe nicht anschaffen. So lief das zwischen uns nicht.«

»Wie lief es dann?«

»Berti kann gar nicht mehr. Da tut sich nichts. Er hat … er schaut gerne zu. Am liebsten, wenn ich unter der Dusche bin. Das war alles.«

28

Hans-Albert Menzl nahm mit großen Schritten Maß. »Hier«, sagte er dann. »Hier kommt die Dachterrasse hin.«

Der Architekt machte Notizen und nickte.

»Süden«, sagte Menzl zufrieden und sah sich im Dachstuhl um. Ein Trockenboden. Er schüttelte den Kopf. Wie konnte man wertvollen Wohnraum nur so ungenutzt lassen. »Also, dort das Bad, Gästetoilette da und wenn wir die Küche hierhin legen, dann haben wir hier einen riesigen Wohnbereich. Traumhaft.«

»Traumhaft«, echote der Architekt zufrieden.

»Sie müssen mir nicht alles nachplappern«, sagte Menzl. »Ich mag das nicht.« Bevor der Architekt seinen Mund öffnen konnte, hob der Kunsthändler abwehrend die Hand. »Und Rechtfertigungen mag ich auch nicht.« Er stolzierte selbstzufrieden durch den Dachboden und lauschte dem Knarzen der alten Holzbohlen unter seinen Schritten.

Ein Klopfen und dann ein »Störe ich?«. Menzl schnellte herum und schenkte dem Eintretenden einen bösen Blick.

»Ihre Sekretärin hat mir gesagt, dass ich Sie hier treffe.« Max Pfeffer betrat den Dachboden. Menzl setzte sofort seine joviale Geschäftsmiene auf.

»Kriminalrat!« Er streckte beide Hände aus und ging auf Pfeffer zu. Über die Schulter verabschiedete er seinen Architekten. »Wir sind dann fertig. Danke. Ich melde mich bei Ihnen.«

»Schönen Tag noch«, murmelte der Architekt und verließ den Dachstuhl.

»Sie wollen sich hier eine Dachterrassenwohnung ausbauen lassen?«, fragte Pfeffer und sah sich in dem riesigen Raum um.

»Dachterrassenwohnung ja. Aber nicht für mich. Für meine Tochter.«

»Großzügig.«

»Nun ja, man muss den Kindern auch was gönnen. Sie studiert, und es wird Zeit, dass sie ihre eigenen vier Wände bekommt.«

»Interessant, dass Sie sich zufälligerweise ausgerechnet in dem Haus eine Wohnung gekauft haben, in dem die alte Erna Kubelik ermordet wurde.«

»Interessant? Wie meinen Sie das? Und ich habe nicht nur eine Wohnung gekauft. Das ganze Haus gehört mir.«

»Ich dachte, das Haus hat die Firma MuK-Bau erworben?«

Menzl lachte dröhnend. »Sicher. Das hat sie, die Firma. Mein Kompagnon Michael Kreutzpaintner hat mich schon informiert, dass Ihre Kollegin neulich bei ihm war …«

»Menzl und Kreutzpaintner. MuK-Bau. Verstehe.« Pfeffer lächelte. »Eigentlich nur Menzl, denn die Einlagen der GmbH stammen ausschließlich von Ihnen und Ihrer Frau, nicht wahr? Das K von Kreutzpaintner ist nur Dekoration.«

»Herr Pfeffer, strapazieren Sie bitte nicht meine Geduld. Ich weiß, dass Sie wissen, dass die Abkürzung MuK nicht Menzl und Kreutzpaintner bedeutet, Kreutzpaintner ist unser Geschäftsführer, mehr nicht. MuK steht für Menzl und Krug.«

»Der Mädchenname Ihrer Frau.« Pfeffer nickte. Annabella Scholz hatte gut recherchiert, nachdem sie etwas derangiert und noch die Kleidung vom Vortag tragend im Büro aufgetaucht war. »Richtig, Herr Menzl. Aber nachdem Sie meine Geduld strapaziert haben, wollte ich mich nur ein klein wenig revanchieren.«

»Gut, dann hätten wir das. Womit kann ich Ihnen dienen?«

»Es war für uns schon ein wenig überraschend, dass Sie hinter der Baufirma stecken, die dieses Anwesen und auch das andere in der Pestalozzistraße gekauft hat.«

»Und zahllose andere, in denen keine Morde passiert sind, Herr Pfeffer. Ich habe keine Lust, mich mit Ihnen über unhaltbare Anschuldigungen zu unterhalten, wir würden unsere Häuser mit Gewalt leerräumen …«

Diesmal hob Pfeffer abwehrend die Hand. »Zumal es ja keinen Grund gab, Erna Kubelik mit Gewalt zum Auszug zu bewegen, da sie ja kaufen wollte.«

»Richtig.«

»Womit wollte sie zahlen? Haben Sie je ihre Wohnung gesehen?«

»Sicher habe ich das. Und womit sie zahlen wollte, war mir gleich, solange sie gezahlt hätte.«

»Vielleicht einem kleinen Frauenportrait von Picasso?«

Menzl lachte. »Diese Geschichte. Wenn er echt gewesen wäre, hätte sie damit das ganze Haus … die ganze Straße kaufen können.«

»Ja, diese Geschichte. Was heißt echt wäre? Haben Sie ihn gesehen?«

»Nein, natürlich nicht. Ich habe nur davon gehört. Von Verena.«

»Gehört, so so. Komisch, dass das nicht Ihre Neugierde geweckt hat. Die Möglichkeit, einen echten Picasso zu verkaufen, sollte einen alten Fuchs wie Sie doch reizen. Immerhin taucht Ihr Name in der Vergangenheit immer wieder im Zusammenhang mit … nun, nennen wir es mal undurchsichtigen Geschäften auf, bei denen kostbare Kunst eine Rolle spielt. Da wäre zum Beispiel …«

»Ersparen Sie uns das, Herr Pfeffer. Ich weiß, wie oft die Staatsanwaltschaft bei mir vor der Tür stand. Sie wissen es auch. Und wir beide wissen, wie oft ich der Staatsanwaltschaft die Türe vor der Nase wieder zuschlagen konnte.«

»Scheint irgendwie bei Ihnen in der Familie zu liegen.«

»Lassen Sie meinen Vater aus dem Spiel!«, brauste Menzl auf. »Er war ein rechtschaffener Mann. Ich kannte ihn praktisch gar nicht, denn er ist 1962 gestorben, als ich kaum auf der Welt war. Schlaganfall.«

»Ganz schöner Nachzügler, oder?«

»Meine Mutter ist fünfundzwanzig Jahre jünger als mein Vater. Seine zweite Ehe. Warum erzähle ich Ihnen das? Mein Vater war ein angesehenes Mitglied der Gesellschaft.«

»Aller möglichen Gesellschaften. Zum Beispiel auch gewisser Kreise, die sich für wertvolle Kunstschätze von Münchner Bürgern, die mit unbekanntem Ziel verreisen mussten, interessierten. Und jetzt, Herr Menzl, verschonen Sie mich bitte mit Elogen auf Ihren Vater und leugnen Sie bitte nicht, dass Sie wissen, wessen Haus Sie hier gekauft haben. Die Familie Himelfarb hatte bekanntermaßen eine Kunstsammlung, die nach ihrer Deportation nie aufgetaucht ist.«

»Hören Sie, Max Pfeffer, ich habe ausgezeichnete Verbindungen. AUS-GE-ZEICH-NETE!«

»Das ist schön für Sie.«

»Zum Beispiel zählen Kriminaldirektorin Staubwasser und ihr Gatte, der Landtagsabgeordnete, zu meinem engsten Bekanntenkreis …«

»Zu meinem auch, Herr Menzl. Ich sehe Kriminaldirektorin Staubwasser beinahe täglich. Soll ich sie von Ihnen grüßen?«

»Sie kommen sich sehr clever und witzig vor, Pfeffer. Ich lasse mich aber nicht von Ihnen einschüchtern. Ja, ich kenne die Geschichte der Himelfarb-Sammlung. Meine Mitarbeiterin Verena Klein schreibt darüber ihre Doktorarbeit. Ich weiß erst durch sie, dass schon mein Vater nach der Sammlung suchen ließ, dass alle bisherigen Bemühungen, alle Suchaktionen erfolglos verlaufen sind.«

»Sie wissen sicher, wie Ihr Vater sich nach dem Krieg sofort wieder einen guten finanziellen Grundstock anlegen konnte? Er war in dubiose Verkäufe von drei Werken des Blauen Reiters verstrickt. Werke, von denen sicher das eine oder andere der Sammlung Himelfarb zugeordnet werden könnte.«

»Hat Ihnen das die Klein erzählt? Lächerlich.«

»Nein, das hat Frau Klein uns nicht erzählt. Wie so vieles nicht. Wir haben selbst ein wenig recherchiert. Ihr Vater war nicht dumm, er hat über fünfzehn Jahre verteilt immer mal wieder nur eins auf den Markt gebracht. Angeblich aus Nachlässen. Ihr Vater, da bin ich mir sicher, kannte das Versteck der Himelfarb-Sammlung.«

»Lächerlich, Herr Kriminalrat. Und selbst wenn! Er ist längst tot, und er hat es mir nicht verraten.«

»Praktisch für so eine Suche, wenn man dann das ganze Haus kauft und bei den Renovierungsarbeiten komplett auseinanderlegen kann.«

»Richtig, Herr Pfeffer. Das hier ist ein architektonisches Juwel, ein Filetstück im begehrten Glockenbachviertel. Das, mein Herr, ist der Schatz! Wir werden es sorgsam renovieren und wieder in ein Schmuckstück verwandeln, an dem auch Franz Himelfarb seine Freude gehabt hätte.«

»Ihre Mitarbeiterin Verena Klein hat im vergangenen Jahr im Bayerischen Wirtschaftsarchiv und im Stadtarchiv über dieses Haus recherchiert, Herr Menzl. Das wissen wir sicher. Seinerzeit lebte die Eigentümerin dieses Hauses noch. Wir wissen, dass Sie schon damals der alten Dame ein Angebot für das Haus gemacht haben, was die Gute abgelehnt hat. Sie war nicht mehr geschäftsfähig. Also haben Sie abgewartet. Die Zeit würde das regeln. Und sie regelte. Die alte Dame verstarb. Als die Erben das Haus auf den Markt gaben, haben Sie alle anderen Bieter überboten. Immer wieder. Sie haben immer wieder noch ein paar Tausend draufgelegt. Sie haben so hoch geboten, dass selbst deutlich potentere Immobilienkonzerne letztlich ausgestiegen sind, weil sie keine vernünftige Rendite mehr sahen. Sie wollten dieses Haus. Ganz genau dieses Haus. Um jeden Preis.«

»Und?«

»Ich entwerfe mal ein kleines Szenario. Verena Klein macht für Sie die Recherchearbeit auf der Suche nach dem Himelfarb-Schatz. Sie nimmt mit allen Kontakt auf, die einst hier lebten und womöglich etwas gefunden haben könnten, als sie Kinder waren. Immerhin ist bei einer alten Alkoholikerin ein echter Picasso aufgetaucht, der nachweislich aus der Sammlung Himelfarb stammt. Wer weiß, vielleicht haben die anderen Spielkameraden von damals ebenfalls das eine oder andere Bild mitgenommen? Sehr zum Ärger Ihres Vaters, vermute ich. Nun sind Sie zudem Bauunternehmer. Sie sind damit der Chef von dem polnischen Renovierungstrupp, richtig? Mit der Recherche von Verena Klein wäre es für Sie ein Leichtes, einen der Arbeiter zu beauftragen, den entsprechenden Damen und Herren einen Besuch abzustatten. Einen der Arbeiter, der dumpf genug ist, keine Skrupel zu haben. Nennen wir ihn Jerzy. Der bekommt Fotos von den Bildern gezeigt, die Sie suchen und macht sich in Ihrem Auftrag auf den Weg.«

»Ja, die Polen arbeiten in meinem Auftrag. Es sind gute Handwerker, die Papiere haben und gut bezahlt werden.« Menzl trat unangenehm nahe an Pfeffer heran. Sein Atem roch so stark nach Kaffee und Zigarren, dass selbst Pfeffers verstopfte Nase es wahrnahm. Sein Ton wurde giftig. »Was wollen Sie, Pfeffer? Mich ans Kreuz nageln? Immobilienhai, Kunstmafioso, Omamörder, blablabla! Tut mir leid, ich war es nicht, Pfeffer! Ich habe niemanden umgebracht oder umbringen lassen oder auch nur davon gehört, dass jemand darüber gesprochen hat, man müsse die alte Schach… – Frau aus dem Weg räumen. Ja, ich wollte dieses Haus, dieses Juwel. Aber nicht um jeden Preis! Überlegen Sie sich gut, mit wem Sie sich anlegen.«

Die folgende Kunstpause sollte dramatisch wirken, verpuffte aber in Pfeffers diffusem, schweigendem Lächeln. »Also, was wollen Sie von mir, Kriminalrat Maximilian Pfeffer, geschieden, zwei Söhne, in eheähnlicher Gemeinschaft mit einem auf der Antilleninsel Curaçao geborenen, niederländischen Staatsbürger männlichen Geschlechts, in einer Obermenzinger Stadtvilla lebend? Übrigens ein sehr schmuckes Anwesen, solche Objekte sind gesucht. Wenn Sie also mal verkaufen wollen …«

Pfeffer applaudierte kurz. »Sie haben Ihre Hausaufgaben gemacht, Hans-Albert Menzl, zweifach geschieden, zwei Kinder von der ersten Frau, in dritter Ehe mit einer deutlich jüngeren portugiesischen Exprostituierten lebend … oh, … ich sehe, Sie wussten nichts von der Vergangenheit Ihrer derzeitigen Gattin. Das tut mir leid. Sicher nur ein böses Gerücht. Also, zurück zu Ihrer Frage. Was will ich? Verschollene Kunstschätze? Die sind mir ziemlich egal. Einen Mörder. Das will ich.«

»Dann suchen Sie ihn.« Der Kunsthändler schob Max Pfeffer beiseite und stapfte zum Ausgang. »Wenn ich etwas mit all dem zu tun haben sollte, dann beweisen Sie es mir. Andernfalls lassen Sie mich in Ruhe.« Er stürmte das Treppenhaus hinunter. »Scheißkerl«, fluchte er leise.

Max Pfeffer folgte ihm langsam die Treppen hinunter. »Dann haben Sie sicher nichts dagegen, wenn ich mit zu Ihnen komme, und mich ein wenig in Ihren Geschäftsräumen umsehe!«

Menzl hatte ein Stockwerk Vorsprung. »Und wovon träumen Sie nachts?!«, brüllte er.

»Okay, dann also mit richterlichem Beschluss.«

Menzl blieb stehen und umklammerte das Treppengeländer mit beiden Händen. Er reckte den Kopf nach oben und rief: »Viel Spaß bei der Suche nach einem Richter, der Ihnen bei der Beweislage auch nur zuhören wird!« Dann stürmte er weiter.

»Sehr unverdächtig, Herr Menzl!«, rief Max Pfeffer.

Menzl stand schnaufend im Erdgeschoss. Seine Augen waren hervorgetreten und sein Teint hatte ein ungesundes Dunkelrot angenommen. »Gut, Pfeffer«, stieß er keuchend hervor. »Kommen Sie mit. Ich zeige Ihnen mein Lager. Viel Spaß dabei, eine Halle von 250 Quadratmetern zu durchsuchen, die von oben bis unten mit Bildern vollgestopft ist.«

»Sehen Sie, Herr Menzl, geht doch.«

»Halt. Ich habe noch eine bessere Idee.« Menzl zückte ein Notizbüchlein, schrieb etwas hinein und riss die Seite heraus. »Hier. Das ist der Code zum Sicherheitsschloss. Sie sehen also, wie sehr ich Ihnen vertraue. Sie können jederzeit, sofern das Büro besetzt ist, hinein und suchen.« Er reichte Pfeffer den Zettel. »Wenn Sie einen Picasso finden, dann glaube ich ab sofort an Wunder und biete Ihnen die Hälfte vom Verkaufserlös an. Ist das ein Deal, Herr Pfeffer?«

Der Kriminaler steckte das Papier in seine Innentasche. »Das Vertrauen ehrt mich. Ich sage Ihnen dann Bescheid, wenn ich fertig bin, damit Sie den Code ändern können.«

»Darum will ich auch gebeten haben!« Menzl rauschte davon.

Die Eskalation hatte sich gelohnt. Max Pfeffer war zufrieden damit, Menzl aus der Reserve gelockt zu haben. Er glaubte dem Kunsthändler, dass er in dessen Lager nichts finden würde. Sein Blick streifte das Polizeisiegel an der

Wohnung Kubelik aus reiner Routine, nicht aus Interesse. Er hatte es nach seinem letzten Besuch erneuert. Nun war es sauber durchtrennt. Pfeffer sah sich um. Der Hausflur war nach dem Auszug der meisten Mieter nicht mehr gepflegt worden. Schmutziger Staub bedeckte das dunkle Marmormosaik. Pfeffer bückte sich, denn ein paar dunklere Stellen sprangen ihm ins Auge. Feuchte Flecken. Er stand wieder auf und schloss die Tür zur Wohnung auf. Er lauschte. Nichts. Zur Sicherheit zog er seine HK P 7 und betrat vorsichtig die Wohnung. Der bekannte Muff schlug ihm entgegen. Kein Geräusch, keine Bewegung verriet, ob sich jemand in der Wohnung aufhielt. Er schloss die Tür und durchsuchte jeden Raum. Nichts. Niemand. Wer immer das Siegel zerschnitten haben mochte, war vielleicht nie in die Wohnung gekommen oder war schon längst wieder weg. Ein Nutellaglas auf dem Küchentisch – er konnte sich nicht erinnern, ob es früher auch da gestanden war. Auch die Flauschdecke mit dem Tigermotiv auf dem Sofa – das Handtuch mit den Delphinen auf dem Wannenrand im Bad – Pfeffer störte sich an diesen Details, wusste aber nicht, ob ihm seine Erinnerung einen Streich spielte. Das würden seine Fotos zeigen, sofern der Kollege von der Technik die Daten von seinem Smartphone retten würde. Von der Wand, an der die Familienfotos hingen, nahm sich Pfeffer diesmal das neckische Aktfoto von Oma Adele mit. Sein Blick fiel auf eines der wenigen Bücher, die Erna Kubelik besaß. Ein alter Bildband mit schlechten Farben über Picasso. Ein gelbes Post-It ragte heraus. Pfeffer schlug die Seite auf. Neben der Abbildung eines Frauenakts aus dem Jahr 1915 hatte jemand, vermutlich Erna Kubelik, »Oma« geschrieben. Er durchsuchte noch die Schubladen der altersschwachen Schrankwand, wo er wild durcheinander geworfen weitere Familienfotos und alle möglichen Papiere fand. Pfeffer blätterte alles durch, er fand keine weiteren Hinweise auf Oma Adele, außer einem Foto, das Erna Kubelik als kleines Mädchen mit einer dicken, unglücklich dreinblickenden Frau zeigte. Pfeffer wäre nie auf die Idee gekommen, dass die dicke Frau und die nackte Sofa-Odaliske ein und dieselbe Person waren, doch auf der Bildrückseite stand mit ungelenker Kinderschrift: »Ich und meine Omama Adele.«

Im Treppenhaus folgte Pfeffer den dunklen Feuchtigkeitsflecken. Sie waren fast weggetrocknet und kaum noch zu erkennen. Sie führten ein paar Stufen hinunter Richtung Keller, doch der Rest der Treppe war trocken.

29

Einen ramponierten Holzstuhl, dem ein Bein fehlte, fanden sie im Müllcontainer im Hof. Der Innenhof war nur durch ein Mäuerchen von dem Nachbarhaus, das zur Holzstraße führte, getrennt. Pfeffer probierte es selbst aus: Auch jemand, der deutlich unsportlicher als er selbst war, konnte leicht darüberklettern. Die Hoftüre des Nachbarhauses stand sperrangelweit offen. Pfeffer gelangte ohne Probleme durch das Haus hinaus auf die Holzstraße. Die Haustür fiel hinter ihm ins Schloss. Er überlegte nicht lange, wie er auf dem schnellsten Weg ins Haus und dann über den Hof ins Nachbarhaus kommen könnte. Er machte Klingelputzen. »Ja?!«, meldete sich sofort eine Stimme aus der Gegensprechanlage.

»Wochenblatt!«, rief Pfeffer und schon summte der Türöffner. Der Kriminalrat konnte den Weg zurück nehmen, den er gekommen war. Ins Haus zu gelangen war simpel – nur wer machte nachts Klingelputzen? So unvernünftig wäre nicht einmal Jerzy. Dennoch klingelte er bei allen im Haus und befragte die, die er antraf, ob in der vorhergehenden Nacht bei ihnen geklingelt worden sei. Alle verneinten.

»Schick einen Kollegen vorbei, der die Mieter vernimmt, die ich nicht angetroffen habe, Bella«, sagte Max Pfeffer. Sein frischer Espresso dampfte. Er schnupperte daran, bevor er den ersten Schluck nahm. »Das passt alles gar nicht. Der Tatzeitpunkt war irgendwann in der Nacht oder am frühen Morgen, nicht tagsüber wie in den anderen Fällen. Der Täter scheint über den Hof gekommen oder im Hof gewesen zu sein. Bisher konnten wir davon ausgehen, dass der Täter seinen Opfern bei helllichtem Tag folgte und wartete, bis sie die Wohnungstür aufgeschlossen haben. Dann hat er sie gepackt, in die Wohnung gestoßen, getötet und sich bedient. Und nun besucht er Bertram Xylander mitten in der Nacht? Wem würde der alte Mann in der Nacht die Tür öffnen? Wohl nur einem Bekannten. Wie ist sein Zustand?«

»Nicht gut«, antwortete Annabella Scholz. »Er ist nach wie vor nicht ansprechbar, sagen die Ärzte. Er hat eine schwere Gehirnerschütterung, und so wie es aussieht auch einen Herzinfarkt erlitten. Sieht sehr schlecht aus. Sie geben uns Bescheid, sobald …«

»Hoffentlich bald. Der einzige, der den Täter identifizieren könnte. Ist jemand abgestellt, das Krankenzimmer zu bewachen? Nicht dass es der Täter noch einmal versucht.«

»Ist alles geregelt.«

»Was wissen wir über Mirko Hagen?«

»Der Klassiker«, sagte Hauptkommissarin Scholz.

»Verwahrlostes Elternhaus, Heimkarriere, kleinere Drogenvergehen, Körperverletzungen, Strich?«, fragte Pfeffer.

»Nein, der andere Klassiker. Gehobenes Bürgertum. Vater Diplomingenieur in leitender Position, Mutter erfolgreiche Gastronomin mit zwei Lokalen im Westend. Schickes Häuschen in Solln. Den Rest hast du ganz gut erraten. Offensichtlich haben sie Mirko nicht erzogen, sondern mit Geld ruhig gestellt. Der Junge fiel mit vierzehn das erste Mal wegen eines kleinen Drogenvergehens auf. Danach immer wieder mal. Mit sechzehn von zu Hause ausgerissen, dann betreutes Wohnen, Gymnasium nach der Mittleren Reife abgebrochen, obwohl er als sehr intelligent gilt. Er kam immer wieder mal mit dem Gesetz in Konflikt, Drogen, kleine Diebstähle, aber weil es sich um Bagatellen handelte, kam er immer mit Sozialstunden davon. Er ist bisher jedenfalls nicht als gewalttätig aufgefallen. Seit er achtzehn ist, hat er keinen festen Wohnsitz, jedenfalls keinen, den seine Eltern kannten. Er meidet den Kontakt zu den Eltern. Mehr konnte ich auf die Schnelle nicht herausfinden.«

»Seit wann geht er anschaffen?«

»Wenn er überhaupt anschaffen geht. Im Zusammenhang mit Prostitution ist er nie aufgefallen.«

»Ich glaube nicht, dass er sich an den Bahnhof stellt und auf Kunden wartet«, sagte Pfeffer. »Er treibt sich in der Szene rum und sucht sich ältere Liebhaber, die ihn aushalten. So wie Bertram Xylander.«

Annabellas Mobiltelefon klingelte.

Der Kollege von der IT platzte zeitgleich ins Büro und legte Pfeffers altes iPhone auf den Tisch. »Dein Handy, Chef.« Er grinste. »Eigentlich war es komplett tot. Aber das ist ein Ball Grid Array, da sind unter dem Gehäuse an allen Anschlusspunkten kleine Lötzinnkügelchen. Wenn man das erhitzt, schmilzt es unten und oben an und …«

»Danke, Felix, ich habe nur einen Frage: Hast du die Fotos retten können?«

»War ein ganz schönes Gepfriemel, den Flashspeicher-Chip auszulöten und in einer Leseschaltung auszulesen. Aber die meisten Daten konnte ich retten. Deine letzten Fotos habe ich gleich mal ausgedruckt.« Er legte das Telefon und eine Klarsichthülle mit DIN A4-Blättern auf den Schreibtisch und rauschte so schnell aus dem Raum, wie er ihn betreten hatte.

»Danke, Felix!«, rief Max Pfeffer ihm hinterher und blätterte durch die Fotos.

Seine Kollegin beendete ihr Telefonat. »Es ist doch immer wieder zu schön«, sagte sie gut gelaunt. »Rate mal, was heute aufgetaucht ist. Schmuck vom Fall Helene Schneider!«

»Nein! Wo und wer?«

»In Dortmund bei einem bekannten Hehler. Und jetzt rate mal, wer ihm den Schmuck angeboten hat.«

Pfeffer lachte. »Die Tochter von Helene Schneider.«

»Richtig. Wie blöd kann man sein?!«

»Versicherungsbetrug und zusätzlich die Sachen verscheuern. Bringt uns aber immerhin weiter.« Pfeffer betrachtete erneut die Fotos vor ihm. Er hatte sich doch nicht getäuscht und stellte die Frage in den Raum: »Wer könnte ein Interesse daran haben, nachträglich in Erna Kubeliks Wohnung zu sein?«

30 Das Nutellaglas stand nicht mehr auf dem Tisch, sondern auf der Anrichte. Max Pfeffer lief ins Wohnzimmer. Die Flauschdecke mit Tigerdruck lag zusammengefaltet auf der Sofalehne. Am Vortag war sie auf der Sitzfläche gelegen. Es reichte Pfeffer. Er verließ die Wohnung und steuerte auf den Audi zu, der auf der gegenüberliegenden Straßenseite parkte. Die beiden Kollegen, die für die vergangene Nacht die Wohnung observierten, tranken gerade Kaffee aus Pappbechern.

»Nichts, Chef«, sagte der eine und der andere nickte. »Wir haben die ganze Zeit das Haus beobachtet. Außer den beiden Mietern, die noch im Haus leben, ist niemand rein oder raus. Und die Wohnung Kubelik blieb komplett dunkel. Da war niemand.«

»Doch, da war jemand«, sagte Pfeffer.

»Das ist nicht möglich.«

»Wart ihr mal auf dem Klo, oder seid ihr eingeschlafen?«

»Nein.« Der Kollege schien sauer. »Echt, Chef. Wir machen so einen Job nicht zum ersten Mal. Es ist niemand außer den beiden Mietern rein. Die haben jeweils das Licht angemacht und kurz danach ging in deren Wohnungen das Licht an. Mehr war nicht.«

»Ist das Treppenlicht auch mal einfach so angegangen, ohne dass jemand …«

»Nein.«

»Gut. Danke.« Max Pfeffer ging zurück ins Haus und rief Menzl an. »Wer hat die Schlüssel zu den leerstehenden Wohnungen im Himelfarb-Haus?«, fragte er ohne große Umschweife.

»Ich«, antwortete der Kunsthändler ebenso knapp.

»Sonst niemand?«

»Sonst niemand.«

»Dann erwarte ich Sie in zehn Minuten hier am Haus. Bringen Sie bitte die Schlüssel mit. Danke.« Pfeffer legte auf, bevor Menzl antworten konnte. Tatsächlich traf der Kunsthändler mit seinem dunklen Mercedes und denkbar schlechter Laune eine Viertelstunde später ein. Er blieb im Wagen sitzen und ließ das Fenster herunter.

»Was soll es diesmal sein, Herr Kriminalrat?« Hans-Albert Menzl rauchte eine dicke Zigarre. »Wollen Sie nun mit mir gemeinsam nach der verschollenen Sammlung suchen?«

»So ähnlich. Lassen Sie mich bitte nur in alle Wohnungen. Damit wäre mir schon sehr geholfen.«

»Gut, hier haben Sie die Schlüssel. Ich habe einen wichtigen Termin, und ich denke, für eine Hausbesichtigung brauchen Sie mich nicht, oder? Sehen Sie, Herr Kriminalrat, ich vertraue Ihnen. Das sollten Sie bei mir auch tun. Schauen Sie sich ruhig um und bringen Sie mir die Schlüssel irgendwann später ins Büro.« Er startete seinen Wagen und zögerte einen Augenblick

Max Pfeffer schmunzelte. Menzl rechnete mit Widerstand, wartete darauf, dass Pfeffer ihn aufforderte auszusteigen. Aber Pfeffer sagte nur: »Danke. Sie erhalten die Schlüssel demnächst zurück. Schönen Tag noch.«

Der Kunsthändler gab Gas und rauschte davon.

Max Pfeffer durchsuchte die leeren Wohnungen so sorgfältig, wie man eben leere Räume durchsuchen kann. Nirgends fanden sich Hinweise, dass jemand nach dem Auszug der Mieter sich darin aufgehalten hatte. Nachdenklich stieg er die Treppen hinunter und ging zuletzt in den Keller. Hier hatte sich nichts verändert, seit er das letzte Mal da gewesen war und in den Bach geschmissen wurde. Die Tür zum Bach war nicht abgeschlossen. Er öffnete sie, warf aber ständig Blicke hinter sich. Er hatte keine Lust, erneut einmal durch die halbe Stadt zu schwimmen.

31

»Ich halte das nach wie vor für ziemlich lebensmüde«, sagte Severin Hemberger und zog den Reißverschluss des Neoprenanzugs hoch. »Ach, was rede ich. Wahnsinnig. Selbstmordkommando. Das trifft es eher.«

»Mädel nicht rum«, antwortete Pfeffer, während er die Gummifüßlinge überzog.

»Mädel nicht rum? Sagt man das jetzt so? Wow, gehts noch frauenfeindlicher?«

»Ruf Alice Schwarzer an.« Pfeffer spielte mit den Fingern in den frisch übergezogenen Gummihandschuhen und testete die wasserdichten Taschenlampen, die er sich mit den Neoprenanzügen ausgeliehen hatte. Sie funktionierten einwandfrei.

»Gerade du mit deiner Erkältung solltest das nicht machen.« Severin zog die Kopfhaube über und befestigte sie. Dann setzte er die Taucherbrille auf. »Sehe ich so bescheuert aus, wie ich mich fühle?«

»Bescheuerter«, antwortete Pfeffer und sah sich noch einmal im Keller um.

»Warum bin ich eigentlich hier?«, fragte Severin.

»Das habe ich dir schon zig Mal erklärt«, seufzte Pfeffer. »Ich habe einen gewissen Verdacht, dem ich erst mal alleine nachgehen möchte. Ich glaube nicht, dass es gefährlich ist, und ich würde es auch alleine machen, aber ich bin momentan ein gebranntes Kind und möchte mich absichern. Und du bist meine Sicherung.«

»Was ist mit deiner durchaus attraktiven Kollegin, die neulich Nacht …«

Pfeffer hob beide Hände. »Das will ich gar nicht wissen! Ich habe sie auch nicht gefragt, warum sie am Morgen nach jenem Abend bei dir übernächtigt und mit den Klamotten vom Vortag aufgetaucht ist! Ich kann eins und eins zusammenzählen und will nichts, absolut gar nichts wissen. Verstanden?«

»Aber …«

»Nichts!«

»Kein Problem.« Severin grinste und sah mit seiner Taucherbrille aus wie ein Breitmaulfrosch.

»Außerdem ist meine durchaus attraktive Kollegin, wie du ganz genau weißt, schwanger. Und da müssen solche Touren nicht sein.« Max Pfeffer legte sich einen Gürtel mit Karabinerhaken um und verknotete daran ein Seil. Mit genügend Spielraum von ein paar Metern verknotete er das andere Ende des Seils an dem Karabinerhakengürtel, den Severin sich umgelegt hatte.

»Und wo sollen wir dann die Sicherheitsleine unten im Bach anbinden?«, fragte Severin. »Die werden da wohl kaum Haken in die Wand eingelassen haben.«

Pfeffer öffnete die Metalltür im Keller des Xylander-Hauses. »Wir knoten die Sicherheitsleine hier am Türgriff fest. Dann schauen wir weiter.« Er befestigte die Leine und stieg in den Tunnel. Unter ihm rauschte der Westermühlbach. Langsam ließ sich Pfeffer hinab, seine Füße erreichten den Boden. Obwohl er den Bach kannte, war er erstaunt, dass er beinahe problemlos aufrecht stehen konnte. Das Wasser reichte ihm knapp bis zur Brust.

»Und?«, rief Severin von oben und beugte sich durch die Tür.

»Die Wassertiefe ist nicht das Problem«, antwortete Pfeffer und hielt sich an den Metallstufen fest, die von der Tür ins Bachbett führten. »Der Strom ist das Problem. Das Wasser fließt sauschnell. Jetzt komm.«

»Wonach suchen wir denn jetzt?«, fragte Severin Hemberger, als er endlich neben Max Pfeffer im reißenden Wasser stand und im Lichtkegel der Taschenlampen umherblickte. »Ist ja voll spooky hier. Ach, guck, wie niedlich«, sagte er sarkastisch. »Eine Ratte. Und da noch eine. Ich wollte schon immer Ratten als Pausensnack dienen.« Er drehte sich angeekelt weg. »Scheißkalt ist das Wasser außerdem.«

»Das suchen wir, Severin«, sagte Pfeffer und deutete auf ein zweites Seil, das an einem Metalltritt unmittelbar unterhalb des Einstiegs fest verknotet war. »Wir folgen jetzt einfach diesem Seil.«

»Und wie ich dich kenne, weißt du bestimmt schon, wo das alles enden wird.«

»Richtig.«

»Dann verrat es mir! Ich hasse Geheimnisse.«

»Sagt der Geheimniskrämer.« Pfeffer hielt Severin die Hand hin. »Ich sag dir, wohin das Seil führt, und du lüftest endlich dieses wahnsinnig spannende Geheimnis, warum du dich selbst manchmal zum Kotzen findest.«

Nach einem Zögern schlug Severin ein.

»Okay. Halt dich am Seil fest und folge mir unauffällig.« Die beiden Männer hielten sich am Seil fest. Sie mussten sich breiteinig gegen die Strömung stemmen und setzten vorsichtig einen Schritt vor den anderen. Pfeffer hatte zwar kurz in Erwägung gezogen, sich vom Bach treiben zu lassen, dies aber dann als doch zu gefährlich verworfen. »Jemand geht in der Wohnung Kubelik ein und aus, ohne dass er das Haus von der Straße aus betritt. Mir sind neulich im Himelfarb-Haus feuchte Stellen auf dem Flurboden aufgefallen. Ich habe mir erst nichts weiter gedacht. Dann bin ich aber auf den Bach gekommen. Womöglich kommt und geht unser unbekannter Besucher über den Bach. Das war Schritt eins. Dann habe ich im Himelfarb-Haus unten an der Metallleiter, die in den Bach führt, ein verknotetes Seil entdeckt. Warum knotet jemand ein Seil dort an? Das Seil kam von bachaufwärts. Also habe ich auf gut Glück hier im Keller vom alten Xylander mal nachgeschaut. Reine Intuition. Und siehe da, da war das andere Ende des Seils verknotet. Ich wette eine Million, dass dieses Seil hier uns direkt vom Wohnhaus Xylander zum Himelfarb-Haus führen wird. Es ist nicht so sehr weit.«

»Ist ja spannend. Und wer sollte deiner Meinung nach der Seilspanner sein?«

»Jemand, der untergetaucht ist. Ich weiß noch nicht, wo er sich versteckt, aber ich weiß, wo er duscht und isst und vielleicht auch mal schläft. Dieser jemand kommt über das Xylander-Haus in den Bach, geht zum Himelfarb-Haus und kann über den Bach auch wieder zurück, was gegen die Strömung sicher anstrengend ist. Er muss nicht über die Straße.«

»Und wie kommt er in das Xylander-Haus?«

»Über den Hinterhof und das Nachbarhaus, denke ich. Da das nicht observiert wird, kann er von dort auf die Straße.«

»Hm, und nun sagst du mir endlich, wer das sein soll. Der Mörder?«

»Vielleicht.«

»Hey! Geheimnis gegen Geheimnis!«

»Mehr kann ich dir momentan noch nicht sagen.« Pfeffer verlor das Gleichgewicht und rutschte unter Wasser. Severin packte ihn am Arm und zog ihn sofort nach oben. »Danke«, prustete Pfeffer. »Glatt.«

»Scheißdreckskackviecher!« Severin schlug nach einer Ratte, die vorbeischwamm.

»Lass die Ratten in Ruh. Jetzt bist du mit deinem Geheimnis dran und wehe dir, es ist kein gutes!«

»Du weißt, ich lebe von Hartz IV. Hast du dich nie gefragt, warum ich mir dann immer noch eine Wohnung hier im Viertel leisten kann und Champagner im Kühlschrank habe? Okay. Die Wohnung ist billig und ich lebe sparsam. Aber ich kann mir trotzdem Sachen leisten, die mit dem Regelsatz normalerweise nicht gehen.«

»Du verkaufst ab und an ein Bild, oder?«

»Schön wärs. Die Kunst ist ein teures Hobby! Was glaubst du, was Keilrahmen, Leinwand und Farben kosten? Okay, Tacheles. Neulich, als du mich in Unterhose gesehen hast, was ist dir da aufgefallen? Eier nicht rum, Max Pfeffer. Sag es gerade heraus. Was ist dir an mir aufgefallen? Ganz ehrlich.«

Nun musste Pfeffer ein wenig mit sich ringen. »Puh, na, wenn du so direkt fragst … ich habe mich gefragt, ob du deine Unterhosen mit … na, Socken wären zu wenig … mit dicken Wollkniestrümpfen ausstopfst.«

»Sechsundzwanzigkommaacht, einsatzbereit«, sagte Severin trocken.

»Das ist … ne Menge«, sagte Pfeffer ungläubig. »Oh nein!«, rief er dann und drehte sich um. »Du drehst Pornos?«

»Nein! So tief bin ich noch nicht gesunken!« Severin gab Pfeffer einen Stoß. »Obwohl ich schon genug Angebote hatte. Aber das kann ich nicht. Weißt du, Max, ich war nie stolz darauf. Er stört. Zu viel ist manchmal eben viel zu viel. Erst recht, wenn man in der Pubertät ist und sich nach dem Schulsport den Kommentaren der Klassenkameraden stellen muss. Und die waren damals nicht neidisch. Ganz und gar nicht.« Severin lachte verzweifelt. »Rüsseltier. Elefantenboy. Blaue Elise …«

»Blaue Elise?«

»So hieß doch die blaue Ameisenbärin in der Trickserie ›Rosaroter Panther‹, die mit ihrem langen Rüssel immer die kleine Termite jagt und nie erwischt. Ist im Original übrigens kein Ameisenbär sondern ein Aardvark, also ein Erdferkel.«

»Stimmt«, pflichtete Pfeffer bei. »Hatte dieselbe deutsche Synchronstimme wie Miss Piggy.«

»Und wie die Mutter von Fran Fine in ›Die Nanny‹ und die Nachbarin Mrs Ochmonek in ›Alf‹ «, ergänzte Severin grinsend.

»Richtig!« Pfeffer lachte. »Mrs Ochmonek, die Schreckschraube. Du schaust entschieden zu viel fern.«

Severin Hemberger wurde wieder ernst. »Später wars nicht viel anders. Okay, die Hänseleien ließen nach. Aber immer: glotz, glotz, glotz. Duschen nach dem Sport – Horror. Duschen bei der Bundeswehr – Horror hoch zehn. Wäre ein Grund zum Verweigern gewesen. Alle glotzen, wirklich alle. Und wer nicht glotzte, wurde von den anderen animiert, zu glotzen.«

»Echtes Monsterproblem. Das meine ich nicht ironisch. Und womöglich auch eine Erklärung für deine Probleme mit Frauen.«

»Ich weiß. Das Scheißding schreckt ab. Es hat auch IHR Schwierigkeiten bereitet, obwohl sie sich damit arrangiert hat, war es bis zuletzt ein Problem. Du weißt, wie es um mich gestellt ist, seit … na, seit SIE tot ist. Ihr Tod hat mich total aus der Bahn geworfen … Ich bin mit meinem Weinladen so was von Pleite gegangen, ich war in der Psychiatrie, ich bin noch in Therapie, wie ich dir neulich erzählt habe, ich habe einen Buckel voll Schulden, ich krebse am Existenzminimum herum. Ich wollte keinen Offenbarungseid leisten, weil ich nicht für Jahre geschäftsunfähig sein wollte. Irgendwann ging es aber nicht mehr. Die Schulden erdrückten mich, und ich war kurz davor …« Er brach ab. »Ich scheine doch zu sehr am Leben zu hängen. Egal. Da habe ich eines Tages beim Surfen im Internet eine zündende Idee gehabt.« Er zuckte mit den Schultern. »Sollen sie mich für das Glotzen bezahlen. Ich mache eine Show. Jetzt gibt es viermal die Woche einen Livestream für Abonnenten und alle, die zahlen. Und die alten Shows kann man gegen Gebühr abrufen.«

»Will heißen?«

»Weißt du, was eine Wankingshow ist?«

»Ja, ich weiß, was eine Wankingshow ist!« Pfeffer drehte sich erneut kurz um.

»Das war mir klar. Ich mach viermal die Woche eine Liveshow im Netz, da bricht schon mal der Server zusammen. Ich prostituiere mich nicht, ich vollziehe mit niemandem den Geschlechtsakt gegen Geld. Ich kann meine Schulden abbauen und passabel leben. Und ich habe Zeit für meine Kunst.«

»Ich bin sprachlos«, sagte Pfeffer. »Und als ich dich aufgefordert habe, dich auszuziehen, hast du das Gänseblümchen gespielt. Dabei masturbierst du öffentlich! Für Geld. Und dir ist schon klar, dass deine Liveshow-Abonnenten männlichen Geschlechts sind?«

»Klar.«

»Äh«, Pfeffer kam plötzlich ein unangenehmer Gedanke. »Ist das rote Sofa Teil deiner Show?«

»Manchmal.«

»Na bravo. Da saß ich mit meinem nackten Arsch auf deinen ...«

»Keine Angst. Ich versau doch nicht das schöne Sofa von Oma. Jetzt weißt du zumindest auch, warum ich Viagra brauche. Arbeitsmaterial.«

»Hast du keine Angst, dass dich mal einer auf der Straße erkennt?«

»Nein. Ich trage immer eine schwarze Zorro-Maske.«

»Ich bin, falls ich es nicht bereits erwähnt haben sollte, sprachlos«, sagte Pfeffer. »Aber wenn wir mal eine Attraktion für die nächste Betriebsweihnachtsfeier brauchen, könnten wir dich ja mal buchen.«

»Arsch.«

»*Ladies and gentlemen, we proudly present:* Neue Rüsselspiele mit der Blauen Elise!«

»Halt den Rand, Max Pfeffer, sonst gibts eine Runde blaue Flecken.«

»Noch besser! Zu Tims vierzigstem Geburtstag! Das wird eine Monsterüberraschung.«

»Du bist so witzig, Max Pfeffer. Und wehe, du sagst meinem Vater irgendwas davon!«

»Ich kenne deinen Vater doch gar nicht. Ich wohne nur in seiner Wohnung. Keine Sorge, ich schweige wie ein Grab. Ich sag auch den Jungs nichts. Cosmas und Flo. Erwähnte ich bereits, dass ich schockiert bin? Oh, und siehst du, kaum plauscht man ein wenig über die geheimen Zusatzverdienste von Hartz-IV-Empfängern, schon hat man sein Ziel erreicht.« Pfeffer war stehengeblieben und ließ den Lichtkegel seiner Lampe die Wand hochklettern. Das Seil endete hier. Über ihnen befand sich eine Metalltür.

»Himelfarb-Haus, bitte alles aussteigen«, sagte Severin und hielt sich keuchend am Seil fest. »Anstrengend! Und jetzt?«

»Jetzt? Jetzt gehen wir zurück.«

»Spinnst du? Gegen die Strömung? Wir steigen aus und gehen über die Straße!«

»Wir gehen zurück, um zu überprüfen, ob das möglich ist. Mach schon, ist gut für die Oberschenkel.«

Die beiden Männer kämpften sich schweigend den Weg zurück. Reden war vor Anstrengung ohnehin kaum möglich.

»Ich brauch jetzt einen Kaffee«, sagte Severin und zog sich schwer atmend sein Sweatshirt über. »Kommst du mit?«

»Ich habe einen Job, Severin. Irgendjemand muss ja die Steuern zahlen, mit denen du dann deinen Kaffee bezahlst.«

»Sagt der Beamte, für den alle anderen ihre Steuern zahlen!«

Die beiden lachten. »Nein, im Ernst. Keine Zeit. Ich muss nun herausfinden, wo sich mein untergetauchter Freund versteckt.«

»Mein Tipp: Lauer ihm doch hier einfach auf.«

»Du wirst es nicht glauben, aber daran habe ich bereits gedacht. Ich denke aber, es geht schneller, wenn ich ihn in seinem Versteck auftreibe.«

Nachdem Severin Hemberger und Max Pfeffer den Keller verlassen hatten, trennten sich ihre Wege. Oben im Haus dröhnte wieder ein Schlagbohrer. Pfeffer ging in den Hinterhof und sah sich erneut um. Dann lief er die Treppen hinauf, um Goryl zu fragen, ob sich sein Bruder bei ihm gemeldet habe. Der Mann begann wieder zu zittern und verneinte unter Tränen. Es reichte Pfeffer vorerst.

Als er die Tasche mit den geliehenen Neoprenanzügen auf der Straße Richtung Auto trug, rief einer der Obdachlosen am Holzplatz ihm zu: »Hey, Meister! Was macht das versprochene Bier?«

»Tut mir leid, vergessen«, antwortete Pfeffer und kam zu dem zahnlosen Sepp und dem Einäugigen. »Ich hols gleich beim Tengelmann.«

»Ne, geh zum Asia-Shop. Ist näher und die habens gekühlt.«

»Asia-Shop?« Pfeffer sah sich verwundert um. Er wusste nicht, dass in der Nähe ein Asia-Shop war.

»So nennen wir die Bäckerei da vorne.« Der Einäugige deutete kichernd auf die kleine Bäckerei neben dem Supermarkt. »Der hat eine Thai geheiratet. Die steht immer im Laden. Darum Asia-Shop.«

Pfeffer verstaute sein Gepäck im Wagen und holte im Asia-Shop zwei kühle Bier, die er den Männern am Platz brachte. »Prost. Sagt mal, Jungs, ihr hängt doch immer hier in der Ecke herum. Habt ihr zufällig in den letzten zwei Tagen den Jerzy gesehen?«

»Nein.« Sepp schüttelte den Kopf. »Der scheint sich verkrochen zu haben.«

»In seine Höhle«, sagte der Einäugige und trank in gierigen Schlucken.

»Seine Höhle?«

»Na, der hat immer was von seiner geheimen Höhle gelabert. Wo nur er hin kann. Nicht einmal sein Bruder kennt die. Lauter so Kindergeschichten eben. Wenn man ihn dann mal festnageln wollte, denn so eine geheime

Höhle wäre für unsereins ja ein ausgezeichneter Schlafplatz, dann hat er nur Blödsinn gebrummelt und Polnisch geredet. Ich glaube, die geheime Höhle existiert nur in seinem Kopf.«

»Sein Kopf ist eine einzige Höhle! Hohl und leer. Mit Echo!« Sepp und der Einäugige lachten.

»Und was ist mit Mirko? Dem jungen Mann von neulich?«

»Der?« Der zahnlose Sepp winkte ab. »Der lässt sich von seinem Daddy den Arsch vergolden. Soll er mal, solange er noch jung und knackig ist. Da muss man mitnehmen, was geht!«

»Wenn Sie mit seinem Daddy seinen Sugardaddy Bertram Xylander meinen«, sagte Pfeffer, »der liegt im Krankenhaus. Da wird nicht mehr viel mitzunehmen sein für unseren Mirko.«

»Echt? Der Mirko hat mal gesagt, bei dem hätte er ausgesorgt.«

»So leicht täuscht man sich im Leben«, seufzte der Einäugige und sah traurig in seine Bierflasche.

32

Sein elektronisches Postfach quoll fast über. Vier Mails mit jeweils fast zehn Megabytes. Max Pfeffer öffnete sie zufrieden und lud die Dateien runter. Endlich hatte Verena Klein die versprochenen Fotos geschickt. Er druckte sich alle Bilder aus, breitete sie auf seinem Schreibtisch aus und schrieb darauf die Jahreszahlen, die Verena Klein beim Benennen der Dateien benutzt hatte. Sie zeigten die Fabrikantenfamilie Himelfarb bei unterschiedlichen Gelegenheiten in ihrer Wohnung. Zum Beispiel mit Smoking und Abendkleid und einer Menge elegant gekleideter Gäste, alle prosteten mit Champagnerkelchen der Kamera zu (1928). Oder mit ihren Kindern in Faschingskostümen, der Junge trug eine Cowboykluft, das Mädchen ein Prinzessinnenkleid (1923). Dann Bilder mit Verwandten auf dem Sofa oder Franz und Zita Himelfarb Wange an Wange und glücklich lachend (1933). Es gab aber auch zwei Bilder, auf denen niemand lachte. Die Himelfarbs schauten ernst in die Kamera. Neben ihnen standen deutlich schlechter gekleidete Menschen (1939). Man gehörte offensichtlich nicht zusammen. Max Pfeffer verdrängte die Gefühle, die sich ihm beim Betrachten der Bilder aufdrängten und konzentrierte sich auf das Wesentliche. Die Hintergründe.

»Bella, komm mal«, sagte er nach einer ganzen Weile.

»Gleich.« Hauptkommissarin Scholz tippte noch eine E-Mail auf ihrem Mobiltelefon zu Ende und kam dann um den Schreibtisch herum.

»Unser Picasso«, sagte Pfeffer und deutete auf das Foto, auf dem man zwar etwas von Franz Himelfarbs Kopf verdeckt, aber dennoch eindeutig, den Picasso erkennen konnte. Pfeffer legte das Foto aus der Wohnung Kubelik daneben. »Eindeutig dasselbe Bild.«

»Sieht so aus«, bestätigte die Hauptkommissarin.

»Gut, nachdem ich mich ja ein bisschen mit Kunst beschäftigt habe, wage ich mal zu behaupten, dass das da hinten ein Franz Marc ist und das da ein Kandinsky. Das, was wie ein Kinderbild aussieht, ist vermutlich Macke oder Heckel oder so was. Keine Ahnung. Jedenfalls schau dir mal gut die Fotos an, auf denen die Gemälde eindeutig zu identifizieren sind.«

»Okay«, sagte Annabella Scholz langsam und studierte die Fotos. Sie wusste nicht, worauf sie achten sollte.

»Gut. Und nun sieh dir mal diese zwei Fotos an.« Pfeffer schob die Bilder von 1939 nach vorne, die die Familie mit ernsten Gesichtern zeigten.

»Hier sind alle fröhlich oder elegant gekleidet, dort siehts trüb aus.«

»Richtig. Man sieht auch an den Gesichtern, dass die ernsten Bilder später entstanden sind. Die Himelfarbs sind älter. Ich vermute mal, dass diese beiden Fotos entstanden, als sie bereits in ihrem eigenen Haus kaserniert waren. In ihrem ehemaligen Haus sollte ich sagen. Und weiter? Was fällt dir noch auf?«

»Ehrlich gesagt nichts«, sagte die Hauptkommissarin nach einer ganzen Weile des brütenden Starrens.

»Hier.« Max Pfeffer deutete auf das Faschingsfoto. »Und dann schau mal hier.« Er deutete auf eines der ernsten Bilder.

»Ich verstehe immer noch nicht.« Annabella Scholz zuckte mit den Schultern.

»Hier.« Pfeffer deutete noch einmal auf das Faschingsbild. »Hier siehst du dieses abstrakte Bild in einem aufwändigen Rahmen.« Er zeigte auf das spätere Foto. »Und hier siehst du exakt denselben Rahmen. Nur hängt da jetzt kein abstraktes Bild drin, sondern eine Stadtansicht vom Viktualienmarkt. Sieht jedenfalls wie der Viktualienmarkt aus. Das da hinten könnte der Alte Peter sein.«

»Du hast recht!« rief Annabella Scholz.

»Die besten Verstecke sind immer an der Oberfläche«, sagte Max Pfeffer. »Schau hier, dieses Tierbild, das nach Franz Marc aussieht. Denk das Bild weg, achte nur auf den Rahmen. Den findest du hier. Halb verdeckt von der Schranktür. Mit dem Bild der Frauenkirche. Da, da, schau, das kubistische Werk, hier halb hinter Zita Himelfarb im Abendkleid. Den Rahmen findest du hier neben dem Kind mit Mütze auf dem späten Bild. Nun ist eine Gebirgslandschaft drin. Und so weiter, und so weiter.«

»Das gibt es nicht.« Annabella Scholz ließ sich langsam auf Pfeffers Schreibtischstuhl nieder. »Sie haben also die Bilder aus dem Rahmen genommen und vermutlich aufgerollt und irgendwo versteckt …«

»Nein, Bella, das glaube ich nicht. Sie haben die Bilder aus den Schmuckrahmen genommen, sicher. Haben aber die kostbaren Originale auf den Keilrahmen gelassen, billige Kunstdrucke oder adrette Flohmarktgemälde darüber gespannt und anschließend alles wieder in die schönen Schmuckrahmen gesteckt. Fertig ist das Versteck für eine Sammlung entarteter Kunst! Vermutlich hofften sie bis zuletzt auf eine Ausreise und dann hätten sie ohne Probleme die netten Münchenansichten und Gebirgslandschaften mitnehmen können.«

Max Pfeffer öffnete die oberste Schublade seines Schreibtisches und zog die Fotos heraus, die er von Helene Schneiders Tochter und dem Sohn von Therese Obermeier erhalten hatte. Sowie Bilder aus Gisela Schlüters und Ludwig Scherzingers Fotoalben. Fotos, auf denen die Wohnung vor den Taten gut zu erkennen war. »Schaun wir mal. Verena Klein hat mir gesagt, dass sie bei Gisela Schlüter nichts kunsthistorisch Wertvolles entdeckt hat.« Gemeinsam verglichen die Kriminalbeamten die Fotos.

»Hier.« Annabella Scholz wurde als erste fündig. »Das Bild mit dem Viktualienmarkt hängt eindeutig bei Helene Schneider. Man sieht zwar nur das untere Drittel, aber das müsste es sein.«

»Und hier ist der Rahmen mit der Frauenkirche.« Pfeffer zeigte auf ein Foto, auf dem Franz Himelfarb eine dicke Frau herzte (1927). Sie verglichen weiter und weiter, wurden aber nicht weiter fündig.

»Immerhin zwei«, sagte Max Pfeffer nach einer Weile und nahm die Ausdrucke der Fotos zur Hand, die er in der Wohnung Obermeier und Kubelik gemacht hatte. »Bei Kubelik wissen wir, was da hing. Bei der Obermeier nicht, aber wir wissen nun, wo es hing. Es kann gar nicht auf den Familienfotos aus dem Wohnzimmer gewesen sein. Das entwendete Bild hing im Schlafzimmer.« Er zeigte auf das helle Rechteck an der Wand. »Gehen wir mal davon aus, dass die Beteiligten gar nicht wussten, welche Schätze sich unter ihren Landschaften und Stadtansichten verbargen. Sie hängten sich einfach nette Bildchen von Viktualienmarkt, Frauenkirche und so weiter in ihre Wohnungen. Nichts weiter. Die Kubelik mag ihren Picasso zufällig entdeckt haben. Hatte das Bild einen Rahmen? Nein, auf dem Foto aus der Wohnung Kubelik nicht. Womöglich ist der kaputtgegangen.«

»Unser Täter muss also genau gewusst haben, wonach er suchte. Nicht nach den Werken großer Meister, sondern nach genau diesen Motiven. Er muss also die alten Fotos der Himelfarbs kennen.«

»Der Täter nicht unbedingt. Dem muss man nur sagen, dass er das Bild mit dem Viktualienmarkt bringen soll.«

»Denkst du dasselbe? Menzl hat Jerzy losgeschickt und der tumbe Golem bringt die Beute heim.«

»Und Verena Klein hat alles recherchiert. Okay. Du schaffst mir die Klein her. Ich will sie heute noch hier sitzen sehen. Und vorher statten wir Herrn Menzl nun doch einen Besuch ab.«

33 »Oh, der Suchtrupp«, begrüßte Hans-Albert Menzl die Kripobeamten. Er schüttelte Annabella Scholz und Max Pfeffer übertrieben jovial die Hände. »Gehts jetzt los?« Er deutete mit ausladender Geste auf die schwere Stahltür mit dem Sicherheitsschloss. »Bitte sehr, den Geheimcode kennen Sie ja. Nur zu. Mein Wort gilt, wenn Sie einen Picasso finden, machen wir halbe-halbe.«

»Zu freundlich«, entgegnete Pfeffer und zog die beiden ernsten Familienfotos der Himelfarbs hervor. »Wir suchen aber keinen Picasso, denn den werden wir hier sicher nicht finden. Wir suchen das hier.« Er hielt Menzl die Bilder hin.

»Sie meinen doch nicht die Sachen, die da im Hintergrund an der Wand hängen?« Menzl runzelte die Stirn. Er reichte die Fotos zurück. »Das sind irgendwelche Ansichten aus dem 19.Jahrhundert. Vermutlich sogar nur Kunstdrucke.«

»Wir könnten das Ganze hier deutlich verkürzen, indem Sie uns einfach sagen, wo wir diese Bilder finden.«

»Das kann ich beim besten Willen nicht. So etwas führe ich nicht. Ich bin spezialisiert auf internationale zeitgenössische Kunst. Ich kann Ihnen gerne die Speerspitze der russischen Avantgarde zeigen, oder die spannendsten chinesischen Künstler, aber keinen Kitsch vergangener Epochen.«

»Sicher?«

»Sicher.«

»Herr Menzl, wir werden sicher nicht unsere Zeit verschwenden und Ihr Lager durchsuchen …«

»Schade«, antwortete der Kunsthändler ironisch. »Müsste dringend mal aufgeräumt werden.«

»Ich sagte wir, damit meine ich meine Kollegin und mich. Aber die vier Kollegen, die nachher kommen, werden sich in Ihrem Lager genau umsehen und dann sollten sie besser nicht auf diesen Kitsch vergangener Epochen stoßen.«

»Sie …« Menzl kniff die Augen zusammen und zog den linken Mundwinkel nach oben. »Bitte. Nur zu. Ich habe nichts zu verbergen. Ich wiederhole mich ungern, tue es aber Ihnen zuliebe: Diese Bilder sind mir völlig unbekannt, ich habe sie nie gesehen, geschweige denn eingelagert.«

»Gut, dann haben Sie nichts zu befürchten.«

Das Mobiltelefon von Annabella Scholz klingelte. »Die Kollegen vom Krankenhaus«, sagte sie leise zu Pfeffer. »Die Nichte von Xylander ist da und möchte den Onkel sehen. Darf sie zu ihm rein?«

»Warum? Er ist doch eh nicht ansprechbar.«

»Menschen wollen nun mal gerne ihre Angehörigen in schweren Stunden beistehen und sei es nur zum kurzen Händchenhalten«, zischte die Hauptkommissarin.

»Von mir aus. Aber nur kurz. Die Kollegen sollen auf jeden Fall ihre Personalien notieren und sie keine Sekunde mit dem Alten alleine lassen. Ach, und ihre Telefonnummer hätte ich auch gerne, damit ich mich mal mit ihr unterhalten kann.«

Während die Hauptkommissarin die Anweisungen weitergab, sagte Pfeffer zu Menzl: »Verraten Sie uns bitte noch, wo wir Jerzy Szymborska finden.«

»Wo wohl. Bei der Arbeit auf der Baustelle hoffe ich doch mal.«

»Sie haben keine Ahnung?«

»Wovon?«

Annabella Scholz hing immer noch am Telefon, als Pfeffer ihr ein Zeichen zum Aufbruch gab.

»Hmm, verstehe, okay. Haltet mich auf dem Laufenden, wenn sich was Neues tut«, sagte sie und legte auf. »Die Kollegen aus dem Krankenhaus haben deine Anweisungen befolgen wollen, aber die Dame hatte keinen Ausweis dabei. Also ist sie wieder abgezogen. Kommt morgen wieder.«

34

»Frau Klein.« Max Pfeffer lehnte mit verschränkten Armen am Schreibtisch und sah auf die Studentin herunter, die stoisch ruhig auf dem Besucherstuhl Platz genommen hatte, ihre Handtasche auf ihrem Schoß. »Wir haben das altbekannte Problem mit Ihnen. Sie wissen was ich meine?«

Verena Klein zuckte mit den Schultern und schüttelte fast unmerklich den Kopf.

»Sie sagen immer nur so viel, wie Sie sagen müssen. Wir finden etwas heraus, befragen Sie dazu und dann, erst dann sehen Sie sich bemüßigt, uns an Ihrem Wissen teilhaben zu lassen.«

»Ich kann nicht riechen, was Sie wissen wollen«, sagte Verena Klein. »Sie müssen mir offensichtlich nur die richtigen Fragen stellen.«

Max Pfeffer stieß sich vom Schreibtisch ab und beugte sich zu Verena Klein herunter. Als seine Nase beinahe ihre berührte, flüsterte er: »Nicht in diesem Ton.« Er richtete sich wieder auf und trat hinter den Stuhl. »Meine Kollegin wird Ihnen jetzt die Fotos aus der Wohnung Himelfarb geben. Diese Fotos kennen Sie ja bestens, denn wir haben sie von Ihnen.«

Die Hauptkommissarin drückte Verena Klein die Fotos in die Hand und lächelte aufmunternd.

»Wir sollen Ihnen also nur die richtigen Fragen stellen.« Pfeffer ging hinter der jungen Frau auf und ab. »Der einfachere Weg ist, Sie geben uns die richtigen Antworten, bevor wir fragen. Sie wissen genau, was ich meine. Also, ich höre!«

»Was denn?«, fragte Verena Klein zurück.

»Hören Sie zu, Frau Klein«, mischte sich nun Annabella Scholz ein. Ihr Ton war übertrieben freundlich. »Wir können dieses Spielchen die ganze Nacht hindurch treiben. Es ist aber so, dass bald Feierabend ist, und ich bekomme langsam Hunger. Ich werde ziemlich unleidig, wenn ich Unterzucker habe. Wenn Sie glauben, wir spielen hier wie im Fernsehen ›Guter Bulle – Böser Bulle‹ und Kriminalrat Pfeffer sei der böse Bulle, dann könnten Sie sich gewaltig irren.«

Verena Klein starrte schweigend auf die Fotos.

»Madonna!«, stöhnte Pfeffer und beugte sich von hinten über Verenas Schulter. »Hier. Der Kandinsky, da der Viktualienmarkt. Hier der Franz Marc, dort die Frauenkirche. Ja, wir haben dieselbe Entdeckung gemacht wie Sie, Frau Klein. Also bitte!«

»Ich habe Ihnen die Fotos doch erst heute geschickt«, sagte sie kleinlaut.

»Wir sind eben von der schnellen Truppe.«

»Ich habe dazu Wochen oder Monate gebraucht, bis ich erkannt habe, dass sie die Originale unter billigen Kunstdrucken versteckt haben.«

»Sagten Sie nicht, dass bei Gisela Schlüter nur wertloser Plunder an den Wänden hing?«

»Ich habe natürlich die Gebirgslandschaft erkannt, unter der der Campendonk versteckt ist.«

»Campendonk?«

»Heinrich Campendonk. Ein wichtiger Vertreter des Blauen Reiters. Und über die Bedeutung der Künstlervereinigung Blauer Reiter für die Entwicklung der Kunst des 20. Jahrhunderts brauch ich Ihnen wohl nichts zu erzählen.«

»Ihr Ton, Frau Klein. Ihr Ton«, sagte Pfeffer milde tadelnd. »Sie haben also eine Liste gemacht von allen Bildern, die Sie identifizieren konnten.«

Verena Klein nickte.

»Und dann haben Sie die Menschen gesucht, die zur fraglichen Zeit als Kinder in dem Haus lebten. Ausgehend von Erna Kubelik haben Sie geschlossen, dass jeder mindestens ein Werk aus der Himelfarb-Sammlung besitzt.«

Wieder ein Nicken.

»Wie haben Sie die Leute aufgetrieben?«

»Es gab diese Liste aus dem Stadtarchiv. Danach habe ich mich gerichtet.«

»Genauer.«

»Naja. Einwohnermeldeamt, Standesamt und so.«

»Und die haben Ihnen bereitwillig einfach so Auskunft gegeben?«

Erneutes Nicken.

»Sie haben also Gisela Schlüter aufgetrieben, obwohl sie eine geborene Fuchs war? Und Helene Schneider, geborene Pistorius? Und Therese Obermeier, geborene Scherzinger, geschiedene Rambichler?«

»Ja.«

»Haben Sie nicht, Frau Klein. Es gibt so etwas wie Datenschutz.«

»Möglich, dass ich da etwas zusammenwerfe. Ich habe mit Ludwig Scherzinger gesprochen, ja, jetzt fällt es mir wieder ein. Und der hat mir die Kontaktdaten seiner Schwester gegeben.«

»Erst mit Ludwig Scherzinger?«, fragte Annabella Scholz. »Wieso können wir dann in Ihrem Einzelverbindungsnachweis sehen, dass Sie zunächst mit Therese Obermeier und erst zwei Tage später mit Ludwig Scherzinger das erste Mal telefonierten?«

»Ich habe ihn besucht, habe einfach mal bei ihm geläutet und erst später mit ihm telefoniert!«

»Haben Sie mir nicht neulich gesagt, dass Scherzinger und Obermeier sie haben abblitzen lassen?«

»Ja. Er hat mir trotzdem die Telefonnummer seiner Schwester gegeben.«

»Fällt Ihnen keine bessere Geschichte ein?«

»Das ist die Wahrheit.«

»Und was war mit Gisela Schlüter, geborene Fuchs?«

»Den Namen hat mir Erna Kubelik genannt.«

»Sprechen wir von der Erna Kubelik, die den Picasso als Portrait ihrer Oma Adele ansah? Die sagt Ihnen einfach so nebenbei, Sie sollen mal mit Gisela Schlüter Kontakt aufnehmen?«

»Ich sagte doch, dass es so war! Und die anderen habe ich vom Einwohnermeldeamt! Beweisen Sie mir das Gegenteil.«

»Beweisen Sie uns, dass es so war.«

»Ich sage jetzt besser nichts mehr.« Verena Klein lehnte sich mit verschränkten Armen trotzig zurück.

»Ich hätte eine bessere Idee, Frau Klein.« Max Pfeffer, der bislang weiter hinter dem Stuhl gestanden hatte, kam in Verenas Gesichtsfeld. »Wie wäre es, wenn Sie endlich die Wahrheit sagen würden? Nur ein einziges Mal. Es geht um fünf Morde und einen Mordversuch, zumindest bisher. Wenn Xylander stirbt, sind es sechs.«

»Ich …« Verena Klein begann leise zu weinen. »Ich bin KEINE Mörderin.«

»Hat man Ihnen in Aussicht gestellt, dass Sie einen Anteil vom Verkaufserlös der Bilder bekommen?«

»Ich sollte nur die Bilder und ihre aktuellen Eigentümer finden. Alles andere würde man regeln. Ich konnte doch nicht ahnen, dass zu solchen Mitteln gegriffen wird. Ich dachte, man kauft den alten Leuten die Werke ab.

Ich meine, das wäre vielleicht Betrug gewesen, wenn man ihnen für ein paar Euro den vorgeblichen Plunder abgeluchst hätte.«

»Damit hätten Sie leben können?«

»Ja, damit hätte ich leben können! Drehen Sie mir einen Strick draus. Wir reden hier von Millionenwerten, und ich wollte auch einmal meinen Anteil vom Kuchen haben!«

»Warum sind Sie nicht gleich zur Polizei, als Sie gemerkt haben, welchen Weg man einschlägt? Als Erna Kubelik verschwand und mit ihr der Picasso?«

»Bei Paloma ist es irgendwie gelungen, mein Misstrauen zu zerstreuen. Es hieß, das Bild sei bereits ins Ausland verkauft, und die Alte würde sich nun einen großen Traum erfüllen. Den ersten Badeurlaub ihres Lebens ...« Sie schluchzte auf. »Mein Gott, wie zynisch. Später dann, nachdem Erna nicht zurückkam vom ... Bade..., als dann der Mord an Helene Schneider in den Schlagzeilen war, da wurde mir einiges klar. Aber ich ... ich habe Angst. Ich werde massiv unter Druck gesetzt. Erst würde Alex etwas zustoßen, dann könnte man auch für meine Sicherheit nicht mehr garantieren. Darum konnte ich Ihnen bisher nicht die Wahrheit sagen. Ich hatte einfach eine Scheißangst! Eine verdammte, beschissene Scheißangst!«

»Und weiterhin Lust auf das große Geld«, sagte Pfeffer trocken.

»Wie können Sie nur so sarkastisch sein?« Verena Klein sprang vom Stuhl auf. Die Handtasche, die sie auf dem Schoß festgehalten hatte, fiel mit einem dumpfen Plopp auf den Boden. »Ich lebe seit Monaten in Todesangst, da ist mir das Geld mittlerweile scheißegal.«

»Setzen Sie sich bitte wieder. Danke. Und jetzt wäre es noch sehr schön, wenn Sie uns verrieten, wer ›man‹ ist.«

»Nein. Das kann ich nicht.« Sie schüttelte energisch den Kopf.

»Sie decken einen mehrfachen Mörder und womöglich seine Hintermänner.«

Sie schüttelte energisch den Kopf. »Und ich habe keine Lust, ebenfalls zu den Opfern zu gehören!«

»Frau Klein, wenn Sie uns nicht sagen, wer dahinter steckt, können wir Sie auch nicht beschützen. Außerdem müssen wir weiterhin vermuten, dass Sie tiefer in die Sache verstrickt sind, als Sie zugeben.«

»Das ist mir egal.« Sie schneuzte sich und trocknete die letzten Tränen.

»Wir brauchen nur einen Namen, dann sind Sie den Druck los!«, sagte

Annabella Scholz. »Sie müssen dann nicht mehr in Angst um sich oder Ihren Freund leben.«

»Schön wärs. Sie haben keine Ahnung! Ich kann es Ihnen nicht sagen.«

»Woher, Frau Klein, sollen wir wissen, ob Sie uns diesmal überhaupt die Wahrheit erzählt haben?«, fragte Max Pfeffer.

»Weil ich die Wahrheit gesagt habe!«, rief die junge Frau empört. Sie wühlte erneut ein Taschentuch aus der Handtasche und schneuzte sich.

»Sie kennen die Geschichte von dem Jungen, der Schafe hütete und zum Spaß immer ›Wolf!‹ rief, obwohl weit und breit kein Wolf zu sehen war? Zigmal kamen die Dorfbewohner mit Waffen angerannt, um ihre Schafe zu verteidigen. Vergebens, es war ja kein Wolf da, der Junge wollte nur seinen Spaß haben. Dann kam der Tag, an dem der Wolf wirklich Schafe riss. Der Junge schrie sich die Lunge aus dem Leib: ›Wolf!‹. Doch keiner kam, denn nun glaubte ihm niemand mehr.«

»Sparen Sie sich Ihre Ammenmärchen, Herr Pfeffer«, sagte Verena Klein kalt. »Ich habe die Wahrheit gesagt. Darf ich nun gehen?«

»Das Entscheidende verschweigen Sie uns aber, Frau Klein. Meine Kollegin protokolliert Ihre Aussage, die Sie dann unterschreiben. Sie wissen sicher, dass Falschaussagen strafbar sind. Ich sage das nur der Vollständigkeit halber.« Pfeffer blickte ihr tief in die Augen. »Und nein, Frau Klein, Sie dürfen nicht gehen. Sie wissen mehr, als sie sagen und sind dringend verdächtigt, einen mehrfachen Mörder zu decken. Daher behalten wir Sie vorerst hier.«

»Das …« Verena Klein sprang erregt auf. »Das können Sie nicht tun!«

»Können wir. Es liegt nicht an uns. Sagen Sie uns den oder die Namen und schon können Sie heute Nacht bei Ihrem Freund schlafen.«

Die Studentin seufzte schwer und setzte sich hin. »Kann ich einen Anwalt sprechen?«

»Haftbefehl für Hans-Albert Menzl?«, fragte Annabella Scholz später, nachdem Verena Klein weggebracht worden war.

Max Pfeffer stand am Fenster und überlegte. »Nein«, sagte er schließlich. »Nein. Sie verschweigt etwas. Sie spricht von ›man‹, sie hat Menzl nicht bezichtigt. Da steckt was anderes dahinter.«

35

Der Abend versprach nicht wirklich lustig zu werden. Wo ist seine Höhle? Diese Frage stand wie ein Block in Pfeffers Hirn. Alles drehte sich um sie. Wo ist seine Höhle?

Er schaltete seinen privaten Laptop an. Für den Fall, dass sich Tim per Skype melden sollte. Er nahm sich nicht einmal Zeit, in etwas Bequemes zu schlüpfen, sondern setzte sich noch in seinem Lieblingsanzug ins Wohnzimmer, zerkaute ein Aspirin und rauchte Kette.

Tim meldete sich nicht. Hatte er nicht etwas von einem Geschäftsessen gesagt? Pfeffer hinterließ ihm eine Nachricht. Er merkte erst jetzt, dass er gewaltigen Hunger hatte. Wo ist die Höhle?

Gerade, als ihm plötzlich einfiel, wie er die Höhle finden konnte, klingelte es. Diesmal unten an der Haustür. Über die Gegensprechanlage meldete sich Tamara.

»Oh, im Anzug«, sagte die Kosmetikerin, als sie etwas außer Atem von den vier Stockwerken vor ihm stand, und spielte mit einer blonden Locke. »Steht dir.«

»Danke.« Pfeffer grinste. »Komm rein.«

»Ich hab diesmal was Süßes mitgebracht.« Sie reichte ihm eine Schachtel mit Pralinen in Herzform.

»Danke«, sagte Pfeffer verlegen, dachte nur ›Scheiße‹, schloss für einen kurzen Moment die Augen und hätte sich ohrfeigen können. Warum hatte er das bisher nicht bemerkt? War er so blind für die gängigsten Signale geworden?

Tamara folgte ihm in die Küche und sah sich um.

»Das ist übrigens nicht meine Wohnung«, sagte Pfeffer, der ihren skeptischen Blick richtig deutete. »Bin nur vorübergehend hier zu Gast.«

»Ach so.« Sie atmete erleichtert aus und blieb dicht bei ihm stehen. »Ich dachte schon …« Verlegenheit füllte den Raum.

»Dir gehts schon besser, oder?«, fragte sie schließlich. Sie legte ihre Hand auf seinen Arm.

»Ich bin zäh.«

»Scheint so.« Tamara lächelte ihn offen an, ihre Hand lag weiter auf seinem Arm. Er erwiderte ihr Lächeln. In einem anderen Leben wäre das nun der Moment gewesen, sie an sich zu ziehen und zu küssen. In diesem Leben aber schmiegte sie sich an ihn, hob den Kopf und küsste ihn. Er runzelte die Stirn und erwiderte den Kuss nicht. Als ihre Zunge seine Lippen öffnen wollte, zog er den Kopf zurück.

»Oh, deine Verletzungen«, sagte sie mitfühlend und legte die Arme um seinen Nacken. Ihr Unterkörper drückte sich gegen seinen. »Tut mir leid.«

»Nein, das ist es nicht.«

Tamara sah ihn irritiert an.

»Hör zu, Tamara«, sagte er und streichelte ihr über die Wange. »Das geht nicht.«

»Aber …« Sie versuchte kokett zu lächeln, was ihr nicht stand.

Er lachte kurz. »Wie alt bist du?«

»Dreiundzwanzig. Jetzt sag mir nicht, dass ich zu jung …«

»Doch«, sagte er ernst. »Bist du. Mein Sohn ist gerade mal vier Jahre jünger als du. Aber das nur am Rande. Du bist eine tolle Frau, du hast mir das Leben gerettet, wofür ich dir ewig dankbar sein werde. Bloß nicht auf diese Weise.«

Nun löste sie sich von ihm. »Das ist sonst nicht meine Art. Ich falle sonst nicht mit der Tür ins Haus. Ich dachte nur, zwischen uns … und du … na ja … du hast keinen Ring und lebst allein … und … und hast Kinder. Ich Idiotin.«

»Ich lebe vielleicht momentan in dieser Wohnung allein. Sonst nicht.« Pfeffer beschloss, dass zu viel Ehrlichkeit auch nicht sein musste. »Falls ich falsche Signale gesendet haben sollte, tut mir das leid.« Er war sich sicher, keinerlei Signale gesendet zu haben.

»Das ist mir jetzt total peinlich.« Neben Enttäuschung mischte sich Wut in ihren Blick.

»Muss es nicht sein.«

»Ich gehe dann besser.« Sie machte auf dem Absatz kehrt und verließ die Wohnung, ohne sich umzudrehen.

»Ach, Mädel …«, sagte Pfeffer halblaut und ließ die Schultern hängen. Er seufzte.

»Mann, Severin, mach endlich auf!« Pfeffer schlug mit der Faust gegen die Tür seines Nachbarn. Er hatte Sturm geklingelt und geklopft, aber Severin rührte sich nicht. Schließlich öffnete sich die Tür einen Spalt.

»Pfeffer, du störst!«, rief Severin giftig. Max Pfeffer drückte einfach die Tür auf und ging hinein.

»Aber bitte, komm doch rein«, stöhnte Severin und schlug die Tür wieder zu. Er trug einen Bademantel, dessen Gürtel er fest verknotete.

»Hier, hab dir Pralinen mitgebracht.« Pfeffer gab ihm die Schachtel, die ihm eben Tamara geschenkt hatte.

»Danke. Und wer hat sie vorher dir geschenkt?«

»Tamara.«

»Die Kosmetikerin? Die steht auf dich, habe ich in der ersten Sekunde bemerkt.«

»Tja, ich nicht.« Pfeffer setzte sich auf das rote Sofa, das diesmal nicht an der Wand, sondern mitten im Raum stand. Das Zimmer war so umgeräumt, dass alle Malsachen und die Staffelei neben dem Schreibtisch standen. Drei Filmlampen tauchten den Raum in helles, aber angenehmes Licht. Auf dem Computerbildschirmgehäuse befand sich eine Webcam. Auf dem Bildschirm selbst sah man nur den ausgeleuchteten Raum mit dem roten Sofa und nicht die Malutensilien, und schon gar nicht die Pornomagazine, die aufgeschlagen auf dem Boden verstreut lagen und Einblicke in die weibliche Anatomie gaben, die sonst Gynäkologen vorbehalten sind. Severin bückte sich und klaubte sie zusammen. »Brauch ich zur Stimulation«, nuschelte er verlegen.

»Wo sind die Karten von den Bächen, die du mir neulich gezeigt hast?«, fragte Pfeffer.

»Hör mal, ich war gerade dabei, eine Show aufzuzeichnen.«

»Oh!« Pfeffer sprang vom Sofa auf. »Ich dachte, du bist immer live?«

»Bin ich auch. Das ist nur zur Sicherheit, wenn mal doch was passiert, kann ich ein Ersatzprogramm senden.«

»Das kann warten. Die Karten bitte!«

Severin ging zum Bücherregal und hatte mit einem Griff das gewünschte parat. »Hier.« Er breitete die Karte mit den ehemaligen Bachläufen auf dem Boden aus. Gemeinsam hockten sie sich hin.

»Dauert nur kurz, Severin«, sagte Pfeffer und konnte sich ein Grinsen nicht verkneifen, »kannst gleich weiterarbeiten.« Er folgte mit dem Finger dem dunkel eingezeichneten Verlauf des Westermühlbachs bis zur Stelle an der Pestalozzistraße, wo der Westermühlbach in den Glockenbach überging. Hier zweigte eine durch zwei gestrichelte Linien gezeichnete Strecke ab. »Das ehemalige Bachbett des ab hier stillgelegten Westermühlbachs. Das muss seine Höhle sein.«

»Ich verstehe nicht ganz.«

»Musst du auch nicht.« Pfeffer folgte dem ehemaligen Bachlauf weiter. »Ach du Scheiße. Das verzweigt sich ja total. Das sind jede Menge ehemalige Kanäle. Er kann sich überall unter der Stadt bewegen.«

»Wer auch immer ›er‹ sein mag, er kann es nicht«, sagte Severin.

»Wieso nicht?«

»Die Bachbetten sind nicht nur stillgelegt, sie sind komplett aufgeschüttet.«

»Aufgeschüttet? Mist, meine schöne Theorie.«

»Die meisten jedenfalls. Es gibt ein paar kleine Abschnitte, die noch offen sind. Ich war mal in einem. Vorne an der Utzschneiderstraße. Da hat jemand eine Party unten im Bachbett gemacht. Coole Location. Man konnte bis vor zum Marienplatz gehen und die U-Bahn hinter der Wand rumpeln hören. Und vorne an der Holzstraße gibt es eine Veranstaltungs-Location, die heißt sogar Bachbett. Im ehemaligen Verwaltungsgebäude der Firma Zettler, wo sich jetzt die ganzen Medienfirmen befinden.«

»Das ist doch kurz nach der Abzweigung hier. Wo einst Westermühlbach und Glockenbach sich trennten. Direkt an der Holzstraße. Danke, Severin.« Pfeffer sprang auf. »Du hast mir sehr geholfen. Schön weitermachen.«

»Halt. Was hast du jetzt vor?«

»Ich muss einen Bären aus seiner Höhle verscheuchen.«

»Da komme ich mit.«

»Denk nicht mal dran.«

Severin zog seinen Bademantel aus und flitzte ins Schlafzimmer, wo er sich in Windeseile ankleidete. »Du stehst nach wie vor unter starken Medikamenten«, rief er dabei. »Ich komme mit und helfe dir.«

36

»Wissen Sie, wie spät es ist?«, knurrte der Hausmeister.

»Ja«, antwortete Pfeffer und hielt seinen Ausweis hoch. »Tut mir auch sehr leid, aber es ist wichtig. Geben Sie mir bitte den Schlüssel zum Keller und zum Bachbett.«

»Was wollen Sie denn um die Uhrzeit im Bachbett?«, fragte der Hausmeister und bewegte sich keinen Millimeter zurück in die Wohnung.

»Wir benötigen den Schlüssel. Mehr kann ich Ihnen momentan nicht sagen, Herr … äh …« Pfeffer schielte auf das Klingelschild. »Herr Köhler.«

»Na gut.« Der Hausmeister kratzte sich am Kopf und drehte sich zur Seite. Neben ihm hing an einem Schlüsselbrett eine Unzahl von Schlüsseln. »Keller, Keller«, murmelte er. »Hier.« Er reichte einen einzelnen Schlüssel. »Ich gebe Ihnen den. Dann muss ich ihn nicht von meinem Schlüsselbund nehmen. Und der Schlüssel zum stillgelegten Bach … Der war doch immer hier. Komisch. Wo ist er denn?« Der Hausmeister fuhr mit seinen Fingern über das Schlüsselbrett, als könnte er ihn ertasten. »Ich könnte schwören …«

»Wird das Bachbett eigentlich irgendwie genutzt, Herr Köhler?«, fragte Pfeffer.

»Genutzt? Nein. Das ist einfach ein leeres Stück Tunnel. Da sollte mal was passieren. Der Hausherr wollte das zum Keller dazuschlagen, aber da gab es Schwierigkeiten mit der Stadt und den Genehmigungen und so Sachen, Sondernutzungsrechte und was weiß ich. Weil der Tunnel ein Stück unter der Straße ist und damit nicht mehr Privatgelände. Also steht er leer.«

»Wäre doch ein toller Werkraum für einen Hausmeister, oder?«

Der Hausmeister sah Pfeffer verschmitzt an. »Sicher. Aber da gibts weder Strom noch sonst was.«

»Könnte man doch reinlegen.«

»Ich mach das nicht. Ich lass meine Finger davon. Der Hausherr ist streng. Mit dem ist nicht gut Kirschen essen. Da muss man nichts riskieren.«

»Aber Sie gehen ab und zu rein.«

»Sicher. Manchmal.« Er zwinkerte und kicherte verschwörerisch. Er beugte den Oberkörper so nahe zu Pfeffer hinüber, dass der dem abgestandenen Schweißgeruch nicht ausweichen konnte, und tuschelte: »Hab letzten Herbst meinen Sechzigsten drin gefeiert. Weil es draußen so geschüttet hat. Da haben wir alles mit Girlanden dekoriert und ganz viele Kerzen aufgestellt … Grad urig wars! Aber psssst.« Er kicherte.

»Von mir erfährt keiner was.« Pfeffer lächelte. »Ist schon praktisch, so ein Partyraum, gell?«

»Ja, und an Silvester hab ich das an die jungen Leute von oben vermietet. Die fandens richtig klasse.«

»Da werden Sie sich bald vor Nachfragen kaum noch retten können.«

»Stimmt. Ich muss da mal einen Riegel vorschieben und strenger sein, sonst gibts Ärger mit dem Hausherrn. Ja, zefix, wo ist denn der Schlüssel? Oder hab ich den dem Jerzy … Nein, kann nicht sein.«

Pfeffer wurde sofort hellhörig. »Wer ist Jerzy?«

»Ach, niemand. Ein Kumpel. Einer von den Polen, die hinten das andere Haus renovieren. Mit dem zisch ich ab und zu ein Bierchen. Er ist ein bisschen dumm, aber Schlauköpfe gibts eh genug!«

»Sie waren mit Jerzy unten im Tunnel?«

»Sicher doch. Warum nicht?«

»Ja. Warum nicht. Wann haben Sie Jerzy zuletzt gesehen?«

»Keine Ahnung. Ein paar Tage ist das schon her. Eine Woche oder so. Wissen Sie was, ich gebe Ihnen den Schlüssel von meinem Bund. Aber bitte gut drauf aufpassen. Es gibt nur die zwei. Also den und den anderen, den ich gerade nicht finde.«

»Versprochen.« Max Pfeffer nahm den Schlüssel entgegen und steckte ihn in die Hosentasche. »Ich darf Sie bitten, Herr Köhler, nun in Ihre Wohnung zu gehen und dort zu bleiben. Ich möchte Sie nicht im Keller herumturnen sehen, solange wir im Haus sind. Haben wir uns verstanden? Danke.«

Der Keller roch so muffig und feucht wie die Keller, in denen Max Pfeffer in den letzten Tagen zu tun hatte. Pfeffer und Severin Hemberger stiegen die Treppe zum Bachbett hinab. Pfeffer holte seine Taschenlampe heraus und schaltete sie an. Er gab Severin ein Zeichen still zu sein und hinter ihm zu bleiben. Dann drückte er vorsichtig die Türklinke nach unten. Abgeschlossen. Er steckte so geräuschlos wie möglich den Schlüssel ins Schloss und öffnete die schwere Metalltür. Sie schwang leise quietschend auf. Eine Metallleiter führte hinunter auf den Boden. Pfeffer leuchtete den weiten Raum aus, der sich vor ihnen auftat.

»Unser Vogel scheint ausgeflogen zu sein«, sagte er und stieg die Leiter hinunter. »Du bleibst hier oben«, wies er Severin an.

In einer Ecke lagen Polsterkissen, die den Bezügen nach von verschiedenen Sofas stammten, sowie ein paar sauber gefaltete Decken. Kerzenstumpen standen herum. Auf dem Boden entdeckte Pfeffer Streichholzbriefchen von verschiedener Herkunft, ein kitschiges Marienbildchen und ein altes, zerfleddertes Sexheftchen. Ein paar verschlossene Sardinenbüchsen und zwei Packungen Chips fanden sich unter einem bunten Halstuch. Eine Wäscheleine spannte von Wand zu Wand, daran hingen zwei große, leicht zerschlissene Handtücher. Pfeffer leuchtete in alle Ecken, aber außer den Backsteinwänden und dem Betonboden gab es nichts weiter in dem Raum zu sehen.

»Er wird hier wohl unter Tags schlafen«, sagte Max Pfeffer mehr zu sich selbst.

»Und jetzt?«, rief Severin von der Tür her.

»Und jetzt folgen wir dem Nutella-Glas.« Der Kriminalrat stieg die Leiter hinauf. Er verschloss die Tür. »Du bleibst hier. Am besten hinten im Hof«, sagte er zu Severin. »Für alle Fälle. Du hast ja meine Mobilnummer, falls irgendwas sein sollte. Ruf mich sofort an, wenn jemand hinten über die Mauer steigt.«

»Wer soll den über die Mauer steigen?«

»Zum Beispiel ein Mörder.«

»Klar, wer sonst. Ich wollte schon immer nachts in dunklen Hinterhöfen auf Mörder warten.«

37

Die Wohnung von Erna Kubelik lag im Dunkeln. Kein Geräusch war zu hören. Nach zehn Minuten Warten im Treppenhaus – das neue Polizeisiegel war wieder geöffnet worden – schloss Max Pfeffer vorsichtig die Tür auf. Er lauschte und wartete, bis er endlich die Tür einen Spalt breit öffnete, in die Wohnung schlüpfte und die Tür sofort leise hinter sich zuzog. Er stand im Flur, die Waffe in der Rechten, und lauschte erneut. Draußen auf der Straße fuhren zwei Autos vorbei. Dann nach einer Weile wieder eins. Sonst hörte man nichts. Seine Augen gewöhnten sich langsam an das diffuse Dunkel. Die Straßenbeleuchtung fiel durch Küchen- und Wohnzimmerfenster. Pfeffer konnte sich orientieren, ohne das Licht anschalten zu müssen. Er setzte vorsichtig einen Fuß vor den anderen, um nicht über etwas zu stolpern. Im Türstock zum Wohnzimmer blieb er stehen und horchte erneut in die Stille. Vorbeifahrende Autos. Mehr nicht. Er beschloss, es zu riskieren. Er tastete an der Wand nach dem Lichtschalter, knipste ihn an, duckte sich gleichzeitig hinter den Türstock, um kein Ziel abzugeben und riss die Waffe hoch. Nichts. Kein Angreifer stürzte sich auf ihn, kein Wurfgeschoss oder ähnliches sirrte durch die Luft. Max Pfeffer entspannte etwas. Das einzige passable Versteck, das er nicht einsehen konnte, wäre hinter dem Sofa. Pfeffer ging auf Risiko, schnellte hoch und sprintete die paar Meter zum Sofa. Wieder nichts. Niemand versteckte sich. Pfeffer sah sich im Zimmer um. Die Decke lag zerwühlt auf dem Sofa.

Nun machte Pfeffer Licht im Flur und in der Küche und sah sich um. Im Schlafzimmer sah er unter das Bett, wo sich Zeitschriften, Schuhe und leere Flaschen stapelten, und in die Schränke. Blieb letztlich nur noch das Bad. Er pumpte die Lungen voll Luft und spürte, wie sein Herz schneller schlug. Er prüfte überflüssigerweise, ob seine Waffe entsichert war. Dann riss er die Badtür auf und schaltete das Licht an. Leer. Niemand verbarg sich in der Wanne. Pfeffer befühlte die Handtücher, die auf den Haltern hingen. Das oberste war feucht. Er sicherte seine Waffe und steckte sie ein. Draußen im Flur fiel ihm noch eine Tür auf. Die Tür zu einer kleinen Kammer. Obwohl er von seinem letzten Besuch wusste, dass die Kammer mit ihren Regalbrettern, auf denen sich Konserven, Kartons und alte Zeitschriften stapelten, einem erwachsenen Menschen nicht als Versteck dienen konnte, öffnete er sie und sah hinein.

In diesem Moment hörte er ein Klirren hinter sich. Eine Flasche fiel um. Eine Flasche fiel im Schlafzimmer hinter ihm um. Pfeffer riss den Kopf herum. Zu spät. Der Schlag traf ihn seitlich am Kopf. Pfeffer verlor das Gleichgewicht und versuchte, sich an einem Regalboden festzuhalten. Das Brett gab unter seinem Gewicht nach. Er rutschte in die Kammer und stieß sich die Schläfe an einem unteren Brett an. Konservendosen knallten auf ihn nieder. Es dauerte einige Sekunden, in denen der Angreifer genug Zeit hatte, durch die Wohnungstür hinaus ins Treppenhaus zu gelangen. Die Tür wurde laut zugeschlagen.

Max Pfeffer spürte, wie ihm Blut über das Gesicht rann. Sein lädiertes Auge pochte erneut. Er rappelte sich auf. Sein Schädel schmerzte, und sein Gleichgewichtssinn brauchte einen Moment, bis er sicher stand. Dann rannte er dem Flüchtigen hinterher. Im Treppenhaus schlug er sofort den Weg Richtung Keller ein. Er war sich sicher, dass der Angreifer nicht auf die Straße gelaufen war. Im Keller brannte Licht. Max Pfeffer rannte die Treppen hinunter. Vielleicht konnte er den Mann noch schnappen, bevor der in den Bach sprang. Womit er nicht rechnete, war, dass der Flüchtige einen anderen Plan verfolgte. Pfeffer hatte gerade die vorletzte Stufe erreicht, als der Mann hinter der Ecke hervorsprang und ihm einen harten Faustschlag in die Magengrube versetzte. Mit einem »Uff« klappte Pfeffer zusammen und hielt sich den Bauch. Der Angreifer ließ einen schnellen rechten Haken von unten auf Pfeffers Gesicht folgen. Dann donnerte seine Linke hart gegen Pfeffers Kiefer. Max Pfeffer versuchte, seinen Kopf zu schützen, spuckte Blut und sackte auf den Knien zusammen. Der Angreifer trat ihm zwischen die Schulterblätter. Pfeffer lag wie ein zerquetschter Käfer auf dem staubigen Kellerboden. Er musste reagieren. Er musste verdammt noch mal endlich reagieren. Die Schmerzen stellten sich noch nicht ein. Noch stand sein Körper unter Adrenalin. Er rollte sich weg, trat zu, erwischte das Schienbein des Angreifers, der laut aufschrie. Pfeffer ballte die Fäuste und rappelte sich halb hoch – doch der Angreifer war nicht mehr zu sehen. Max Pfeffer versuchte aufzuspringen. Es misslang. Stöhnend hielt er sich an der Backsteinmauer fest und kam langsam nach oben. Eine Tür fiel ins Schloss. Eine schwere Metalltür.

Zum Bach. Mehr dachte Max Pfeffer nicht, als er lostorkelte. Zum Bach. Er hielt sich an den Holzstäben der Kellerabteile fest, bis er seine Beine besser unter Kontrolle hatte. Er riss die Tür zum Bach auf. Er hörte das Wasser rauschen, er hörte aber auch, dass jemand schnaufend gegen die Strömung ankämpfte und sich dabei von ihm entfernte. Er tastete nach dem festgeknoteten Seil. Als er es sicher in der Rechten hatte, stieg er die Leiter hinunter ins Wasser. Er verlor sofort das Gleichgewicht und tauchte unter. Das eiskalte Wasser brannte auf seinen Wunden im Gesicht. Er schluckte Wasser. Es schmeckte metallisch. Schließlich zog er sich an dem Seil an die Oberfläche und stapfte los. Seine linke Hand schmerzte höllisch.

»Halt! Polizei!«, brüllte er in die Dunkelheit, was ihm beim Brüllen schon absurd vorkam, und zog sich am Seil gegen die Strömung. Die Seilspannung verriet ihm, dass der andere auch noch daran hing. Ein böser Gedanke zuckte durch sein Hirn. Was, wenn der andere das Seil lösen würde, bevor er an der Metallleiter war? Er verdrängte den Gedanken und legte sich verstärkt ins Zeug. Er schien tatsächlich dem Flüchtenden näher zu kommen. Er bildete sich zumindest ein, dessen Schnaufen deutlicher zu hören. Er zog weiter und weiter am Seil, bis er spürte, dass die Spannung sich veränderte. Der andere musste das Seil losgelassen haben. Das bedeutete, er hatte sein Ziel erreicht. Was, wenn er nun doch das Seil kappen würde? Pfeffer suchte breitbeinig sicheren Stand, wand sich das Seil um das linke Handgelenk, hielt sich zusätzlich mit der Rechten fest und wartete darauf, dass das Seil seine Spannung verlor. Mehr als die Länge des Seils würde ihn dann das Wasser diesmal nicht mitreißen und er würde bis zum Himelfarb-Haus zurückkommen. Doch das Seil wurde nicht gelöst. Pfeffer hörte eine Tür zuschlagen. Der Flüchtende war also bereits im Keller des Xylander-Hauses gelandet. Max Pfeffer setzte sich wieder in Bewegung und kämpfte sich vorwärts.

Seine Lungen schmerzten stärker als alles andere, während Pfeffer sich die Metallleiter hochzog. Er öffnete die Tür und fiel beinahe in den Keller.

»Immer schön langsam, junger Mann«, sagte Severin und grinste breit. »Ich habe deine Arbeit schon erledigt.«

Severin kniete auf Jerzy Szymborskas Rücken und hielt dessen rechten Arm ausgestreckt nach hinten gedreht mit beiden Händen fest. Wenn sich Jerzy zu bewegen versuchte, verdrehte Severin den Arm noch weiter, zog daran und Jerzy verhielt sich stöhnend still.

»Sieht professionell aus«, keuchte Pfeffer. Er musste sich gegen die Wand lehnen, um nicht erschöpft umzufallen. Langsam beruhigte sich seine Lunge, dafür spürte er nun die Schmerzen an Schläfe, Hinterkopf, linkem Auge, Unterleib, oberem Rücken und den Armen.

»Nicht wahr?« Severin strahlte weiter. »Ist schon ganz gut, wenn man zu viel fernsieht. Dann weiß man wenigstens, wie man einen Verdächtigen am Boden festnageln kann.«

»Du solltest doch im Hinterhof warten.«

»Zu langweilig. Sei froh, dass ich richtig kombiniert habe und im Keller war. Und jetzt?«

»Jetzt ruf ich die Kollegen.« Pfeffer holte sein neues iPhone aus der Jackentasche und starrte darauf. »Severin, du hast nicht zufällig eine Plastiktüte und Reis dabei?«

»Hä?«

»Ach, vergiss es. Gib mir mal dein Handy.«

38 Wie ein Häuflein Elend kauerte der kräftige Kerl auf dem Stuhl im Vernehmungszimmer.

»Fragen Sie ihn bitte, ob er Erna Kubelik geliebt hat«, sagte Max Pfeffer zum Übersetzer. Sein linkes Auge war beinahe komplett zugeschwollen, trotz der Eisbeutel, die er die halbe Nacht darauf gelegt hatte. Severin hatte alles an Kühlendem angeschleppt, was in seinem und Pfeffers Kühlschrank aufzutreiben war. Zuletzt auch das Tiefkühlgemüse. Es hatte nicht viel geholfen. »Paloma. Fragen Sie ihn, ob er Paloma geliebt hat.«

Der Dolmetscher nickte und redete ziemlich lange, dafür, dass Pfeffer eine vergleichsweise kurze Frage gestellt hatte.

Jerzy blickte mit verheulten Augen auf, Rotz lief aus seiner Nase. Seine Unterlippe bebte. Plötzlich begann er wie ein Wasserfall zu reden. Der Dolmetscher bemühte sich redlich, alles synchron zu übersetzen.

»Er sagt, dass sie eine gute Frau war. Sie hatte ein Herz für ihn. Sie war gut zu ihm. Die anderen Männer sind böse zu ihm, ärgern ihn, schlagen ihn, wenn ein Gorilla nicht hinschaut. Ein Gorilla? Der Gorilla?« Der Dolmetscher machte eine hilflose Geste.

»Schon gut«, sagte Pfeffer. »Das ist Goryl, sein Bruder.«

»Er ist nur ein Fußabstreifer für die anderen Männer. Er möchte auch Liebe haben und Paloma hat sie ihm gegeben. Sie war seine Freundin. Er hat sie geliebt. Er hat sie gefragt, ob sie ihn heiraten will, aber sie hat ihm nicht geglaubt. Er ist zu ihr gegangen, um mit ihr Liebe zu machen. Es war die erste Frau, mit der er Liebe gemacht hat. Es war so schön. Sie hat jeden Samstag gebadet, und er hat jeden Samstag gebadet und sich für sie schön gemacht, weil sie sich für ihn schön gemacht hat. Er hat gehört, dass man sich als Mann waschen muss, wenn man Liebe machen will, weil das die Frauen glücklich macht. Also hat er immer geduscht, wenn er zu Paloma ging. Er würde nie einen Menschen töten. Nie. Und er hätte nie Paloma einen Schaden zufügen können, weil sie so lieb zu ihm war. Wir sollen die anderen Männer fragen, die wissen alle, dass er die Paloma geliebt hat und dass sie seine Freundin war.«

Pfeffer knetete die Unterlippe. »Hatte er an jenem Weihnachtstag unmittelbar vor seiner Abreise nach Polen Sex mit Erna Kubelik?«

Jerzy kaute auf den Innenseiten seiner Wangen und zitterte.

»Ja, sie hatten Sex.«

»Ungeschützt? Also ohne Kondom?«

»Immer ohne Kondom. Er sagt, dass Paloma keine Kinder mehr bekommen konnte und darum haben sie Liebe ohne Gummi gemacht.«

»Hat er sich nicht gewundert, dass sie plötzlich nach Weihnachten verschwunden war?«

Wieder redete Jerzy wie ein Wasserfall, und der Dolmetscher kam kaum nach: »Er hat mit Paloma den Heiligabend verbracht, und das war das schönste Weihnachten, das er je erlebt hat. Obwohl der Gorilla mit seiner Frau auch immer schöne Weihnachten mit ihm verbringen. Aber das war viel schöner als alles andere. Und dann hat er Paloma nicht mehr gesehen. Erst hat er sich nicht gewundert, denn sie sind nach Heiligabend nach Hause nach Polen gefahren zum Gorilla und seiner Familie. Dort waren sie bis Anfang Januar. Als sie zurückgekommen sind zur Baustelle, wollte er Paloma sehen, aber die war nicht da. Da ist er dann jeden Tag hingegangen, und sie war nie da. Also hat er einfach ihre Wohnung aufgeschlossen …«

»Woher hatte er den Schlüssel?«, fragte Pfeffer dazwischen.

»Den hat Paloma ihm gegeben. Er ist in die Wohnung, und sie war nicht da. Er ist jeden Samstag gekommen, aber sie war nie da.«

»Hat er sich nicht gefragt, was mit ihr passiert sein könnte?«

»Natürlich. Er hat mit dem Gorilla darüber gesprochen, aber der hat nur gelacht und gesagt, dass die Paloma geflohen ist, weil er so ein hässlicher, dummer Kerl ist, und dass er nun sieht, was man von den Frauen erwarten kann. Aber er hat das nicht geglaubt, weil er und Paloma sich doch geliebt haben.«

»Mein Gott«, sagte Annabella Scholz leise.

»Sagen Sie ihm bitte noch einmal, dass er bei der Polizei ist, und dass er der Polizei unbedingt die Wahrheit sagen muss«, sagte Max Pfeffer. »Dann fragen Sie ihn, ob er Erna Kubelik ermordet hat.«

Jerzy heulte erneut los. »Er sagt, dass er die Wahrheit sagt«, übersetzte der Dolmetscher. »Er hat sie nicht getötet.«

»Fragen Sie ihn bitte, warum er dann weggelaufen ist«, sagte Pfeffer.

»Warum er mich neulich im Keller niedergeschlagen und in den Bach geworfen hat.«

Jerzy schluchzte auf, sah Pfeffer kurz verwundert an und legte wieder los. »Er sagt, dass er nicht weiß, wovon Sie sprechen. Er hat Sie nie im Keller niedergeschlagen und auch nie in den Bach geworfen. Er hat Sie aufs Auge geschlagen, als Sie ihn neulich mitnehmen wollten. Er ist weggelaufen, weil er Angst vor der Polizei hat. Der Gorilla sagt immer, dass er machen muss, was der Gorilla will, weil sonst die Polizei kommt und ihn mitnimmt, und dann kommt er in ein dunkles Loch mit Ratten, wo er jeden Tag nur einen Kanten Brot und einen Becher schmutziges Wasser bekommt.«

»Und dann richtet er ausgerechnet in einem dunklen Loch mit Ratten seine Höhle ein?«, flüsterte Annabella Scholz.

»Dass er Ihnen aufs Auge gehauen hat, tut ihm sehr leid. Er entschuldigt sich dafür. Er sagt, er ist kein Mörder, aber er weiß, dass alle ihn dafür halten werden, weil er nicht so viele Gehirnzellen wie alle anderen hat.« Der Übersetzer sah die Kriminalbeamten an. »Tut mir leid, genauso hat er es eben gesagt. Ich habe nur wörtlich übersetzt.«

»Ist das eine Show?«, fragte Bella Scholz. »Oder sollen wir ihm glauben, Chef?«

Max Pfeffer zuckte mit den Schultern. »Warum hat er sich im Tunnel versteckt, nachdem er vor mir weggelaufen ist, und warum ist er vor mir geflohen?«

»Er sagt, in seiner Höhle fühlt er sich sicher. Da kann ihm niemand etwas antun. Nicht einmal der Gorilla weiß von dieser Höhle. Zum Essen und Waschen geht er immer in die Wohnung von Paloma. Nachts, wenn ihn keiner sieht. Er hat dort auch manchmal auf der Couch geschlafen. Er hat Angst vor der Polizei. Er hat Sie geschlagen, weil er nicht in das dunkle Loch mit den Ratten will, wo er nur einen Kanten Brot bekommt. Es tut ihm alles wahnsinnig leid, und er betet zur heiligen Jungfrau Maria, dass Ihre Wunden gut verheilen.«

Jerzy heulte wieder los.

»Fragen Sie ihn bitte, welchen Kontakt er zu Hans-Albert Menzl hat.«

»Er sagt, er hat keinen Kontakt zu Menzl. Nur Gorilla spricht mit Menzl. Mehr weiß er dazu nicht. Wenn Sie wissen wollen, was Menzl sagt, dann müssen Sie mit dem Gorilla sprechen.«

»Das bringt uns alles nicht weiter«, fluchte Max Pfeffer, als sie den Verhörraum verließen. »Er hat den IQ einer Scheibe Toast und braucht nicht mal einen Anwalt, um auf Unzurechnungsfähigkeit zu plädieren, selbst wenn er es gewesen sein sollte.«

»Zumindest ist er erst mal wegen Körperverletzung dran«, sagte Annabella Scholz.

»Wieso?«, fragte Pfeffer.

»Na, schau dich mal an!«

»Ach so.« Pfeffer betastete sein blaues Auge.

»Warst du wenigstens beim Arzt?«

»Keine Sorge, war ich. Gleich gestern Nacht in der Notaufnahme. Alles halb so wild. Prellungen, kleine Wunden und eine Zerrung.« Er hob die linke Hand, die in einer Schiene steckte. »Dein Severin hat mich bemuttert.«

»Er ist nicht mein Severin«, knurrte die Hauptkommissarin und funkelte Pfeffer böse an. »Wie lange bist du krankgeschrieben?«

»Die ganze kommende Woche. Aber ich bin eigentlich sowieso schon diese Woche krankgeschrieben. Nach meiner ersten Bachtour …«

»Von der du mir ruhig hättest berichten können.« Annabella Scholz blieb stehen und sah Pfeffer ernst an.

»Mist, ich muss mir schon wieder ein neues Handy kaufen.«

»Hör mal, Max, lenk nicht ab! Du brauchst nicht den Helden markieren. Geh heim, reich die Krankschreibung ein, und ich kümmere mich um unsere Scheibe Toast und den ganzen Rest.«

»Keine Chance, Bella. Nicht, dass ich dir den Triumph der Lösung dieses Falles nicht gönnen würde, aber ich bin okay und mache weiter. Und droh mir diesmal nicht mit Tim!«

»Gut.« Sie seufzte gespielt. »Und wie machen wir nun weiter?«

»Wäre gut, wenn Xylander endlich ansprechbar wäre. Vielleicht sollten wir uns jetzt mal dem schwächsten Glied in der Kette widmen.«

»Unserem Toastbrot Jerzy?«

»Nein, ich glaube mittlerweile nicht mehr, dass er überhaupt Teil der Kette ist. Ich rede von Alexander Degenhardt.«

39 Die Nachmittagssonne schimmerte durch die Äste, an denen sich das erste Grün entfaltete. Verena Klein genoss die Strahlen und versuchte sich nicht von dem Gedankenkarussell mitreißen zu lassen. Es war ihr peinlich, dass sie aus dem Polizeiauto mit den beiden Uniformierten aussteigen musste. Hier in ihrem Viertel. Was die Leute redeten, war ihr bislang egal gewesen, nun stellte sie fest, dass es ihr doch nicht so egal war. Vor dem Haus in der Pestalozzistraße warteten Max Pfeffer und seine Kollegin Annabella Scholz. Die beiden Uniformierten, ein Mann und eine Frau, nahmen Verena Klein in ihre Mitte und begleiteten sie zum Haus.

»Darf ich endlich erfahren, was das hier soll?«, fragte Verena Klein ungehalten.

»Grüß Gott, Frau Klein«, sagte Max Pfeffer freundlich lächelnd. Sie ignorierte seine zur Begrüßung ausgestreckte Hand. »Hatten Sie eine angenehme Nacht? Keine Sorge, wir werden Ihre Zeit nicht übermäßig strapazieren. Es haben sich nur ein paar neue Fragen ergeben, zu deren Klärung Ihre Anwesenheit hier interessant wäre.«

Sie betraten das Haus, in dem Bertram Xylander lebte. Diesmal war kein Baulärm zu hören. Pfeffer klingelte mehrfach bei Xylander. Es dauerte eine Weile, bis die Tür einen Spalt geöffnet wurde. Ein Mädchen, komplett in Rosa gekleidet, mit Lippen- und Augenbrauenpiercing, musterte die kleine Ansammlung vor der Tür sauertöpfisch. »Was wollen Sie?«, fragte sie und warf einen schnellen Blick zurück in die Wohnung.

»Und wer sind Sie?«, antwortete Pfeffer.

»Lisa.«

»Lisa, ist Mirko Hagen da?«

»Nein. Der ist weg. Trifft jemand.« Nach einem Zögern fügte sie hinzu: »In der Sauna.«

»Dürfen wir reinkommen?«

»Das geht nicht«, sagte Lisa. »Mirko hat gesagt, ich darf niemandem öffnen.«

»Das geht schon. Wir sind von der Polizei. Sie entschuldigen?« Pfeffer schob die Tür auf. Er gab den uniformierten Kollegen Anweisung, draußen zu warten. Gemeinsam mit Annabella Scholz und Verena Klein betrat er die Wohnung.

Das Mädchen nestelte verlegen am Bund ihrer Hose herum.

»Kaum ist die Katze aus dem Haus …«, sagte Max Pfeffer, als sie im Wohnzimmer waren.

Verena Klein setzte sich schweigend auf das Sofa, Hauptkommissarin Scholz nahm neben ihr Platz. Lisa lümmelte sich unsicher an den Esstisch, auf dem sich unverändert Bertram Xylanders Zeitschriftenposter stapelten.

»Es gibt leider einen traurigen Anlass für diese Zusammenkunft«, sagte Pfeffer und ging im Raum auf und ab. »Ihr Onkel, Frau Klein, ist heute morgen verstorben.«

»Wie?« Die junge Frau starrte ungläubig in die Runde. »Mein Onkel?«

»Ja. Wir wissen alle, wen ich meine, Frau Klein, und es ist nun wirklich an der Zeit, mit diesem Spielchen aufzuhören. Bertram Xylander ist heute um zehn Uhr achtzehn verstorben. Ihr Onkel Berti, Frau Klein.«

Sie sackte zusammen. »Woher wissen Sie …?«

»Die Kollegen im Krankenhaus, bei denen Sie sich nicht ausweisen konnten, haben uns eine Beschreibung der Nichte gegeben. Und dann haben wir uns vorhin noch einmal ausführlich mit Ihrem Lebensgefährten Alexander unterhalten.«

Verena Klein biss die Lippen aufeinander, zwei Tränen rannen über ihre Wangen. Sie nickte und schluckte. »Ja, er ist mein Onkel, der ältere Halbbruder meiner Mutter.«

»Da Ihre Mutter keine geborene Xylander war, sondern aus der zweiten Ehe Ihrer Großmutter stammte, haben wir leider ziemlich lange gebraucht, um diesen Zusammenhang herzustellen. Sie hätten uns früher die Wahrheit sagen sollen. Womöglich könnte dann Ihr Onkel noch leben.«

Es klingelte. Lisa hüpfte vom Stuhl und machte zwei Schritte Richtung Tür.

»Sie bleiben bitte hier«, sagte Pfeffer scharf und öffnete selbst. »Herr Menzl. Schön, dass Sie kurz Zeit gefunden haben.«

Der Kunsthändler betrat zögernd die Wohnung und sah sich abschätzig um. »So sieht es also hier aus«, murmelte er. »Und was ist denn mit Ihnen passiert?« Er musterte Max Pfeffer. »Jedes Mal, wenn wir uns treffen, sehen Sie ramponierter aus. Wie machen Sie das nur?« Er trug wieder einen schlecht sitzenden Anzug. Als er sich nach einer allgemeinen Begrüßung auf einen Stuhl setzte, spannte das Jackett an den Schultern. Er holte wortlos ein Lederetui aus seiner Innentasche, entnahm eine dicke Zigarre und zündete sie an. »Ich bin gespannt, Herr Pfeffer«, sagte er dann.

»Nun, da Ihr Onkel tot ist, sind Sie die letzte lebende Verwandte, nicht wahr, Frau Klein. Und damit die Erbin.«

»Erbin? Ha.« Verena Klein setzte sich aufrecht hin. »Ich habe meinen Onkel verloren. Da ist mir das Erbe ganz egal. Und was gibt es denn da schon zu erben!«

»Na, das hier.« Pfeffer breitete die Arme aus und machte mit dem Oberkörper eine halbe Drehung.

»Verarschen kann ich mich alleine«, sagte die Studentin.

»Sie wissen genau, was ich meine, Frau Klein. Herr Menzl, bitte klären Sie uns alle auf, wem diese Wohnung hier gehört.«

»Die hat Bertram Xylander gekauft. Ebenso die Dachwohnung. Die wollte er für seine Nichte ausbauen lassen.« Der Kunsthändler schmauchte genüsslich seine Zigarre.

»Auch so ein Detail, das Sie uns bisher verschwiegen haben.«

»Ich wusste nicht, dass es von Bedeutung ist.«

»Wussten Sie, dass Ihre Mitarbeiterin die Nichte von Bertram Xylander ist?«

»Nein.« Hans-Albert Menzl zog überrascht die Augenbrauen nach oben. »Nein, davon hatte ich keine Ahnung.«

»Womit hat Herr Xylander die Wohnungen bezahlt?«

»Womit wohl. Mit Geld.«

Max Pfeffer lächelte Hans-Albert Menzl an. »Gut, dazu später. Sie könnten also einiges erben, Frau Klein, wenn sich denn ein Testament findet. Beim Amtsgericht ist jedenfalls keins hinterlegt, das haben wir bereits für Sie recherchiert.«

Lisa zündete sich eine Zigarette an. »Darf ich auch eine haben?«, fragte Pfeffer und ließ sich auch Feuer geben.

»Jetzt, da Ihr Onkel tot ist, und Ihnen endlich ein kleiner Teil des großen Kuchens zuzustehen scheint, von dem Sie Ihrer eigenen Aussage nach schon immer träumen, können Sie uns endlich die ganze Wahrheit sagen. Sie brauchen vor nichts und niemandem Angst haben, Frau Klein. Meine

Kollegin und ich sind hier, und vor der Tür warten zwei weitere Beamte. Also?«

Verena Klein schwieg.

»Ich werde Ihnen den Einstieg erleichtern. Für Sie war es wichtig, dass Ihr Onkel überlebt. Deshalb wollten Sie uns nicht sagen, wer hinter den Morden steht. Denn der große Strippenzieher im Hintergrund war niemand anderes als Ihr Onkel. Nur wenn er überlebt hätte, hätten Sie alles wie geplant weiter durchziehen können, oder? Nun hat Ihnen der Tod einen Strich durch die Rechnung gemacht …«

»Er hat mir immer die Geschichten von früher erzählt, der Onkel Berti«, sagte Verena Klein leise. »Wie sie als Kinder im Himelfarb-Haus gespielt haben, die Resi, die Gisela, der Wiggerl, die Leni und die Erna. Wie sie im Keller herumgetobt haben, wenn schlechtes Wetter war und sie nicht draußen in den Ruinen spielen konnten. Und wie sie dann kurz nach Kriegsende unten einen Vorschlaghammer gefunden haben, der Wiggerl und der Onkel. Sie haben damit zwischen den Kellerabteilen Weitwerfen gespielt. Bis der Wiggerl den Hammer einmal mit solcher Wucht gegen eine Wand gedonnert hat, dass der darin stecken geblieben ist. Um den Hammer wieder herauszuziehen, mussten sie ein paar Backsteine wegstemmen. Dahinter entdeckten sie dann eine schmale Kammer. Sie können sich alle denken, was darin war.«

»Wie sollten bitteschön die Himelfarbs in der Zeit ihrer Internierung eine doppelte Wand im Keller eingezogen haben?«

»Das waren nicht die Himelfarbs. Nach dem Abtransport hat Onkel Bertis Vater die Wohnungen geräumt und die Bilder in den Keller gebracht. Was dann passierte, konnte auch Onkel Berti nur spekulieren. Es muss wohl eines Tages Herr Menzl senior aufgetaucht sein, weil er nicht glauben konnte oder wollte, dass die Gemäldesammlung der Himelfarbs verschwunden sein sollte. Er muss mit Bertis Vater die Bilder im Keller gesichtet haben und hinter den Trick mit den darüber getackerten Kunstdrucken gekommen sein. Er hat wohl gemeinsam mit Bertis Vater die doppelte Wand eingezogen und die Bilder eingemauert. Drei Werke hat er aber auf jeden Fall mitgenommen. Die drei sind nach dem Krieg in den Handel gekommen, wie Sie vielleicht wissen.«

»Was erzählen Sie für Räuberpistolen über meinen Vater!«, echauffierte sich Hans-Albert Menzl. »Sie haben die längste Zeit für mich gearbeitet, mein Fräulein!«

»Es sind keine Räuberpistolen, Herr Menzl«, sagte Verena Klein selbstsicher. »Die Himelfarb-Sammlung ist wesentlicher Teil meiner Doktorarbeit. Natürlich habe ich auch nach den drei Werken geforscht, die Ihr Vater verkauft hat. Er hat sie meiner Meinung nach über einen einfachen Trick legal auf den Markt gebracht. Er war ja ein angesehener Kunsthändler, der mit vielen Sammlern ausgezeichnete Beziehungen pflegte. Und er unterhielt die ganze NS-Zeit hindurch Kontakt mit den Sammlern, die nicht der offiziellen Doktrin folgten und ihre ›entarteten‹ Schätze versteckten. Jedes der drei Werke ist kurz nach dem Tod eines bedeutenden Sammlers aufgetaucht. Immer in der Erbmasse des Verstorbenen. Menzl muss also die Erben überredet haben, das betreffende Bild aus der Himelfarb-Sammlung als aus der eigenen Erbmasse stammend auszugeben. So konnten ein Klee und zwei Kandinskys verkauft werden. Es gab zwar immer wieder Zweifel über die wahre Herkunft der Bilder, aber man konnte Menzl nie etwas nachweisen. Ich vermute mal, er hat seinen Kontaktleuten einen ordentlichen Anteil am Verkaufserlös zukommen lassen.«

»Das ist absurd«, zischte Menzl. »Wenn Sie hier weiterhin das Ansehen meines Vaters in den Dreck ziehen, werde ich gegen Sie wegen Rufmordes vorgehen, mein Fräulein!«

»Ich bin nicht Ihr Fräulein.« Verena Klein fixierte den Kunsthändler finster. »Und ich kann für die drei betreffenden Bilder, die Ihr Vater zwischen 1946 und 1960 verkaufte, heute lückenlos nachweisen, dass sie aus der Sammlung Himelfarb stammten.«

»Die schmutzigen Geschäfte Ihres Vaters interessieren uns hier nur ganz am Rande, Herr Menzl«, sagte Max Pfeffer scharf. »Was haben die Buben also getan, nachdem sie das Versteck entdeckt hatten?«

»Sie haben es den Mädchen gezeigt. Und dann haben sie beschlossen, dass sie die schönen Bilder mitnehmen. Jeder konnte sich eins aussuchen. Onkel Berti hat erzählt, dass seine Mutter erst gar nicht begeistert darüber war, dass er ein verstaubtes Bild angeschleppt hat. Aber er durfte es behalten und in seinem Zimmer aufhängen. Es zeigte das Sendlinger Tor.«

»Wenn es sechs Kinder waren, haben die sich demnach sechs Bilder mitgenommen«, sagte Hans-Albert Menzl. »Zählen wir die drei dazu, die mein Vater angeblich verkauft haben soll, sind es neun. Die Sammlung muss aber größer gewesen sein, oder?«

»Richtig. Onkel Berti sagte, dass seine Mutter die restlichen Bilder geholt hat, es waren noch zwölf, und dann dem Hauseigentümer Georg Straub die halb eingestürzte Wand gemeldet hat. Er hat sie komplett wegreißen lassen und weil er nicht nach Bildern oder etwas ähnlichem fragte, hat Bertis Mutter die restlichen zwölf Bilder, die ja auch schöne Rahmen hatten, einfach auf dem Schwarzmarkt eingetauscht gegen Zigaretten oder Lebensmittel.«

»Nein!« Menzls Mund blieb offen stehen.

»Doch. Ihr Vater muss ganz schön getobt haben, als er das erfahren hat. Aber was sollte er machen? Anzeigen? Und vor allem wen anzeigen? Dann hätte er auch seine eigene Verstrickung in die Sache zugeben müssen. Bertis Mutter hatte wohl ihr Leben lang ein schlechtes Gewissen, weil sie sich denken konnte, dass die Bilder einst Eigentum der Deportierten waren. Aber Berti durfte trotzdem sein Bild behalten. Irgendwann hat dann die Erna Kubelik entdeckt, dass unter ihrem Bild noch ein anderes steckte. Ihr Stiefvater war ein Säufer und hat regelmäßig im Suff die Bude auseinander genommen. Einmal auch das Zimmer von Erna. Dabei ging der Rahmen zu Bruch und die obere Leinwand bekam einen Riss. So entdeckte Erna den kleinen Picasso. Da waren sie längst Jugendliche oder fast schon Erwachsene. Sie fand es erst scheußlich, aber dann gefielt ihr das Blau darin und schließlich haben sie herausgefunden, dass es womöglich ein Picasso sein könnte. Onkel Berti hat sofort nachgesehen, ob unter seinem Bild auch was anderes steckte. Es steckte.«

»Darum haben Therese Obermeier und Ludwig Scherzinger Ihre Kontaktversuche abgeblockt, weil auch sie wussten, dass unter ihren Bildern was anderes steckte?«, fragte Pfeffer.

»Ich schätze mal ja.«

»Ich glaube, das wäre dann Ihr Einsatz, Herr Menzl«, sagte Max Pfeffer.

Der Kunsthändler nuckelte an seiner Zigarre und rutschte auf seinem Stuhl herum. »Ich verstehe nicht ganz.«

»Sie verstehen schon. Wir sprachen vorhin über Geld.«

»Na gut.« Menzl rieb sich die Hände und warf sie dann in einer hilflosen Geste nach oben. »Bertram Xylander hat die Wohnungen nicht mit Geld bezahlt. Er hat mir sein Bild gegeben.«

»Schlechter Tausch für ihn, oder? Wenn er dafür Millionen hätte bekommen können?«

»Es war kein Gemälde. Er hatte einen billigen Kunstdruck mit Glasrahmen. Darunter war eine Zeichnung von Georges Braque. Eine Zeichnung bringt nicht so viel wie ein Gemälde. Er hat immerhin zwei Wohnungen dafür bekommen! So schlecht ist er dabei nicht weggekommen.«

»Und dass ein einfacher, alter Mann so etwas besitzt, hat Sie nicht gewundert?«

»Er hat gesagt, es sei ein Familienerbstück. Woher sollte ich denn wissen, dass er lügt?«

»Wo ist das Bild jetzt?«

»Verkauft. Längst verkauft«, brummte Menzl und widmete sich wieder seiner Zigarre.

»Fragt sich nur, warum dann plötzlich alle, die als Kinder im Himelfarb-Haus ein Bild geklaut haben, kurz hintereinander ermordet werden.« Max Pfeffer verschränkte die Hände auf dem Rücken, löste aber den Griff sofort wieder, weil seine lädierte Linke schmerzte.

»Weil jemand gierig geworden ist«, sagte Annabella Scholz.

»Jemand ist sehr gierig geworden.« Pfeffer nickte. »Nur, was war der Auslöser? Entweder derjenige hat erst kurz zuvor von der Sache erfahren, was Herrn Menzl mehr als verdächtig machen würde. Oder jemand, der schon lange von allem wusste, konnte plötzlich den Hals nicht voll genug kriegen, was uns wieder, wie schon mehrfach, zu Frau Klein bringt.«

»Ich habe damit nichts zu tun!«, rief Menzl. »Absolut gar nichts!«

»Sie haben die ganzen Angaben über die anderen Beteiligten nicht vom Einwohnermeldeamt oder irgendwelchen Archiven, sondern von Ihrem Onkel, nicht wahr, Frau Klein?« Pfeffer lehnte sich in den Rahmen der Wohnzimmertür. Von hier aus hatte er alle Anwesenden gut im Blick. »Daher wussten Sie, dass aus dem Fräulein Fuchs eine Frau Schlüter und aus dem Fräulein Scherzinger eine Frau Obermeier geworden ist.«

Verena Klein nickte. »Ich habe mit meinem Onkel eher beiläufig über meine Doktorarbeit gesprochen. Es war wirklich ein Zufall. Ich dachte, weil er hier im Viertel aufgewachsen ist, wüsste er vielleicht etwas. Ich konnte nicht ahnen, dass er alles wusste.«

»Ist ja wie bei Agatha Christie hier«, mischte sich unvermittelt Lisa ein, während sie Fingernägel kaute. »Kriegen wir denn bald den Mörder präsentiert, oder müssen wir noch lange warten?«

»Nur Geduld«, sagte Pfeffer. »Fassen wir kurz zusammen, meine Herrschaften, Frau Klein hat die Angaben über den Verbleib der Sammlung Himelfarb zu einem Großteil von ihrem Onkel, Bertram Xylander. Im Gegenzug hat sie ihren Onkel darüber informiert, ob die betreffenden Damen und der Herr noch im Besitz der fraglichen Bilder waren. Richtig?«

Alle sahen ihn gespannt an. Verena Klein runzelte die Stirn.

»Wir waren bei den Hintergründen für die Taten ein wenig zu voreingenommen. Meine Kollegin und ich waren uns fast sicher, dass Sie, werter Herr Menzl, hinter allem hier steckten. Wir dachten, Sie hätten Frau Klein auf Recherche geschickt, Sie hätten sie womöglich angestiftet, Bertram Xylander auszuhorchen, und dann Jerzy Szymborska die Drecksarbeit erledigen lassen.«

»Schönen Dank auch.« Hans-Albert Menzl saugte grimmig an seiner Zigarre.

»Doch Sie haben Jerzy nicht angeheuert, die Drecksarbeit zu erledigen.«

»Aber Jerzy war es doch!«, rief Verena Klein.

»Warum?«, fragte Pfeffer.

»Na, Sie haben doch Spuren von ihm gefunden, oder?«

»Haben wir das?« Max Pfeffer ging langsam auf die junge Frau zu. »Bella, hilf bitte mal meinem Gedächtnis auf die Sprünge. Haben wir irgendjemandem der Anwesenden gegenüber gesagt, dass wir an einem oder mehreren Tatorten DNS-Spuren von Jerzy Szymborska gefunden haben?«

»Nein«, sagte Annabella Scholz.

»Und im Übrigen, Frau Klein, woher kennen Sie Jerzy?«

»Das … mein Onkel hat von ihm gesprochen.«

40 Max Pfeffer wickelte sich das Handtuch um die Hüften und versuchte die neugierigen Blicke der beiden alten Männer zu ignorieren, die ihm vor den Spinden unverhohlen beim Ausziehen zugeschaut hatten. Pfeffer verstaute den Eintrittsbon in seiner Jackentasche, bevor er die Spindtür schloss. Den Saunabesuch in der Reichenbachstraße würde er als Spesen einreichen.

»Gibt nichts mehr zu sehen«, sagte er und verließ die Umkleide, um sich im Gewirr der riesigen Herrensauna auf die Suche zu machen. Treppauf, treppab – die Anlage glich einem Labyrinth, die Stufen führten zu verschiedenen Saunen, Dampfbädern, Pools, Ruheräumen, Duschen, kleinen Pornokinos, Glory Holes und Einzelkabinen. Die Wände waren dunkel gestrichen, das Licht schummrig. Die Sauna der Deutschen Eiche hatte sich in den letzten Jahren wie ein Spinnennetz über die Hinterhöfe der angrenzenden Häuser ausgebreitet. Wenn irgendwo in der Nachbarschaft zwischen Reichenbach- und Buttermelcherstraße eine Werkstatt, eine Garage oder ein Hinterhaus frei geworden war, hatten es die Saunabetreiber übernommen, neue Treppen und Durchbrüche angelegt und dem Betrieb einverleibt.

Max Pfeffer war nur ein einziges Mal vor Jahren hier gewesen, bevor er Tim kennengelernt hatte, und hatte festgestellt, dass es absolut nicht seine Welt war. Er schaute in jede Sauna, checkte die Whirlpools und Toiletten und klopfte so lange bei den beiden verschlossenen Kabinen, bis ihm geöffnet wurde. Eines der Pärchen, die er unterbrochen hatte, schleuderte ihm ein »Verpiss dich« entgegen, ein anderes forderte ihn auf mitzumachen. Bei den anderen Kabinen stieß er die angelehnten Türen auf. Leer. Nur in der letzten saß ein Bär von einem Kerl auf der Liege. Bär traf es am besten, denn der korpulente Mann war komplett behaart.

»Nur herein, hübscher Mann«, sagte der Bär und strahlte von einem Ohr zum anderen. Er sprang auf und ließ sein Handtuch fallen. »Deine Suche hat ein Ende.«

»Nein danke.« Pfeffer zog die Tür zu. »Mir ist schon schlecht.«

»Hey.« Der Bär riss die Tür wieder auf. »Nicht so schnell. So wie du aussiehst, magst du die härtere Tour.« Er deutete auf Pfeffers blaues Auge und die Handschiene. »Ich bin dabei.«

»Was an ›nein danke‹ hast du nicht verstanden?« Max Pfeffer ging weiter. Er war nun in allen Räumen gewesen. Er suchte den Weg zurück zur Bar im Eingangsbereich.

Der Bär folgte ihm und plapperte fortwährend. »Wir können auch in eine Sauna gehen oder in den Pool, wenn du Publikum magst …«

Pfeffer reagierte nicht. In der Bar wurde er endlich fündig. Er erkannte Mirko Hagen sofort an dem großen Tribal-Tattoo. Der junge Mann saß mit einem alten, aufgeschwemmten Mann am Tresen vor einer Cola. Die beiden unterhielten sich angeregt.

»Darf ich Sie kurz bei der Arbeit stören?« Pfeffer stellte sich neben Mirko.

»Oh, so sieht man sich wieder.« Mirko grinste anzüglich. »Wusste gar nicht, dass du auch hier …«

»Wir können gerne beim Sie bleiben, Herr Hagen«, sagte Pfeffer trocken. Er beugte sich vor und sagte zu dem alten Mann: »Ich brauche Herrn Hagen mal alleine. Danke!«

»Ich bleib hier«, murmelte der Alte. Sein Fettbusen ruhte auf einer mächtigen Wampe, dazwischen baumelte ein Goldkettchen. Das Handtuch hatte er unterhalb der Brust umgewickelt.

»Ist schon okay, Werner. Lass uns mal kurz alleine«, sagte Mirko. Werner nahm seinen Orangensaft und verließ die Bar. Pfeffer bemerkte, dass der Bär ihm weiter gefolgt war und nun unschlüssig herumstand.

»Werner ist ein alter Bekannter«, sagte Mirko und grinste Pfeffer an. »Ist das nun Zufall oder hast du mich gesucht?«

»Letzteres, Herr Hagen.«

»Jetzt lass doch das Sie. Wir sind hier in der Sauna und …«

»Das überlassen Sie mir.« Pfeffer setzte sich auf den Barhocker neben Mirko Hagen. »Ich habe vorhin Ihre kleine Freundin kennengelernt …«

»Lisa?« Mirko sah Pfeffer böse an. »Die blöde Kuh. Ich habe ihr eingebläut, sie soll niemandem öffnen. Es ist nicht so, wie Sie denken.«

»Was denke ich denn?«

»Egal. Ich habe jedenfalls nie gesagt, dass ich auf Männer stehe. Das ist Business.«

»Schön, dass Sie nun direkt und ehrlich sind. Steht Ihnen. Das sollten Sie beibehalten. Ich frage mich sowieso, warum ein junger Mann mit Ihrem Hintergrund so ein Leben führt.«

»Mit meinem Hintergrund?« Mirko Hagen lachte bitter. »Mit meinem Hintergrund. Was haben Ihnen meine Eltern erzählt? Dass ich der undankbare Sohn bin, dem sie alles geboten haben?«

»So ähnlich.«

»Sie haben Ihnen aber bestimmt nicht erzählt, dass mein Vater mich regelmäßig verprügelt hat, was heißt verprügelt, zusammengeschlagen hat er mich, wenn etwas nicht so lief, wie er wollte. Wenn ich nicht der Junge war, den er sich erträumt hatte. Und meine Mutter war kein Deut besser. Sie hat teilnahmslos weggeschaut. Obwohl sie wusste, was abging. Sie hat er ja auch nicht geschlagen. Nur mich. An mir hat er seinen Frust ausgelassen. Nach außen immer die tolle Fassade …« Er brach ab.

»Ich verstehe«, sagte Pfeffer nachdenklich, denn er verstand es wirklich.

»Ach ja?«, antwortete Mirko Hagen höhnisch.

»Ja. Soll ich Ihnen mal was aus meiner Kindheit erzählen? Ich denke, in einem Wettbewerb zum Thema krankenhausreif prügelnder Vater und teilnahmsloser Mutter würden Sie den Kürzeren ziehen. Hauptsache die Nachbarn …« Er beendete den Satz nicht und unterdrückte die Wut, die in ihm hochstieg, wie immer, wenn er an seine Eltern dachte. »Aber, Herr Hagen, meine Geschichte steht nicht zur Debatte und einen kleinen Unterschied gibt es dann doch. Ich bin nicht auf der Straße gelandet.«

»Glückwunsch. Ich habe mir mein Leben so gewählt, wie ich es möchte.«

»Ebenfalls Glückwunsch. Es sieht ja so aus, als würde sich Ihr Leben nun ein wenig ändern.«

»Wie meinen Sie das?«

»Bertram Xylander ist heute gestorben.«

»Oh.« Mirko Hagen griff leicht zitternd seine Colaflasche und saugte am Strohhalm. Er musterte Pfeffer. »Sie erwarten jetzt nicht, dass ich heulend zusammenbreche.«

»Jeder wie er mag. Hat Ihnen nicht einer der Therapeuten, zu denen Sie Ihre Eltern geschickt haben, Gefühlskälte attestiert?«

»Einer? Alle drei haben das. Wird wohl stimmen. Ich kann das nicht beurteilen. Ich kenne mich nur so, wie ich bin. Haben Sie eigentlich seinen Mörder?«

»Ja.«

»Gott sei Dank. Wo haben Sie Jerzy aufgetrieben?«

Die Situation spielte sich genauso ab, wie es Max Pfeffer vorhergesehen hatte.

»Jerzy Szymborska? Ja, den haben wir in seiner Höhle gefunden. Wie kommen Sie aber darauf, dass es Jerzy war?«

»Na, Sie haben doch Spuren von ihm gefunden, oder?« Exakt diesen Satz hatte Verena Klein zuvor gesagt.

»Kann mich nicht erinnern, dass ich das Ihnen gegenüber jemals erwähnt hätte.«

»Ich bin mir sicher, dass Sie so etwas sagten, nachdem wir Berti gefunden haben«, antwortete Mirko trotzig.

»Herr Hagen, oder sollte ich jetzt besser Herr Xylander sagen?«

Mirko, der an seiner Cola nuckelte, verschluckte sich.

»Es war für Frau Klein ein ziemlicher Schock, als sie erfuhr, dass es nichts mit ihrer Erbschaft wird. Frau Kleins schlimmste Befürchtung ist wahr geworden. Sie nannte Sie in diesem Zusammenhang übrigens einen Parasiten. Was könnte wohl die schlimmste Befürchtung von Frau Klein gewesen sein?«

»Berti wollte mich adoptieren«, flüsterte Mirko.

»Wollte? Er hat Sie adoptiert mit allem Drum und Dran. Schon vor zwei Monaten.«

»Was reden Sie da für einen Unsinn?« Mirko lachte.

«Es war nicht sehr klug von Ihnen, Herr Xylander, sich gestern im Krankenhaus über den Gesundheitszustand Ihres Daddys zu erkundigen. So nannten Sie ihn doch zuletzt, oder? Daddy. Sie hatten die notariellen Unterlagen dabei, um sich vor den Ärzten als legitimer Angehöriger auszuweisen, sonst hätten die Ihnen alle Auskünfte verweigert.« Max Pfeffer beugte sich nun so nah zu dem jungen Mann, dass er dessen Atem spüren und riechen konnte. Süßer Colageruch.

Mirko legte den Kopf etwas zurück und fixierte Pfeffer. Dann ließ er den Kopf urplötzlich vorschnellen und traf Pfeffer an der linken Stirn, bevor er vom Hocker rutschte und versuchte loszusprinten.

»Nicht schon wieder!«, fluchte Pfeffer, während er zum dritten Mal innerhalb weniger Tage Sternchen sah. Er schnappte nach Mirkos Arm, bekam ihn zu fassen und riss den jungen Mann daran so herum, dass der über einen

Bistrotisch geschleudert wurde und benommen liegen blieb, weil er sich den Hinterkopf angestoßen hatte.

41

»Autsch«, sagte Severin mitfühlend. »Wieder das Auge.«

»Kannste laut sagen.« Pfeffer nahm einen tiefen Schluck von seinem Bier. »Wie durch ein Wunder ist nichts gebrochen, keine Netzhautablösung und das Auge ist in Ordnung.«

»Du siehst echt total verhauen aus.«

»Augen auf bei der Berufswahl.«

»Aber die Klappe steht dir. Gibt dir was Verwegenes. Piraten der Karibik, nein, Max the Pepper, der Glockenbachpirat. Ha, noch besser: Pirates of the Pechwinkel.« Weil er nicht ständig mit einer Sonnenbrille herumlaufen wollte, um sein dickes blaues Auge zu verstecken, trug Pfeffer nun eine Augenklappe.

»Und weiter.« Severin rutschte hibbelig auf seinem Sitz hin und her.

»Tja. Und weiter. Er hat dann alles gestanden.«

»Also hat der alte Xylander seine Nichte zur Recherche ermutigt. Sie hat dann die Standorte der Bilder aufgetrieben … Moment mal, warum wurde der Alte plötzlich so gierig?«

»Weil sein Haus verkauft wurde. Er hat plötzlich gemerkt, dass er etwas so wahnsinnig Wertvolles besitzt, dass er sich einen sorglosen Lebensabend machen kann. Und er hat sich gedacht, dass sein Lebensabend gar nicht sorglos genug werden könnte. Also wollte er die übrigen Bilder haben. Natürlich angestachelt von seiner Nichte, die zum einen auf einen Anteil beim Verkauf hoffte, zum anderen auf ein fettes Erbe spekulierte. Wovon sie zunächst nichts wusste, war, dass auch Mirko seinen Sugardaddy angestachelt hat, weil er seinerseits auf einen Anteil und später auf ein dickes Erbe hoffte. Ich glaube, die Klein dachte anfangs tatsächlich, dass die Bilder aufgekauft würden oder so.«

»Aber Xylander hat seinen jungen, skrupellosen Lover losgeschickt.«

»Exakt. Die Nichte hat die alten Fotos vergrößert und die entsprechenden Bilder isoliert. Mirko bekam die Ausdrucke und wusste, was er aus den Wohnungen mitnehmen musste.«

»Und wie hat er es gemacht? Ich meine, wie ist er unbemerkt in die Wohnungen gekommen?«

»Er hat ihnen quasi aufgelauert. Er hat sie beobachtet, beim Einkaufen, in der Apotheke, wo auch immer. Er ist ihnen dann einfach mit einigem Abstand in die Häuser gefolgt. Eine Zeugin hat ihn gesehen, wie er ins Haus gegangen ist. Wenn die Alten die Wohnungstür aufgesperrt haben, hat er sie überwältigt und sofort mit einem Schal oder einem Tuch erwürgt. Wir haben kein einziges dieser Tücher gefunden. Er sagt, er hat sie sofort nach den Taten irgendwo in einen Mülleimer geworfen. Die Kleidung, die er bei den Taten getragen hat, hat er über Altkleidercontainer entsorgt. Cleverer Schachzug. Da wird sich der Anwalt freuen, wenn die Faserspuren von den Tatorten keinem seiner Kleidungsstücke zugeordnet werden kann. Sein Sugardaddy Berti hat im jedes Mal Geld für eine neue Ausstattung gegeben. Mirko hat die Bilder genommen, damit es nicht so auffällt, hatte er immer zwei große Plastiktüten dabei, in die er die Bilder steckte. Wir sprechen hier nicht von riesigen Ölschinken, sondern von vergleichsweise kleinen Arbeiten, die man zur Not in großen Tüten unterbringen kann.«

»Clever.« Severin nickte.

»Skrupellos würde ich eher sagen.« Pfeffer trank erneut und machte dem Kellner ein Zeichen, dass er noch ein Bier wünschte. Die beiden hatten sich auf ein Feierabendbier im Selig in der Hans-Sachs-Straße getroffen. Es war endlich einmal so warm geworden, dass man noch am frühen Abend draußen sitzen konnte. Gemischtes Publikum drängte sich an den Tischen. »Unser Mirko hat jedenfalls die Drecksarbeit erledigt.«

»Bei Paloma war er wohl noch unsicher und ist in Panik geraten. Daher hat er die Leiche in den Duschvorhang gewickelt und in den Bach geworfen. Er dachte, die würde nie gefunden werden.«

»Vielleicht. Ich denke aber, da steckt was anderes dahinter. Wenn man Erna Kubelik sofort gefunden hätte, hätten wir womöglich schneller den Fall klären können und einige der Opfer würden noch leben. Schließlich war es ja Palomas Picasso, der uns auf die richtige Fährte brachte. Aber es stimmt schon. Mirko wurde von Mal zu Mal routinierter, sofern man das bei Mördern sagen kann.«

»Man kann«, sagte Severin. »Technisch betrachtet, wird man bei jeder Tätigkeit routinierter. Bei jeder. Da spreche ich aus Erfahrung!«

»Weil jeder wusste, dass Erna ein Verhältnis mit dem debilen Jerzy hatte, hat Mirko bei jeder Gelegenheit Haare von Jerzy gesammelt, von der Jacke gezupft und so. Einfach so getan, als würde er ihm beim gemeinsamen Biersaufen auf die Schulter klopfen. Schwups Haare aufgesammelt. Damit er was zum Verlieren am Tatort hatte. Mirko hat seinen Sugardaddy dann den Floh ins Ohr gesetzt, dass er ihn adoptieren soll. Von wegen geregelte Erbschaft und so weiter. Patientenverfügung. Der Junge ist nicht dumm.«

»Der Überfall auf den alten Xylander?«

»Natürlich inszeniert. Beziehungsweise sollte er nur inszeniert sein. Damit Xylander nicht verdächtig wird. Aber Mirko hat – er besteht darauf, dass es aus Versehen war –, so fest zugeschlagen, dass Xylander dann doch seinen Verletzungen erlegen ist.«

»Und du glaubst ihm das nicht, dass es aus Versehen war?«

»Nein. Beweisen werden wir es ihm wohl nicht können. Kommt es bei fünf Morden noch auf den sechsten an? Das beeinflusst das Strafmaß nicht mehr. Ist mir auch egal. Ich bin ab heute endlich wirklich krankgeschrieben und kümmere mich frühestens nächste Woche weiter um den Fall. Mirko hatte übrigens ein großes Interesse daran, dass der Alte stirbt. Dann könnte er erben. Die Wohnungen, die Kunstschätze. Er hat das geschickt eingefädelt. Und Xylanders Nichte Verena wäre ausgebootet. Die Klein wusste nicht, dass Mirko längst adoptiert war. Sie hat uns mit Halbwahrheiten hingehalten, weil sie an das große Geld kommen wollte. Sie hatte sicher kein Interesse daran, dass ihr Onkel jetzt stirbt. Sie hat es dann wirklich mit der Angst bekommen, als sie sah, wie skrupellos Mirko sein konnte. Sie fürchtete, dass Mirko sie nach Abschluss der Aktion ebenfalls aus dem Weg schaffen würde.«

Ein bulliger Typ im Businessanzug saß an einem Tisch der Freischankfläche der Bar namens Nil auf der anderen Straßenseite und starrte ununterbrochen herüber. Immer wenn Pfeffers Blick hinüberschweifte, lächelte er Pfeffer breit an. Pfeffer nickte kurz.

»Und die Bilder?«

»Alle bei Xylander gefunden. Darum hatte ich die Klein mitgenommen. Der Alte hatte schon die Tarnbilder der Himelfarbs entfernt und Zeitschriftenposter drübergeklebt. Die Kollegen mussten alle Bilder in seiner Wohnung auseinander nehmen. Alle. Und der hatte echt viele. Aber der dürftige Rest der Himelfarb-Sammlung ist wieder da.«

»Hätten sie die über den Menzl verkauft?«

»Sie sagt ja. Menzl sagt nein. Mirko sagt allerdings auch, dass der alte Xylander mit Menzl verhandelt hätte. Auch das bestreitet Menzl. Irgendwie scheint er mir glaubwürdig. Da steht noch Arbeit ins Haus. Aber nicht für mich. Ich bin krank!«

»Und besäufst dich öffentlich in Kneipen.« Severin schüttelte den Kopf. »Und was passiert nun mit den Bildern?«

»Den Originalen?« Pfeffer zuckte mit den Schultern. »Nicht mein Bier. Vielleicht finden sich doch noch entfernte Verwandte der Himelfarbs.« Der Typ von der Bar gegenüber grinste noch breiter. Jetzt erst erkannte Pfeffer den Bär aus der Sauna und legte sofort Kälte in seinen Blick, bevor er wegsah. »Palomas Picasso haben wir übrigens nicht bei Xylander gefunden.«

»Sondern?«

»Sondern in Jerzys Höhle unter Decken und Magazinen versteckt. Nach seiner Aussage hat sie es ihm am Heiligabend mitgegeben und gesagt, er soll gut darauf aufpassen und es verstecken, bis sie es wieder braucht.«

»Dann muss sie was geahnt haben.«

»Mirko muss an jenem Tag, kurz nachdem Jerzy von Erna weggegangen war, bei ihr aufgekreuzt sein. Sie kannte ihn ja, hat ihn wohl ohne Arg reingelassen. Er hat das Bild nicht gefunden. Darum hat er im Keller nach dem Bild gesucht, weil es irgendwo sein musste. Verena Klein hat ihrem Onkel versichert, dass sie es nicht hat. Tja, und als Mirko wieder einmal im Keller rumstöberte, bin ich zufällig vorbeigekommen. Da dachte er sich, er könnte auch gleich mal den Schnüffler beseitigen. Er behauptet ja, es sei eine Kurzschlussaktion gewesen. Nun ja. Wers glaubt!«

»Verklag ihn auf ein riesiges Schmerzensgeld! Er ist doch jetzt reich.«

»Nein, ist er nicht. Er erbt nichts, weil er der Täter ist. Oder sagen wir mal, wenn er wegen der Morde verurteilt wird. Wär ja noch schöner. Leute abmurksen, seine fünfzehn Jahre absitzen und dann das große Geld trotzdem einstreichen. Nein. In solchen Fällen kann im Testament stehen, was will. Mörder erben nicht. Hör mal, Severin, das weißt du alles natürlich nicht von mir«, sagte Pfeffer. »Das Verfahren ist gerade mal eröffnet.«

»Wenn du es mir nicht erzählt hättest, hätte ich es heute Abend aus Bella …«, er brach erschrocken ab. »Scheiße.«

»Wieder zu viel Information, Severin!«

»Wir gehen nur essen.«

»Klar. Und die Erde ist eine Scheibe.«

PS Die Geschichte mit den Deportationshäusern im Glockenbachviertel ist leider nicht frei erfunden. Allerdings war das Haus an der beschriebenen Stelle kein solches Deportationshaus.
Momentan kann man auch gar nicht so schnell schauen, wie das Glockenbachviertel sein altes Gesicht verliert. Kurz bevor das Buch fertig war, kam das Ende für die Heilsarmee an der Pestalozzistraße und damit für die Obdachlosen am Holzplatz. Der Altbau wird luxussaniert …
Ich danke Carsten für seine Inspiration und alles, alles andere. Außerdem Dank für die Unterstützung an Enke und Felix.

oberirdischer Bauchlauf

unterirdischer Bachlauf

Mehr Pfeffer …

Leseprobe aus

»Das geschenkte Mädchen«

»Ganz schöne Sauerei, was, Chef?«, sagte Kommissar Paul Freudensprung zu seinem Vorgesetzten, rieb sich die Augen und umrundete vorsichtig die große Blutlache.

»Hmmm«, brummte Max Pfeffer und kratzte sich nachdenklich am Kinn. »Der arme Kerl ist offenbar langsam verblutet.«

»Pfeffer!«, mischte sich die schwergewichtige Rechtsmedizinerin ein, die neben der Leiche kniete und bei der Arbeit munter vor sich hin rauchte. Pfeffer war sich fast sicher, dass die Spurensicherung den Tatort eigentlich noch nicht zum Rauchen freigegeben hatte. Doch die Pathologin rauchte immer und überall, sobald die Spurensicherung erste Anzeichen von Arbeitsende gab. »Willst du jetzt meinen Job machen? Wie und woran er gestorben ist, werde ich dir schon rechtzeitig mitteilen.«

»Schon gut, Pettenkoferin. Was ist los, Paul?« Pfeffer wandte sich wieder an Freudensprung. »Du siehst heut wieder aus, als hättest du eine Megaparty hinter dir. Fasching?«

Freudensprung rieb sich erneut die verquollenen Augen. »Nix ist los, Chef«, antwortete er übel gelaunt. »Hab nur schlecht geschlafen.«

»Schon wieder?«

»Schon wieder!«

»Wenn du irgendwelche Probleme hast …«

»Jaja, schon gut.« Paul Freudensprung winkte ab und grunzte. »Alles bestens, hab eben momentan Schlafprobleme.«

Max Pfeffer zuckte mit den Schultern. »Gut, zurück zur Arbeit. Wo ist die Frau, die ihn gefunden hat? Die Putzfrau, richtig?«

»Sitzt nebenan und heult«, sagte Freudensprung. »Kein Wunder, bei dem Anblick. Sie heißt Fetmeh Yilmaz, auch wenn sie dir gleich erzählen wird, dass du Aische zu ihr sagen kannst.«

Pfeffer umrundete die ausgeblutete Leiche und ging in das Nebenzimmer, eine kleine Teeküche. Selbst hier standen auf den Hängeschränken und den Ablagen afrikanische Plastiken unterschiedlicher Größe. Ein großer, offener Karton versperrte fast den Weg. Darin kleine Nagelfetische *en masse*, die auf

Pfeffer richtig antik und wertvoll wirkten. Er hob einen heraus und drehte ihn in den Händen. Vielleicht ein gutes Geburtstagsgeschenk für den Kleinen, dachte Pfeffer, als er sich an der Kiste vorbeiquetschte. Neben dem neuesten Tomb-Raider-Spiel natürlich, das der sehnlichste Wunsch seines jüngeren Sohns war. Das virtuelle Busenwunder Lara Croft ballernd und tittenschwingend auf dem Computerbildschirm und ein unheimlicher Nagelfetisch auf dem Nachtkästchen. Der Kleine würde vor Freude an die Decke hüpfen.

Mit der Figur in der Hand näherte sich Pfeffer vorsichtig der Frau, die in der Ecke auf einem Stuhl zusammengekauert saß und einen Becher Kaffee mit den Händen umkrallte.

»Frau …«

»Yilmaz, Fetmeh«, unterbrach ihn die Frau mit schriller Stimme und sah zu ihm hoch. Sie mochte Ende dreißig sein, vielleicht Pfeffers Jahrgang, doch sie sah älter aus. Sie trug eine blaue Kittelschürze und ein farblich mutiges Kopftuch. Ihre Augen waren gerötet, aber trocken. Sie schluckte. »Sie können aber Aische zu mir sagen.« Ihr Deutsch war fast perfekt.

»Danke, Frau Yilmaz, ich glaube nicht.« Pfeffer ging in die Hocke, um mit der Sitzenden auf einer Augenhöhe zu sein. Psychologisch nie verkehrt. Bei Augenkontakt auf einer Höhe lügt es sich schlechter. Das mit dem In-die-Hocke-Gehen hatte er immer bei seinen beiden Söhnen gemacht, als sie ihn dabei noch nicht körperlich überragt hatten – lange her. »Frau Yilmaz, ich bin Kriminalrat Max Pfeffer von der Münchner Mordkommission.« Er hielt ihr pro forma seinen Ausweis unter die Nase. Gewohnheit. »Erzählen Sie mir bitte alles, was Sie wissen. Wann und wie haben Sie den Toten …«

»Doktor Westphal«, rief Fetmeh Yilmaz dazwischen.

»Wann und wie haben Sie Doktor Westphal gefunden. Lassen Sie bitte nichts aus.«

Sie ließ nichts aus. Pfeffer bereute beinahe, dass er sie dazu aufgefordert hatte. Nun, sie habe einen Schlüssel, weil sie meistens ganz früh zum Putzen komme, bevor der Laden aufmache. Ab und zu auch abends, nach Geschäftsschluss, gegen halb acht, denn Doktor Westphal würde selten länger als sieben seine Galerie offen haben. Je nachdem, wie es ihre anderen Putzstellen zuließen. So wie heute. Und da sei er gelegen und alles voller Blut, so entsetzlich viel Blut. Wie sie das nur je wieder wegkriegen solle! Nein, über das Geschäft und die Kunden von Doktor Westphal wisse sie nichts, gar nichts. Ja, Doktor Westphal sei nicht verheiratet gewesen. Keine Frau, keine Freundin, jedenfalls keine, von der sie wisse.

»Wissen Sie, Herr Kriminalrat«, sagte die Putzfrau, »man soll nie etwas Schlechtes über die Toten sagen und ich schäme mich auch dafür, aber Doktor Westphal war kein sehr guter Mann. Verstehen Sie?« Pfeffer verstand nicht. »Ein guter Mann hat eine Frau und eine Familie, für die er sorgt. Für ihn gibt es die Frau und keine andere Frau.«

»Und Herr Westphal hatte also andere Frauen? Obwohl er nicht mal eine hatte?« Pfeffer versuchte sich in die Argumentationslogik der Zugehfrau hineinzuversetzen. Klar, der Tote war ein Schürzenjäger.

»Er hatte nur andere Frauen.« Fetmeh Yilmaz richtete sich gerade auf, drückte das Kreuz durch und klemmte die Hände mit dem Becher zwischen ihre Beine. Tratschposition. »Er hat sogar mir nachgestellt, aber ich bin eine anständige Frau! Aber meine Vorgängerin, Aische, die hat hier nicht mehr arbeiten wollen, weil er sie so sehr belästigt hat. Und Aische ist sehr hübsch. Sie ist meine Nichte. Die Tochter meines zweitältesten Bruders Mehmet und die Schwester von Levent Demir. Sie wissen schon, der TV-Star.« Pfeffer wusste nicht, aber er nickte. »Da habe ich die Stelle übernommen. Meine Familie …«

»Ist Ihnen aufgefallen, ob was fehlt?«, unterbrach Pfeffer sie schnell, bevor sie auch noch ihre Familienverhältnisse detailliert vor ihm ausbreiten konnte. Sie hatte bestimmt eine große Familie mit Namen, die sich Pfeffer nicht würde merken können, selbst wenn er es gewollt hätte.

»Was fehlt?« Die Putzfrau starrte ihn verwundert an. »Oh, ich weiß, dass die Sachen hier viel wert sind. Auch wenn ich nicht verstehen kann, dass jemand für diese alten, hässlichen und schmutzigen Figuren viel Geld ausgibt.« Pfeffer nickte zustimmend und unterdrückte ein Lachen. »Ich habe Doktor Westphal ja immer angeboten die Sachen zu waschen, ich hätte sie richtig sauber bekommen. Picobello, so sagt die eine Frau immer, für die ich auch putze. Picobello sauber. Ich weiß ehrlich gesagt gar nicht, was picobello bedeutet, aber ich hätte die schmutzigen Figuren hier richtig picobello sauber gemacht. Doch Doktor Westphal hat ständig ›Unterstehen Sie sich‹ gerufen. Aische hat immer gesagt …«

»Danke, Frau Yilmaz, Sie haben mir sehr geholfen«, verabschiedete sich Pfeffer hastig. »Wenn Ihnen vielleicht doch noch etwas einfällt, rufen Sie mich bitte an.« Er überreichte ihr seine Visitenkarte und ließ Fetmeh Yilmaz in seine rehbraunen Kuschelaugen fallen. Wenn es etwas an ihm gab, das bei Frauen nie seine Wirkung verfehlte, dann waren es seine dunklen, samtigen Augen. Und sein volles Haar, das, obwohl er die Vierzig noch vor sich hatte, bereits vollständig ergraut war. Sein Friseur versuchte seit Jahren, ihm eine »Auffrischung« der alten Haarfarbe unterzujubeln. Angeblich ganz natürlich. Keine Tönung, nur ein Mittel, das die Farbpigmente wieder reaktiviert. So wie es der Kanzler macht. Doch Max Pfeffer stand zu seinem Grau, das im krassen Kontrast zu seiner beinahe faltenlosen Haut stand. Der Kriminalrat war nicht ganz Einsfünfundachtzig und nicht unbedingt der Allerattraktivste, da machte er sich nichts vor. Manchmal, ziemlich selten, litt er ein wenig darunter. Im Sommer konnte er vielleicht einen gewissen Frauentyp mit knapper Kleidung beeindrucken, die seine sehr athletische Figur und vor allem seinen wirklich präsentablen Hintern betonte. Aber egal welches Wetter und wie dick die Kleidung – der Kuscheleffekt seiner dunklen Augen wirkte auf Frauen immer, und sei es nur, dass er sie verwirrte. Nur, dass Pfeffer sich so rein gar nichts aus Frauen machte.

... Fortsetzung beim Buchhändler

Mehr Pfeffer!

Ein aufgeschlitzter Galerist, ein afrikanischer Fetisch und die schöne Helene … Was hat Afrika mit diesem Mord zu tun? Tod nach Kolonialherrenart? Max Pfeffer muss sich mit einer dunklen Epoche der deutschen Geschichte auseinandersetzen, denn die Wurzeln des Verbrechens gehen zurück in die Zeit, als über Kamerun die Flagge des Deutschen Kaiserreiches wehte. Damals schenkte ein schwarzer Fürst einem deutschen Kolonialpionier eine Sklavin …

Die Originalausgabe war lange vergriffen, nun als Taschenbuch im Hirschkäfer-Verlag wieder lieferbar: Der 1. Fall des melancholischen Münchner Ermittlers Max Pfeffer.

Martin Arz
Das geschenkte Mädchen
Max Pfeffer ermittelt

Hirschkäfer Verlag München,
2011, Taschenbuch, 256 Seiten
ISBN 978-3-940839-15-2

»Eine der besten 15 Taschenbuch-Neuerscheinungen des Jahres!« *Brigitte*, über die Originalausgabe 2004

»Kriminalrat Max Pfeffer steht vor einem attraktiven Rätsel (…) Martin Arz' Kriminalroman liefert eine verzwickt spannende Geschichte, und das Tagebuch aus deutschen Kolonialtagen gibt der Sache eine historische Dimension, die wesentlich zur Plausibilität des Münchner Kriminalfalles beiträgt.« *Berliner Zeitung*

»Martin Arz ist mit seinem neuen Kriminalroman ein kleines Meisterstück gelungen.« *Ostfriesen Zeitung*

Leseprobe aus

»Reine Nervensache«

Max Pfeffer griff sich an die Brust und verdrängte mit aller Konzentration den Gedanken an die Einsamkeit. Bloß nicht jetzt den Zusammenbruch zulassen. Es war Sommer und es ging ihm gut, sagte er sich so lange, bis er es glaubte.

Später radelte er gemütlich über die Wittelsbacherbrücke hinüber nach Untergiesing. Vor dem Haus, in dem Wanja wohnte, schloss er sein Rad ab und blieb unschlüssig stehen. Sollte er wirklich klingeln? Er machte ein paar Schritte die Straße hinunter. Was sollte er den Russen fragen? Pfeffer zündete sich eine Zigarette an und lehnte sich gegen die Litfaßsäule, die am Straßenrand stand. Er hörte, wie eine Tür aufgerissen wurde und drehte sich um. Wanja Woroschin stürmte aus dem Haus, wutrot im Gesicht.

»*Samoltschi, starik!* Schweig, alter Mann!«, rief er über seine Schulter nach hinten. »Ich will deinen Unsinn nicht mehr hören!«

Pfeffer versteckte sich hinter der Litfaßsäule und beobachtete, was vor sich ging. Der Russe schloss sein Fahrrad auf und schwang sich auf den Sattel. Nun rannte ein weiterer Mann aus dem Haus.

»Warte, mein Junge! Ich möchte doch nur, dass du verstehst!«, rief der Mann. Pfeffer erstarrte, denn dieser Mann war der mysteriöse »Pfarrer«, der ihm den Umschlag mit den Fotos gebracht hatte. Der alte Mann lief kurz neben dem Fahrrad von Wanja her. Der Russe bremste abrupt ab.

»Hör zu, alter Narr«, zischte der Russe. »Ich weiß, was ich zu tun habe, okay? Also lass mich in Ruhe. Ich kenne meine Aufgabe zu genüge! Sorge du lieber dafür, dass du ihn findest!« Dann trat er in die Pedale.

Der Alte stand einen Moment unschlüssig auf dem Gehsteig. Dann ging er langsam Richtung Straße. Pfeffer beschloss, den Alten nicht entkommen zu lassen und sprintete hinter der Litfaßsäule hervor.

»Auf ein Wort, Herr Pfarrer!«, rief er und spurtete hinaus auf die Straße. Der Angesprochene drehte sich erstaunt um, erkannte Pfeffer und rannte wie von der Tarantel gestochen winkend los. Für einen alten Mann legte er dabei ein mehr als erstaunliches Tempo vor. Ein dunkler BMW der obersten

Preisklasse kam aus einer Ausfahrt geschossen und hielt mit quietschenden Bremsen vor dem Alten. Bevor Pfeffer ihn erreichen konnte, saß der Mann auf dem Beifahrersitz. Der Chauffeur ließ den Motor aufheulen und brauste mit qualmenden Reifen davon. Pfeffer musste auf die Seite springen, um nicht überfahren zu werden. Schwer atmend sah er dem Wagen nach, der ohne den Blinker zu setzen bei der nächsten Gelegenheit scharf links einbog. Pfeffer überlegte kurz, ob es Sinn machen würde, dem Auto mit dem Fahrrad zu folgen. Doch bis er es aufgeschlossen hatte … Der BMW musste nun sicher schon in der Humboldtstraße sein, vermutlich raste er eben den Giesinger Berg hoch. Von dort hatte der Fahrer jede Menge Möglichkeiten in welche Richtung auch immer zu entkommen. Stattdessen versuchte Pfeffer wider besseres Wissen sein Glück mit der Verfolgung von Wanja.

Er schwang sich auf das Fahrrad und radelte in die Richtung, in die der Russe verschwunden war. Der Weg führte bald an der Isar entlang. Dass Wanja eine andere Richtung eingeschlagen hatte, war zwar möglich, doch Pfeffer entschied für sich, dass er auf der richtigen Spur war. Als er an der Museumsbrücke ankam, beschloss er, den Berg hinauf zum Gasteig zu fahren. Vielleicht wollte der Russe ja nach Haidhausen oder nach Bogenhausen oder … Natürlich hätte er genauso gut über die Isar in die Innenstadt oder Richtung Norden nach Schwabing oder Richtung Süden nach Sendling … Zu viele Möglichkeiten, doch obwohl er die Sinnlosigkeit seines Unterfangens klar vor Augen hatte, fuhr Pfeffer den Berg hoch, raste durch die Innere Wiener Straße und kam nach einigen Minuten schweißgebadet am Max-Weber-Platz an. Nun gestand er sich ein, dass es an der Zeit war aufzugeben. Er zündete sich, während er den Berg beim Maximilianeum wieder hinunter fuhr, eine Zigarette an und trat gemütlich in die Pedale, als er rauchend die Isar überquerte. Kaum erreichte Max Pfeffer den Radweg, der auf dieser Isarseite Richtung Norden führte, stieg er vor Überraschung so sehr in die Bremsen, dass es ihn beinahe vornüber geschleudert hätte. Zwar senkte sich die Dämmerung langsam über die Stadt, doch trotz des abnehmenden Lichts konnte er es genau sehen: Dort, unter den Bäumen, radelte Wanja ganz relaxt vor sich hin. Er hielt sich die Hand ans Ohr. Es dauerte einige Sekunden, bis Pfeffer klar wurde, dass der Russe telefonierte. Einige hundert Meter fuhren Verfolgter und Verfolger nun langsam.

Dann beendete Wanja sein Telefonat, steckte das Handy weg und stieg urplötzlich mit Kraft in die Pedale.

Dass der Bulle ganz zufällig hinter ihm aufgetaucht war, schien Wanja zunächst zwar möglich, doch mehr als unwahrscheinlich. Fest stand jedenfalls, dass er den Bullen hinter sich gesehen hatte. Noch während er mit Claudia telefonierte, arbeitete sein Hirn fieberhaft. Er würgte das Gespräch mit dem Mädchen schnell ab, denn mehr als dass er sie liebte, wollte sie sowieso nicht von ihm hören. Also sagte er ihr, wie sehr er sie liebte und dass sie sich bald sehen würden. Nur müsse er eben heute Abend dringend etwas erledigen. Claudia war so süß. Fast tat es Wanja ein wenig leid, dass er ihr nicht die Wahrheit sagen konnte. Zumindest hatte sie bisher nicht gemerkt, dass er die Schlüssel hatte nachmachen lassen. Wer weiß, vielleicht gab es sogar eine gemeinsame Zukunft, wenn alles erledigt war, wer weiß! Zum ersten Mal in seinem Leben konnte sich Wanja Woroschin vorstellen, mit einer Frau sesshaft zu werden und Kinder in die Welt zu setzen.

Doch nun war der Bulle hinter ihm. Gefährlich. Wenn es Zufall war, dann hätte der Bulle ja auch gemütlich an ihm vorbeiradeln können – ein kurzer Gruß und weg wäre er gewesen. Doch dass der Bulle stehen blieb und ihn beobachtete, bedeutete für den Russen nur Eines: Er wurde verfolgt und einen Verfolger konnte er momentan genauso brauchen wie ein Loch im Kopf. Er hatte etwas zu erledigen. Für einen kurzen Moment erwog er einen frechen Frontalangriff – einfach auf Max Pfeffer zu zufahren und kurz plauschen und ganz harmlos tun. Er könnte es auch auf eine harte Konfrontation ankommen lassen. Dann entschied er sich dagegen. Er beendete das Telefonat, verstaute sein Handy und stieg mit voller Kraft in die Pedale. Das Rennen würde heiß werden, das war Wanja klar. Der Bulle war bestens trainiert, was Kraft und Ausdauer anging. Aber der Bulle seinerseits musste auch wissen, dass es andersherum genauso war.

Die Fahrradstrecke an der Isar entlang war bestens ausgebaut. Schnell erreichte er eine Spitzengeschwindigkeit, die ihm das Gefühl gab, er würde fliegen ohne abzuheben. Er sauste dahin, überholte viele Radler und manchmal auch Fußgänger, die sich auf den Radweg verirrt hatten. Eine kaum wahrnehmbare Kopfbewegung, ein Schielen aus den Augenwinkeln genügte völlig, um zu sehen, ob Pfeffer noch mithalten konnte. Für seinen Verfolger musste es den Eindruck machen, als würde Wanja nur so aus Spaß mit Mördertempo radeln, denn der Russe drehte nie auffällig den Kopf herum. Das war nur einer der kleinen Tricks, die er aus dem Effeff beherrschte, seit er in Israel war: Das schnelle Orientieren an sogenannten Superzeichen. Im Prinzip machen das alle, doch die wenigsten bewusst. Wanja hatte es in Israel systematisch gelernt. Verkehrsschilder sind die bekanntesten und augenfälligsten Superzeichen, ebenso Piktogramme und Logos – kleine, allgemeinverständliche Kürzel, die für etwas sehr Komplexes stehen. Aber auch im Umgang mit Mitmenschen erkennt man einen Bekannten auf große Distanz in einer Menge, weil man ihn auf eine Einzigartigkeit oder Auffälligkeit reduziert: seine Haltung, seine Kleidung, seine Frisur. Wenn der beste Freund sich die Haare färbt oder einen Bart wachsen lässt, erkennt man ihn auf Anhieb nicht mehr, weil das Superzeichen, das bisher für ihn stand, zerstört wurde. Für Wanja war Pfeffer in diesem Moment reduziert auf einen grauen Haarschopf, eine dunkle Sonnenbrille und ein naturweißes Hemd auf einem Rad. Wanja würde seinen Verfolger sofort und überall erkennen, und sei es aus den Augenwinkeln in Sekundenbruchteilen.

Die Ausbildung in Israel hatte Wanja natürlich nicht nur den leichten Umgang mit optischen Merkmalen gebracht. Und diese Ausbildung hatte absolut nichts mit Archäologie zu tun gehabt, wie es offiziell in den Akten stand. So ein Fahrradrennen war nur einen kleine Demonstration für Wanjas Fähigkeiten. Neben beängstigender Schnelligkeit bei allen wichtigen Aufgaben, vor allem beim Töten, und Ausdauer bei allen anderen Lebenslagen, vor allem beim Warten auf neue Aufgaben, hatte man ihm beim Mossad Verzicht beigebracht, vor allem den totalen Verzicht auf Gefühle. Doch was seine Ausbilder damals nicht ahnen konnten, war, dass Wanja Woroschin das So-tun-als-Ob perfektioniert hatte. Wanja liebte und hasste und fühlte mit, wenn ihm danach war, wenn sein Herz es befahl, aber seine zur Schau gestellte Abgebrühtheit hatte alle beeindruckt und sein Innerstes geschützt, wie schon all die Jahre zuvor im Waisenhaus.

Doch nun liebte er das süße Mädchen Claudia, all die Monate, die er mit Bambi verbringen musste, war sein Herz bei Claudia gewesen. Wenn Bambi wüsste, wie sehr er sie verabscheute! Aber auch den Bullen, den er nun abhängen musste, mochte er. Deshalb wollte er alles vermeiden, was auf eine körperliche Konfrontation hinauslaufen würde. Denn im Zweifelsfall hätte auch ein noch so gut austrainierter Bulle keinerlei Chancen gegen Wanja, der kleine, völlig unspektakulär aussehende Griffe beherrschte, die einen schnellen Tod brachten.

An der Kreuzung Widenmeyer- und Tivolistraße sprang die Ampel für Radfahrer auf Rot. Der Russe flitzte schnell über die Kreuzung, denn noch hatte er Pfeffer nicht wirklich abgehängt. Ohne sich umzudrehen nahm Wanja wahr, dass Pfeffer ebenfalls bei Rot über die Straße geradelt war, denn er hörte

Autoreifen quietschen, wütendes Hupen und ein keifendes »Verreck, Hundsbua, damischer!«. Der Russe nahm mit einer kaum merklichen Kopfbewegung auch wahr, dass Pfeffer bei seiner riskanten Aktion hatte abbremsen müssen. Wanjas Vorsprung wuchs. Er schoss die Ifflandstraße hinunter. Die abendliche Dunkelheit nahm zu, bald würden die Straßenlaternen angehen. Nur noch wenige Meter, dann endete die Ausbaustrecke parallel zur Isar, dann bog die Straße Richtung Schwabing ab und geradeaus begann der ausgedehnte Nordteil des Englischen Gartens. Nur noch wenige Meter, dann flitzte Wanja Woroschin in die schützende Dunkelheit des Parks. Er sauste mit Höllentempo durch die weitläufige Anlage, auch wenn er ständig Fußgängern und anderen Radlern ausweichen musste, denn an einem so herrlichen Sommerabend war der Englische Garten nahezu übervölkert. Wanja raste erst nördlich Richtung Aumeister, dann zurück zum Kleinhesseloher See, dann ein wenig nach Süden zum Chinesischen Turm, dann wieder östlich Richtung Isar und schließlich, als er sich sicher war, dass er den Bullen endlich abgehängt hatte, lenkte er sein Fahrrad in die ursprüngliche Richtung und verließ bei der Biedersteinstraße den Englischen Garten. Er trieb sich noch ein wenig im engen Straßengewimmel rings um die Münchner Freiheit herum, immer wachsam, doch Pfeffer war nicht in Sicht. Dann radelte Wanja Woroschin langsam seinem ursprünglichen Ziel entgegen: dem Schwabinger Krankenhaus.

Max Pfeffer tanzten Sternchen vor den Augen. Er lehnte mit seinem Fahrrad im Dunkeln an einem dicken Baumstamm neben einem Weg in einem wenig frequentierten Teil des Englischen Gartens und schnappte keuchend nach Luft. Er hatte sich immer für gut trainiert und ausdauerstark gehalten. Der Russe hatte ihn eines Besseren belehrt. Selbst wenn er ihn nicht aus den Augen verloren hätte, er hätte ihn nicht mehr lange mit diesem Tempo verfolgen können. Seine Oberschenkel hatten bereits zu zittern begonnen. Er hätte auch nie gedacht, dass Wanjas Muskeln mehr als nur Schau waren. Langsam kam er wieder zu Atem. Er stand noch eine Weile im Dunkeln und sammelte sich. Sein Herz beruhigte sich mit jeder Minute.

Ab und an schlenderten schemenhafte Gestalten vorbei. Manchmal merke Pfeffer, dass er von den Vorbeigehenden gemustert wurde. Pfeffer zündete sich eine Zigarette an. Ein Mann tauchte in diesem Moment wie aus dem Nichts zwischen den Bäumen auf, blieb kurz stehen und sah den Polizeibeamten lange an, der lässig am Baum lehnend kurz vom warmen Feuerzeuglicht beleuchtet wurde.

Der Mann näherte sich und sagte: »Hi.«

»Hi«, antwortete Pfeffer verdutzt.

»Hast du mal Feuer für mich?«

»Klar.« Pfeffer zündete sein Feuerzeug und hielt dabei seine Händen schützend um die kleine Flamme. Im Licht der kleinen Flamme schien das Gesicht des Unbekannten zu leuchten, der Mann war ein Schrank von einem Kerl, er sah aus wie ein Boxer, wie ein dritter Klitschko-Bruder – gebrochene Nase und hohe Wangenknochen. Doch nichts Aggressives ging von ihm aus. Dann merkte Pfeffer zu seiner Überraschung, dass der Boxer mit nacktem Oberkörper unterwegs war. Mehr noch, er trug offenbar nur eine kurze Short. Auch der Fremde musterte Pfeffer neugierig, bevor er die Zigarettenspitze in das Feuer tauchte und ebenfalls seine Hände schützend um die Flamme hielt. Klar, dass er dabei Pfeffers Hände kurz in seine nahm. Bei der Berührung rauschte eine Welle von Wärme durch Pfeffers Körper.

»Willst du hier? Mir macht es ja nichts aus, wenn jemand zuguckt.« Der Mann, der wie ein Boxer aussah, inhalierte tief und deutete dann zum Gebüsch. »Oder gehen wir ein bisschen weiter?«

Max Pfeffer begriff endlich. »Ich bin in letzter Zeit zu oft zu weit gegangen«, sagte er matt.

»Na denn!«, sagte der Fremde und demonstrierte, dass er die Worte mehr als missverstanden hatte, indem er schwungvoll seine Hose bis zu den Knöcheln hinabgleiten ließ. »Dann gehts hier weiter.«

»Nein«, wollte Pfeffer sagen und sich auf sein Fahrrad schwingen. Irgendwie ging es aber nicht. Es war sicherlich nicht der denkbar günstigste Augenblick, doch den Augenblick konnte sich Max Pfeffer eben nicht aussuchen. Diesen Augenblick, in dem sich die Pforten öffneten, in dem alles plötzlich mit Vehemenz auf ihn einstürmte, was er in den letzten Tagen erlebt und verdrängt hatte. Alles purzelte hervor und baute sich auf, bis es wie eine geschlossene Wand vor ihm stand: der Mord an Herbert Veicht, die Nacht mit Bambi und Wanja, der Streit mit Cosmo, der Ärger mit Sepp Kurt und dem mysteriösen Pfarrer, die Vision mit der Muttergottes, die Umarmung mit dem Universum, die aber nichts weiter als eine Temporallappenepilepsie war. Und dann natürlich Tim. Tim. Tim. Tim. Immer wieder Tim.

Eine Wand von Unverarbeitetem baute sich bedrohlich vor ihm auf, höher und immer höher. Schließlich, als Pfeffer glaubte zu ersticken, stürzte die Wand auf ihn nieder, riss ihn um, begrub ihn unter sich. Pfeffer schnappte panisch nach Luft, kämpfte gegen den weißen Schwindel an, der sich in seinem Hirn drehte. Die Zigarette fiel ihm aus dem Mund. Pfeffer kippte nach vorne und musste sich an dem Fremden festhalten.

»Hey, nicht so stürmisch«, sagte der Mann schmunzelnd.

Pfeffers versuchte sein Zittern und das Karussell in seinem Kopf zu kontrollieren, während seine Hände die breiten, muskelharten Boxerschultern umklammerten. Der Fremde grunzte und Pfeffer knickte ein. Er glitt langsam an dem Mann hinunter. Dabei nahm er nur am Rande wahr, dass der Fremde keine Unterhose trug und nach Seife und Weichspüler roch.

Pfeffer spürte borstiges Kraushaar an seiner Schläfe knistern und registrierte die glühende Härte, die erwartungsfroh pulsierend gegen seine Wange gepresst wurde. Alles, nur das nicht! Er schnappte verzweifelt nach Luft. Der Boxer stöhnte: »Oh, mach schon!«

Pfeffer wusste, dass etwas anderes gemeint war, doch alles, was er machen konnte, war nach hinten umzukippen.

»Scheiße«, sagte der Boxer und beugte sich über Pfeffer. »Bist du okay?«

»Geht gleich wieder«, antwortete Pfeffer leise und versuchte sich aufzurichten.

»Sicher?«

»Sicher.«

… Fortsetzung beim Buchhändler

Noch mehr Pfeffer!

Ein körperloser Toter hält die Öffentlichkeit in Atem. Der Münchner Kriminalrat Max Pfeffer hat nur den abgetrennten Schädel eines erfolgreichen TV-Produzenten und äußerst dürftige Anhaltspunkte, um den Fall zu klären. Pfeffer legt sich mit den Mächtigen an – denn eine heiße Spur führt mitten hinein in die Schaltzentrale des Vatikans. Pfeffer lässt sich auf ein gefährliches Spiel mit Tatverdächtigen ein. Er muss erkennen, dass Abenteuer am Abend teuer werden und eine Begegnung mit der Muttergottes das ganze Leben aus der Bahn werfen kann. Ehe Max Pfeffer sich versieht, steckt er mitten in seinem ganz persönlichen Alptraum. Und er muss sich beeilen, daraus aufzuwachen, denn wer immer den TV-Produzenten köpfte, hat es nun auf das abgesehen, was Pfeffer liebt: seine Familie.

Martin Arz
Reine Nervensache
Max Pfeffer ermittelt wieder

Hirschkäfer Verlag München, 2010, Taschenbuch, 295 Seiten ISBN 978-3-940839-11-4

»Die Sache hat Tempo, beinahe atemlos folgt man dem Geschehen. Arz' Krimis sind spannende und gut gemachte Unterhaltung.« *Süddeutsche Zeitung*

»Geschichten, die vor der Haustür spielen, haben besonderen Reiz. Passen dann noch Handlung, Charaktere und Stimmung wie im München-Krimi von Martin Arz, wird Lesen fast zum Film, wenn man die Drehorte vorm geistigen Auge abruft.« *Münchner Merkur*

»Martin Arz gelingt auch im zweiten Roman spannende Unterhaltung mit einem Blick hinter die Kulissen der Unterhaltungsindustrie, die für Geld und Quote zu allem bereit zu sein scheint.« *Nürnberger Nachrichten*

www.hirschkaefer-verlag.de

Spannender als jeder Krimi ...